KUNST UND LÜGEN

JEANETTE WINTERSON

KUNST UND LÜGEN

Ein Stück für drei Stimmen und eine Bordellwirtin

Aus dem Englischen von Brigitte Walitzek

Berlin Verlag

Die Originalausgabe erschien 1994
unter dem Titel *Art & Lies*
im Verlag Jonathan Cape, London

Umschlaggestaltung: Nina Rothfos, Hamburg
Gesetzt aus der Bauer Bodoni
Druck & Bindung:
Druckerei Pustet, Regensburg
Printed in Germany 1995
ISBN 3-8270-0040-8

Gedruckt auf chlor- und säurefreiem Papier

FÜR PEGGY REYNOLDS, IN LIEBE

Mein Dank gilt Don und Ruth Rendell,
deren Gastfreundschaft mir den Raum zum Arbeiten bot.
Philippa Brewster und Frances Coady
sowie Caroline Michel und Rachel Cugnoni,
die sich um alles kümmerten.
Dank für ihren Rat an Angela Leighton,
Harriet Marland und James Marland,
Caroline Bloch
und insbesondere Dr. Anna Wilson.

DAS WESEN EINES KUNSTWERKS IST NICHT,
EIN TEIL ODER AUCH EINE KOPIE DER WIRKLICHEN WELT ZU SEIN
(WIE WIR DIESEN AUSDRUCK IM ALLGEMEINEN VERSTEHEN),
SONDERN EINE WELT IN SICH,
UNABHÄNGIG, VOLLSTÄNDIG, AUTONOM;
UND UM JENE WELT GANZ ZU BESITZEN, MUSS MAN SIE BETRETEN,
SICH IHREN GESETZEN UNTERSTELLEN,
UND IN DIESER ZEIT DIE GLAUBENSSÄTZE, ZIELE
UND BESONDEREN BEDINGUNGEN VERGESSEN,
DIE MAN IN DER ANDEREN WIRKLICHEN WELT
SEIN EIGEN NENNT.

Oxforder Vorlesungen über Dichtung:
Professor Bradley, 1901

Händel

❧ 15 ❧

Aus der Ferne ist nur das Licht zu sehen, ein immer schneller werdender schimmernder horizontaler Engel, Trompete gezückt in einer scharfen Kurve. Der Ton läutet. Der Ton läutet die Schönheit des gestreckten Zuges, der das Licht zu einem langen goldenen Faden zieht. Es verfängt sich in den Rädern, es blitzt auf den Türen, die sich öffnen und schließen, öffnen und schließen, im Pendlerrhythmus.

Auf den Mänteln und Aktentaschen, Broschen und Seufzern verfängt sich das Licht in grob gehauenen Steinen, die ungeschliffen bleiben. Der Mann ist beschäftigt, er hat keine Zeit, das Licht zu sehen, das seine Kleider verbrennt und sein Gesicht beleuchtet, das Licht, das mit biblischem Eifer über seine Schultern fließt. Sein Buch ist eine Glasscheibe.

Ich war nicht der erste, der das Buch fand. An den Rändern gab es Notizen, Flecken auf den Seiten, eine gepreßte Rose zwischen Seite 256 und 257. Vorsichtig roch ich daran. La Mortola. Eine Straßenkarte des Vatikan, eine Telefonnummer, die in die Klinge eines Schwerts gekritzelt war, ein Brief, ungeöffnet. Eine Feder war als Lesezeichen benutzt worden, oder vielleicht war das Buch als Aufbewahrungsort für Federn benutzt worden. Es gab eine Zeichnung von einem häßlichen Mann, ein Gesicht wie eine Zielscheibe, die Nase wie der schwarze Punkt in der Mitte, und, auf der gegenüberliegenden Seite, eine schnelle Bleistiftskizze einer schönen Frau, das Fleisch gegen die Knochen gespannt.

Die Seiten waren dick, eher wie Servietten als Papier, eher wie Laken als Servietten, mit der Zeit gelb satiniert. Die aufgeschnittenen Seiten hatten abgegriffene Ränder, aber nicht alle Seiten waren aufgeschnitten. Trotz seiner Vergangenheit war dieses Buch nicht vollendet worden, aber nicht vollendet von wem? Vom Leser oder vom Verfasser?
Das Buch hatte keinen Einband. Während schmalere Bände sich in ihre Deckel kuschelten, hob dieses seinen zerschlissenen Rücken der Sonne entgegen, einer Wintersonne dünner Strahlen und weniger Stunden. Einer Sonne, die als rote Scheibe von Hosannas unterging.
Ich löste die wächserne Schnur, und das Buch fiel in Falten aus Licht über meine Hände. Meine Hände zitterten unter dem Gewicht des Lichts. Die schweren gelben Rechtecke tränkten meine Handflächen und flossen über meine Hosenbeine. Meine Kleider waren von Licht durchtränkt. Ich fühlte mich wie ein Apostel. Ich fühlte mich wie ein Heiliger, nicht wie ein schmutziger müder Reisender in einem schmutzigen müden Zug. Es war natürlich ein Trick, ein Spiel der blassen Sonne, die durch das dicke Glas verstärkt wurde. Und doch machte mein Herz einen Sprung. Im Augenblick des bewegten Tümpels machte mein Herz einen Sprung. Ich legte meine Hand auf das Buch, es war warm, es mußte in der Sonne gelegen haben. Ich lachte; ein paar Zeilen Physik waren in ein Wunder verwandelt worden. Oder: Ein Wunder war in ein paar Zeilen Physik verwandelt worden?
Ich drehte mich um und erblickte mein Spiegelbild im schwarzen Fenster…

300 v. Chr. Die Ptolemäer gründeten die große Bibliothek von Alexandria.

400.000 Bände in schwindelerregender Pracht.
Die Alexandriner beschäftigten kletternde Jungen auf ganz ähnliche Weise, wie die Viktorianer Schornsteinfeger beschäftigten. Namenlose Zweifüßler, leicht wie Staub, die sich mit geschwollenen Fingern und Zehen in die Ritzen und Vorsprünge steil abfallender Mauern krallten.
Ursprünglich waren die Regale um breite Gänge herum erbaut worden, die mühelos eine Leiter zuließen, aber als die Bibliothek sich immer mehr ausdehnte, zogen die Regale sich immer mehr zusammen, bis die Leitern unter dem Druck so vielen Wissens splitterten. Ihre Sprossen wurden mit solcher Wucht in die Seiten der Regale getrieben, daß alle Endbücher neunhundert Jahre lang an Ort und Stelle aufgespießt blieben.
War war zu tun? Es gab Weise und Schriftgelehrte, Philosophen und Könige, Reisende und Potentaten, von denen keiner mehr ein Buch oberhalb des zwanzigsten Regals herunterholen konnte. Und bald wurde es wahr, daß die einzigen Bücher von Interesse oberhalb von Regal einundzwanzig zu finden waren.
Dann bemerkte man, daß die schiffbrüchigen Sprossen immer noch einen irrwitzigen und gefährlichen Aufstieg zwischen den schwindelnden Meilen der Regale boten. Wer konnte sie erklettern? Wer würde es wagen?
Jeder Sklavenjunge in Alexandria wurde gewogen. Es genügte nicht, Gliedmaßen wie Fäden zu haben, die unglücklichen Wenigen mußten auch Hirne aus Dunst haben. Jeder Junge mußte ein Medium sein, durch das vieles passieren mußte, in dem jedoch nichts zurückgehalten werden durfte.
Zu Beginn des Experiments schickte man, wenn ein Buch benötigt wurde, einen Jungen hinauf, es zu holen. Dies

konnte bis zu zwei Wochen dauern, und sehr oft fiel der Junge vor Hunger und Erschöpfung tot wieder herunter.
Ein klügeres System schien darin zu bestehen, die Jungen auf verschiedenen Ebenen rund um die Bibliothek zu stationieren, so daß sie eine menschliche Kette bilden und jeden Band binnen ein oder zwei Tagen herunterreichen konnten.
Entsprechend bauten die Jungen sich Nester zwischen den Büchern und konnten dabei beobachtet werden, wie sie rund um die Bibliothek in immer größeren Höhen kauerten und finstere Blicke aussandten.
Ein Zeitgenosse Plinius' des Jüngeren schreibt über sie wie folgt:

Fama vero de bybliotheca illa Phariaca, opulentissima et certe inter miracula mundi numeranda, siparis ventisque mercatoriis trans mare devecta; nihil tamen de voluminibus raris ac pretiosis, de membris scriptorum disiectis fractisque, de arcanis Aegyptiacis et occultis devotis, quas merces haud dubio sperarent nostri studiosi, renuntiabant nautae, sed potius aulam esse regiam atque ingentem, tecta ardua et cum solo divorum exaequata ut dei ipsi tamquam in xysto proprio vel solario ibi gestare possent; quibus in palatiis tecto tenus loculamenta esse exstructa et omnes disciplinas contineri, nec tamen intra manus studentium venire sublimitas causa. Maxime enim mirabantur tantam illam sublimitatem quantam nemo vel scalis vel artificiis machinarum evadere posset, nisi tantum turba innumera puerorum, quibus crura liciis tenuiora, quibus animus ceu fumus in auras commixtus, ut Maro noster, per quos denique multa transmittenda sed nihil retinendum. Illi enim circum bybliothecam in tabulatis semper in altiora surgentibus collocati, ratione propria quadam ac secreta inter se mandata permutare poterant et intra tam breve tempus unius diei quemlibet librum demittere.

Es gibt kein System, das in seinem Inneren nicht ein anderes System verbirgt. Bald hatten die Jungen hinter den riesigen Regalen Tunnel angelegt und einen Nistplatz aus seltsamen Wohnungen errichtet, in denen die Betten Bücher waren und die Stühle Bücher waren und die Mahlzeiten von Büchern gegessen wurden und alle Polsterungen, Verkleidungen, Versiegelungen, Böden, Öffnungen und Verschlüsse Bücher waren. Bücher wurden jeder Verwendung zugeführt, der man ein Buch zuführen kann, solange es niemals gelesen wird.

»Und obgleich ein Buch mir nicht mehr bedeutet als eine Schachtel zierlicher Taschentücher, an denen ich mich auf dem Topf wischen kann«, sagte Doll Sneerpiece, »verdunkle ich die Verdienste jenes Gentleman, wenn ich ihn als etwas Geringeres bezeichne als eine Wandelnde Bibliothek.«

»Sehr Richtig. Sehr Wahr«, sagte ihre Gefährtin, Miss Mangle, die so lange unter den Glocken der St. Paul's Kathedrale gelebt hatte, daß sie überhaupt nichts mehr hörte. Da sie jedoch das ganz normale Bedürfnis besaß, sowohl umgänglich als auch weise zu erscheinen, beantwortete sie jede an sie gerichtete Bemerkung mit den Worten »Sehr Richtig. Sehr Wahr.« Auf diese Weise erhielt sie sich einen großen Kreis von Freunden, von denen keiner ahnte, daß ihre tolerante Vertraute stocktaub war.

»Und wenn ich sagen würde, daß mir daran gelegen wäre, die Seiten dieses Gentleman eine nach der anderen umzu-

blättern und meine Finger über seine Kanten gleiten zu lassen und seinen glatten Rücken zu entziffern und in die Knie zu gehen, um mich an seinen Untertiteln zu erfreuen, und jenen einen langen Band aufzurichten, den er so heimlich für sich behält, was würden Sie dann sagen?«
»Sehr Richtig. Sehr Wahr«, sagte Miss Mangle.
»Sie sind eine verständige Frau und eine echte Freundin«, sagte Doll. »Ich sage Ihnen, wenn meine Kleider aus Velin wären und mein Fleisch Pergament, würde er mich in seine beiden Hände nehmen, würde er mich an seine Lippen drücken. Doch wenn er meine armen Seiden und Spitzen sieht, wenn er das Vorbeigehen meines parfümierten Körpers riecht, was sagt er dann? Er sagt: ›Madam, Madam, bereuen Sie immer noch nicht?‹«
»Oh bereuen! bereuen! Ich bereue tausende von Malen. Ich bereue, daß ich nicht als Buch geboren wurde und es in just diesem Augenblick, an eben diesem Morgen, in Eurer Bibliothek behaglich habe, Sir. Schon hätten Sie mich vielleicht heruntergezogen und auf Ihr Tischchen gelegt, eine Kanne Kaffee in Reichweite.«
Plötzlich unterbrach Doll Sneerpiece ihren Fluß, denn der Mann, von dem sie sprach, ging am Fenster vorbei.
»Es ist sein Hut«, rief sie, »und sein geliebter Kopf darunter.« Sie stürzte hinüber und schleuderte ihre oberen Regionen aus dem Rahmen, daß ihre Brüste sich von ihrem Mieder verabschiedeten.
»Ruggiero!« rief sie. »Ruggiero!« Es war sein maßgeschneiderter Anzug, sein schmaler Rücken, sein entschiedenes Bein.
»Sehr Richtig. Sehr Wahr«, sagte Miss Mangle.

Ich klappte das Buch über ihrem Ruf zu. Das alles war zu gepurpurn und exotisch für meinen Geschmack. Mein Geschmack war schon immer eher schlicht. Ich ziehe es vor, ein wenig zu frieren, ein wenig zu hungern, weniger auf mich selbst zu verwenden, als ich könnte, mehr auf andere, als ich sollte. Ich halte mich nicht für einen Masochisten, nicht einmal, wenn ich im frühen Morgendunkel aufstehe, um meinen blauen Körper durch eine Meile Frost zu hetzen. Derlei Gewohnheiten und eine kontemplative Natur machen mich kaum tauglich für eine Welt, die weder Mäßigung noch Leidenschaft kennt. Die verhängnisvolle Mischung aus Nachgiebigkeit ohne Gefühl widert mich an. Seltsam, sowohl gierig als auch tot zu sein.

Was mich selbst angeht, so ziehe ich es vor, meine Begierden knapp außerhalb der Reichweite des Appetits zu belassen, geschliffen und geschärft zu bleiben. Ich will die schneidende Schärfe der Sehnsucht. Es ist so einfach, ein Rohling zu sein, und dennoch ist es ziemlich in Mode gekommen.

Liegt das daran, daß wir unsere Körper der Wissenschaft überlassen? Ist es eine Folge der Annahme, daß eine weitere Pille, eine weitere Droge, ein weiteres Auto, ein weiterer Home-Movie-Sender im Taschenformat, eine DNA-Übertragung oder die vollkommene Freiheit der Wahl, die fünfhundert Fernsehkanäle bieten müssen, alles gut machen werden? Den nagenden Schmerz im Herzen lindern, den der neueste Laser-Scanner sich zu diagnostizieren weigert? Das Sprechzimmer des Arztes ist voll von Männern und Frauen, die nicht wissen, weshalb sie unglücklich sind.

»Nehmen Sie das hier«, sagt der Arzt, »dann werden Sie sich bald besser fühlen.« Sie fühlen sich tatsächlich besser, weil sie langsam und allmählich aufhören, überhaupt etwas zu fühlen.

Als ich noch ein junger Medizinstudent am Priesterseminar war, versuchte ich es genau wie die meisten anderen Studenten mit Bordellen. Wir waren der Keuschheit angelobt, natürlich waren wir das, aber erst, wenn wir ordiniert waren. Es war ein regelmäßiger Ausflug nach dem Mittagessen am Sonntag, Sankt-Agatha-Tag nannten wir ihn, zu Ehren des zitternden braunen Karamelpuddings, der mit einer Cocktailkirsche obendrauf gereicht wurde. Später, als ich schon Chirurg war, fragte ich mich, wieso einzig und allein Agatha dazu geeignet war, eine Heilige zu sein, wo sich doch so viele Frauen freiwillig unter mich legten und sich von mir die Brüste abschneiden ließen. Ich nehme an, um Märtyrerin zu sein, muß man für etwas leiden, an das man leidenschaftlich glaubt, und sie litten nicht für etwas, an das sie glaubten. Wir waren diejenigen, die glaubten. Wir waren diejenigen, die in rituellen Handschuhen und Masken den geheiligten chirurgischen Stahl trugen. So passiv, ohne einen Funken der Erbitterung, waren sie mir sogar dankbar dafür, daß ich ihre Titten in den Verbrennungsofen warf.

Das tun wir nicht mehr, die Behandlung hat sich geändert, wir bedauern, daß wir es so oft getan haben, aber wenn man den Leuten erzählt, daß man weiß, was gut für sie ist, vor allem, wenn man Arzt ist, glauben sie einem. Da sie keinen eigenen Glauben haben, glauben sie. Es ist eine Binsenweisheit, daß, je mehr der Glaube an Gott abnahm, der Glaube an die Wissenschaft, insbesondere an die medizinische Wissenschaft, zunahm. Und doch wissen die meisten Leute noch weniger über die Wissenschaft, als sie über Gott wußten. Die Wissenschaft ist für den Laien völlig unverständlich geworden, aber der Laie akzeptiert das, obwohl eines der Argumente gegen Gott lautet, daß Er keinen Sinn ergibt.

»Mach schon, Händel, zieh deine Gummis über.« Der Sammelruf des Operationssaals wurde zum Gespött des Bordells. Wir mußten uns schützen. Wir mußten uns vor dem Körper unter uns hüten. Schutz beinhaltet immer eine Art Verlust. Halten Sie sich zurück, passen Sie auf, ziehen Sie sich was über, achten Sie auf Schnittwunden, hüten Sie sich vor dem Blut, tauschen Sie keine Körperflüssigkeiten aus, Und Jetzt Waschen Sie Sich Bitte Die Hände. Das Riskanteste, was man tun kann, ist, mit einem anderen menschlichen Wesen nackt zu sein.

Ich liebe es, Frauen anzusehen. Das ist einer der Gründe dafür, daß ich Arzt wurde. Als Priester ist mein Kontakt notwendigerweise begrenzt. Ich liebe es, Frauen anzusehen; sie ziehen sich vor mir mit einer Schüchternheit aus, die ich rührend finde. Ich achte darauf, daß meine Hände warm sind. Ich bin mitfühlend. Ich bin nicht gleichgültig. Wenn eine Frau besonders jung oder besonders schön ist, behandle ich sie so sanft wie ich es verstehe. Ich bin sehr sauber, mein Cologne ist aus Sandelholz und Olive gemischt, und ich weiß, daß mein ernstes, asketisches Gesicht beruhigend ist, sogar eine Versuchung. Bin ich versucht? Vielleicht, aber ich würde nie meine Gelübde brechen, weder die professionellen noch die religiösen. Ist das nicht genug?
Wenn eine Frau mich meinen zahlreichen atheistischen Kollegen vorzieht, herrscht zwischen uns sofort ein Einverständnis. Ich habe es weit gebracht, vielleicht weil ein Mann, der Gott in sich hat, immer noch einem Mann vorzuziehen ist, der nur sein Frühstück in sich hat. Ich bin kein Fanatiker. Dazu bin ich zu kopflastig. Der gelehrte Arzt, Finger lang, Stimme musikalisch.
Ich erinnere mich an meine erste Konsultation. Die Patien-

tin und ich waren gleich alt: einunddreißig. Sie war nervös, ich war ruhig. Sie war ängstlich, und ich war selbstbewußt. Ich bat sie, sich hinter dem dünnen weißen Wandschirm auszuziehen, der nicht ganz bis zum Boden reichte. Ich beobachtete, wie sie ihre Schuhe abstreifte, einen Fuß nach dem anderen hob, um ihre Strümpfe auszuziehen. Dann waren ihre Füße nackt, ihre breiten starken Füße, Fesseln schmal. Ihre Beine waren rasiert. Ich drehte mich um und sah aus dem Fenster.

»Ich bin fertig«, sagte sie.

»Dann kommen Sie bitte her.« Sie kam in dem albernen Papierkittel zum Vorschein, den wir damals noch bereit hielten. Ich war der erste, der seinen Patientinnen einen richtigen seidenen Morgenmantel anbot. Dichtgewebte Rohseide mit meinen Initialen auf die Brusttasche aufgestickt. Ich weiß, daß Frauen kleine Höflichkeiten zu schätzen wissen.

»Möchten Sie die Sprechstundenhilfe dabeihaben, während ich Sie untersuche?«

Nein, natürlich nicht, das möchten sie nur selten. Noch ein neugieriges Augenpaar, noch eine aufdringliche Gegenwart für einen Körper, der schon zuviel Aufdringlichkeit erfahren hat. Und ich habe mir sagen lassen, daß Frauen es hassen, von anderen Frauen angestarrt zu werden.

Ich untersuchte sie gründlich, nahm ihre Brust in meine Hände. Ihre Brust war klein, fest, gewichtig, straff unter der Berührung. Hell und mit einem einzigen blonden Härchen neben der Brustwarze. Ich ließ meine sauberen, prüfenden Finger über sie gleiten. Sie zitterte.

Ich hätte gerne auch gezittert. Plötzlich hatte ich Angst vor ihrer irischen Schönheit, die wie ein gespannter Bogen war. Mein Daumen lag auf ihrer Brustwarze. Ich lächelte.

»Kein Grund zur Beunruhigung. Sie können sich wieder anziehen.«
Sie sah mich an. Ich hielt ihre Brust.
»Sie können sich wieder anziehen.«
Ich schickte sie zur Mammographie. Damals durchleuchteten wir Frauen noch zu einem Zweck, den wir immer noch »Zu Ihrem Eigenen Besten« nennen. Wir gaben ihnen das Gefühl, unverantwortlich zu handeln, wenn sie sich weigerten. Der Gute Arzt. Die Schwierige Patientin. Erst 1993 gaben die Besten von uns zu, daß eine Mammographie bei Frauen unter 50 notorisch unzuverlässig ist und möglicherweise sogar dazu beiträgt, eventuell vorhandene bösartige Zellen tiefer in den Körper einzuschleusen. Es liegt an der Art, wie die Platten die Brüste zusammendrücken. Wir haben eine Menge Schaden angerichtet, aber es wird unmöglich sein, das zu beweisen.
Sie behielt ihre Brüste. Ich sah sie von Zeit zu Zeit mit ihnen, und zu oft sah ich sie losgelöst, ganz für sich allein, wie sie auf mich zuschwebten, in einem schrecklichen, konfusen Alptraum aus Seminar und zügellosen Priestern und der verstümmelten Heiligen Agatha, die auf einem silbernen Tablett lag...
»Na los, Händel, drücken Sie sie rein. Drücken Sie sie REIN, Mann!« Mein Chef schwenkte seine wildgewordene Spritze über dem leblosen Körper auf dem Tisch. Wir mußten ein Muskelrelaxans verabreichen, bevor wir den ersten Schnitt machen konnten. Ich hasse Injektionen.
Unter Vollnarkose kann der Patient alles hören. Die reißende, schneidende, durchtrennende, schmatzende, tropfende Operation.
Unser Chirurg liebte es, während der Arbeit Opern zu hören, aber er bestand auf Madame Butterfly oder La Bohème. Er

liebte es besonders, den Part der Mimi mit sprödem Falsett mitzusingen.
»Ich bin immer ganz traurig, wenn sie stirbt«, sagte er, als er das Pektoralgewebe durchtrennte.

Die Sonne war auf das Dach des Zuges gestürzt und färbte das graue Metall blutig. Sie fuhren langsam, um Energie zu sparen. Der Mann drehte den Kopf, um zu beobachten, wie die verschüttete Sonne am Fenster herabtröpfelte. Der Zug, der grau gewesen war, wurde nun in Licht gehüllt. Die Sonne schuf eine Ummantelung aus Licht, die dem toten grauen Geschoß Würde und einen über seine eigentliche Bestimmung hinausgehenden Zweck gab. Der Mann dachte an den Propheten Ezechiel und seinen Kampfwagen der Cherubim: »Geh zwischen die Räder unter den Cherubim, nimm zwei Hände voll von den glühenden Kohlen und streu sie über die Stadt!«

Soll ich Ihnen etwas über meine Stadt erzählen? Meine Stadt und lange, abfahrende Züge.

Die Erste Stadt ist zeremoniell. Zeremonien der Religion, der Monarchie, der Gesetze. Es gibt Paläste in ausgewogenen Proportionen, erbaut im Goldenen Mittel. Drängende Türme, Wimpel, Wetterfahnen, ein Emporstreben von Anmaßung und Macht. Das ist die alte Stadt, und sie wurde am schwersten verwüstet. Die Kirchen sind leer, und viele sind verfallen. Als die anglikanische Kirche entstaatlicht wurde, war es ein kluger Schachzug der Regierung, die zerbröckelnde Schönheit einer nicht mehr empfundenen Leidenschaft zu ignorieren. Die alte Stadt war auf Glauben, Eitelkeit und sagenhaften Geldbergen begründet. Wir ha-

ben nichts dergleichen, und die Armen im Geiste müssen lernen, bescheiden zu sein.
Wir bauen immer noch. Wir bauen armselige Häuser mit niedrigen Fenstern, die das Licht verabscheuen. Ein Architekt kann nach seiner Fenstergebung beurteilt werden; laßt sie grandios, zügellos, abwechslungsreich, kühn sein. Aber nein, seine Fenster sind so eintönig wie Klemmhefter, langweilig wie Computerbildschirme, wir haben keine Architekten mehr, wir haben kleine Männer, die stimulieren möchten. *Smart models*, sagen sie dazu, und es hat nichts mit langbeinigen Damen mit Hochschul-examen zu tun, diese werden nach Kneipenschluß immer noch zugunsten der dümmeren Sorte verschmäht. Nein, *smart models* ist eine Methode, das Gebäude auf einem dreidimensionalen Monitor zu konstruieren. Ein *virtual model* ermöglicht mir eine Tour durch das Gebäude, bevor der erste Arbeiter seinen Spaten zückt.
»Würden Sie mir bitte die Zeichnungen von Grundriß und Vorderfassade bringen?« bat ich den aufgeweckten jungen Architekten mit den getüpfelten Hosenträgern. Ich war für die Fassadengebung des neuen privaten Krebskrankenhauses verantwortlich, das wir bauten.
»Zeichnungen?« sagte er, als hätte ich von ihm verlangt, Bettpfannen zu leeren. »Hier, sehen Sie sich das vorläufige Video an, ich gebe Ihnen die Daten über Kopfhörer rein, und wenn das Konzept Sie anmacht, können wir über den Editor ein paar Simulationen abrufen.«
Wie bitte?

Später sah ich, wie er in seinem amerikanischen Trenchcoat und seinem Schlapphut durch die Doppeltür rauschte.
»Was macht das Briefing?« fragte sein Freund.

»Das alte Krokodil macht mir ein bißchen Ärger, aber sonst ist alles okay.«

Das alte Krokodil. Ich nehme an, er meint mich. Sehe ich aus wie ein Leviathan? Sehe ich aus wie Hobbes? Ich hoffe nicht. Es mag zwar schmeichelhaft sein, die Kinnlinie eines Philosophen zu haben, aber ich würde lieber mit Descartes verwechselt werden. Ich weiß, Sie denken jetzt, das liegt daran, daß er katholisch war, aber das ist es nicht, es ist, weil er seine besten Gedanken in einem Backofen hatte. Für Hobbes hatte ich nie viel übrig. Ich kann mit einem Mann arbeiten, der a) Atheist, b) Monarchist, c) Nominalist, d) Materialist ist, aber ich kann nicht mit einem Mann arbeiten, der all diese Dinge gleichzeitig ist.
Nun, Hobbes' Bastard-Schatten geht in der Stadt um. Wir sind jetzt alle Atheisten, Materialisten, Nominalisten. Komischerweise scheinen wir uns auch in Monarchisten zu verwandeln, es gibt nichts Effektiveres als die Abschaffung eines Königs, um das Schlimmste an royalistischen Sentimentalitäten herauszukitzeln. Die Antiquitäten-geschäfte sind vollgestopft mit verblichenen Union Jacks und Krönungstassen. Reichere Männer kaufen Kinkerlitzchen aus Windsor Castle. Es ist zu spät, man kann die Uhr nicht zurückdrehen, tickt das Klischee, obwohl wir sie, weiß Gott, Tag und Nacht zurückdrehen, wenn es sich um Vorurteile handelt. Nein, in der düsteren Welt von Hobbes, in der Religion Aberglaube ist und die einzigen möglichen Taten solche des Eigeninteresses sind, ist die Liebe tot. Der junge Mann mit den getüpfelten Hosenträgern hält mich für einen Narren, weil ich mir Opern anhöre, in die Messe gehe, still über einem Buch sitze, das besser ist als ich. Was bringt das schon? Was bringt es schon, Gott zu lieben, mei-

ne Hände in die dunkelrote Erde meines Zuhauses zu wühlen und dafür eine Leidenschaft zu empfinden, die nicht Besitz sondern Erkenntnis ist? Was bringt es schon zu glauben, daß Schönheit ein GUT ist, wenn die Metaphysik sie zu Markte getragen hat?

Natürlich haben wir die Romantik. Jeder kann sehen, wie nützlich die Romantik ist. Selbst die Zeitungen lieben die Romantik. Zu Recht: Sie haben dazu beigetragen, sie zu schaffen, es sind ihre täglichen Dosen Weltverdrossenheit, die das Herz und den Geist derart vergiften, daß ein starkes Gegenmittel erforderlich ist, um zu retten, was an Menschlichkeit in uns übrig ist. Ich bin keine Maschine, ich kann nur soundsoviel und nicht mehr vom Elend meiner Gattung absorbieren, wenn meine Tränen erschöpft sind, tritt eine Stumpfheit an ihren Platz, und auf diese Stumpfheit folgt eine schreckliche Fühllosigkeit, so daß ich Leiden beobachten kann, ohne es zu fühlen.

Ist nicht allgemein bekannt, daß nichts uns schockiert? Daß die Bilder des Elends, die uns vor dreißig Jahren veranlaßt hätten, auf den Straßen zu protestieren, jetzt an unseren Augen vorbeiflimmern und wir sie kaum sehen? Treffender, anschaulicher, sogar pornographischer ist die Zusammenfassung des Nachrichtensprechers. Er muß uns dazu bringen zu fühlen, aber wie ein Körper, der immer wieder geschlagen wird, nehmen wir die Schläge hin und bemerken nicht einmal, welchen Schaden sie anrichten.

Berichterstattung ist Gewalt. Gewalt gegen den Geist. Gewalt gegen das Mitempfinden, das sich in Ihnen und mir regen sollte, wenn wir dem Schmerz von Angesicht zu Angesicht gegenüberstehen. Über wie viele Besiegte in unseren eigenen Reihen steigen wir hinweg, wie viele stoßen wir beiseite auf unserem Weg nach Hause, um die Abendnachrichten zu sehen? »Schrecklich«, sagtet ihr zu Somalia, Bosnien, Äthiopien, Rußland, China, dem indischen Erdbeben, den amerikanischen Überschwemmungen, und dann saht ihr euch eine Quizsendung oder einen Film an, weil es nichts gibt, was ihr tun könnt, nichts, was ihr tun könnt, und die Angst und das Unbehagen, die mit einer solchen Machtlosigkeit einhergehen, gipfeln in einer toten Arroganz für den Bettler auf der Brücke, an dem ihr jeden Tag vorbeigeht. Hat er nicht immerhin zwei Beine und einen Pappkarton, in dem er schlafen kann?

Und trotzdem sehnen wir uns danach zu fühlen.

Was bleibt? Die Romantik. Der Abklatsch der Liebe, umsonst und kostenlos für alle. Sink in meine Arme, und die Welt mit all ihren Sorgen schrumpft zu einer Glitzerkugel. Dies ist das beliebteste Gegenmittel gegen das kalte Roboterleben ferner Gefahren und naher Apathie. Apathie. Nach dem Griechischen a pathos. Mangel an Gefühl. Aber wissen wir denn nicht alle: du mußt nur den richtigen Jungen finden, das richtige Mädchen, und die Gefühle werden dein sein. Meine Kollegen sagen, daß ich genau dieses Heilmittel brauche. Bis zum Hals in rosafarbenen Schaum gehüllt, kann nichts mich verletzen. Es ist sicher, zu fühlen. Alles, was ich fühlen kann, bist du, Liebling.

Ich stand im Bahnhof und wartete auf den Zug, als eine Frau mit einer welkenden, zellophanumhüllten roten Rose zu mir trat.

»Kaufen Sie sie für Ihren Glückstag.«

»Wann wird der sein?«

»An dem Tag, an dem Sie sich verlieben. Ich sehe Romantik für Sie. Eine große blonde Dame.«

»Romantik interessiert mich nicht.«

Sie starrte mich an, als hätte ich in der Kirche Gott gelästert, und wahrscheinlich waren wir tatsächlich in einer Art Kirche, im tragbaren Tempel der Sentimentalität, der jeden Augenblick um unsere Köpfe flattern kann.

Sie ging, verhökerte ihre erschöpften Rosen unter den anderen, von denen einige gern genug kauften. Ich mache ihnen keinen Vorwurf, die tote Welt giert nach Gefühlen, aber es muß einen anderen Weg geben.

Meine eigene Strenge, manche würden vielleicht Akese sagen, ist wie jene magischen Gürtel, die die Ritter früherer Zeiten trugen, wenn sie gegen Drachen kämpften. Irrelevant, sicher, aber sie schützt mich, indem sie mich daran erinnert, welche Dinge für mich von Wert sind. Und die Dinge, die für mich von Wert sind, sind nicht die geheuchelten Aufmerksamkeiten und schnellen Zuneigungen einer Welt, die von ihrem natürlichen Ankerplatz losgemacht wurde. Auch ich sehne mich danach zu fühlen, aber echt und tief zu fühlen. Meine Kollegen halten mich für distanziert, aber wenn ich auch nicht weiß, was Gefühle sind, so habe ich mich doch immerhin noch nicht mit etwas zufriedengegeben, von dem ich weiß, daß sie es nicht sind.

Meine Gedanken verlieren sich im Byronschen Getöse des 325. Der 50-Millionen-Dollar-Superschnellzug durch permanente Ölknappheit auf majestätische 50 Meilen die Stunde abgebremst. Trotzdem hat er ein romantisches Pathos, finden Sie nicht?

Der Mann wußte, daß der Zug unaufhaltsam der Sonne entgegenfuhr. Seine Arme und sein Gesicht brannten. Er wurde zu dem, was er fürchtete. Er fürchtete die roten Strahlen, die Tupfer der Hitze, er fürchtete die glühende Zange an seinen Schläfen. Er fürchtete die heißen harten

Hände, die ihn herauszerrten, ihn aus dem dunklen Abteil herauszerrten, in dem er sicher gewesen war.
Er hörte das Scheppern von Schalen aus Edelstahl und die stählerne Stimme des Geburtshelfers, der die Beine seiner Mutter in zwei metallene Schienen spaltete. Es gab kein Entrinnen, nur das Klopfen des Blutes in seinen Ohren und die blutrote Sonne über seinem Kopf.
Er verlor das Bewußtsein.
Das Baby war durchscheinend, als es geboren wurde. Der Arzt hielt es vor das Fenster und beobachtete, wie das Licht die winzige Leber tüpfelte. Das Baby war schön, und einen Augenblick lang blickte der Arzt durch eine Linse in eine nie eingestandene Welt. Aber die Sonne war zu hell, und er war gezwungen, die Vorhänge zuzuziehen.

Eines Abends wurde ich zu einer Mutter gerufen, die bereits in den Wehen lag. Es ist nicht mein Spezialgebiet. Ich mache mir nichts aus den Beinhaltern und Rasiermessern, den Zangen und kondomdünnen Handschuhen. Ich mußte gehen, ich bin einer gemeinnützigen Stiftung verpflichtet, der ich zu helfen versuche, ich mußte gehen. Es war spät, ich war gerade aus der Oper gekommen, albernerweise trug ich immer noch einen Frack.
Es war Winter. Das Gesetz zur Reinhaltung der Luft hört da auf, wo die Slums anfangen. Die Slumbewohner verbrennen, was sie können; Lumpen, Autoreifen, Leichen. Das Krematorium hat nicht viel zu tun. Ich überquerte den Fluß an der Tower Bridge. Die großen gepflasterten Kinnbacken der Brücke waren geöffnet worden, um ein unsichtbares, nebelumwalltes Schiff durchzulassen. Ich hörte das Scheppern der Glocke und das langsame Rasseln der Brücke an ihren riesigen Ketten. Ich glaubte, Trommeln zu hören, Trommeln

und Schritte, die in toter Bewegung zum Tower marschierten. Ich konnte die dünnen Gitter sehen, die in die dicken Steine eingelassen waren. Sah ich ein Gesicht?

Unter mir strömte der Fluß in grauen Fluten, schlug gegen die verlassenen Werften. Ich kannte mich einigermaßen aus. Meine Mutter war in den Schulferien oft mit mir zum Tower gegangen. Einer unserer Vorfahren ist hier hingerichtet worden, er war Katholik wie ich.

Ich kannte mich einigermaßen aus, aber die Straßen waren, wie alle Straßen der Stadt, ständig aufgerissen. Wenn sie nicht aufgerissen waren, waren sie für den Fall möglicher Demonstrationen gesperrt. Für den Fall möglicher Bomben. Gesperrt zum Besten der Öffentlichkeit. Der Öffentlichkeit wurde in jenen Tagen so viel Gutes angetan, daß es mich wundert, daß wir nicht alle Heilige sind.

Ich besitze keine himmlischen Kräfte, und ich hatte meinen Stadtplan vergessen. Schließlich bog ich, vor lauter Müdigkeit, vor lauter Verzweiflung über ein weiteres flatterndes, orangefarbenes Band, eine weitere Reihe vergessener Absperrkegel, verkehrt herum in eine Einbahnstraße ein, in der die schmalen Häuser aufragten wie Schlagstöcke. Dunkelheit, Nebel, Schäbigkeit, eine alte Frau, die einen hochrädrigen Kinderwagen schob. Ich riß das Steuer herum, um ihr auszuweichen, und rammte das Auto in eine Backsteinmauer. Nur keine Aufregung, es ist nur ein Daimler.

Nur keine Aufregung, hinter den leeren, vorhanglosen Fenstern, bespritzt von Fernsehlicht, fand ich die Zimmer, die ich suchte. Elektrizität ist teuer, aber man sieht immer noch genug, um sich beim Flackerflackerflacker des Bildschirms eine Tasse Tee zu machen.

»Wenn du groß bist, Händel, mußt du in der Welt Gutes tun.« Die weiche Hand meiner Mutter haltend lief ich neben ihren kubanischen Absätzen her. Ich sah sie nur einmal am Tag zu unserem Spaziergang um drei Uhr. Sie war eine hohe Säule aus Silberfuchs. Mein Vater war ein Monument aus Tweed. Ich hatte keine Ahnung, daß es so etwas wie verletzliches Fleisch gab.

Die Frau lag entblößt auf dem Bett. Sie hatte sich das Baumwollkleid heruntergerissen. Der Mann, der bei ihr war, benutzte es, um ihr das Gesicht zu trocknen. Das Zimmer war nur durch eine rauchende Kerosinlampe beleuchtet. Von der Art, wie man sie in Autowerkstätten benutzt.

Ich fragte nach heißem Wasser. Es gab keins.

Ich fragte nach sauberen Tüchern. Es gab keine.

Am liebsten hätte ich sie angeschrien: »Was glaubt ihr eigentlich, was das hier ist? Dickens?« Die beiden starrten meinen Frack an. Was glaubte ich eigentlich, was das hier ist? Dickens?

Ich zog mein Jackett und meine gestärkte Fliege aus, meine Weste und mein steifes Hemd. Ich zerschnitt das Hemd in sechs saubere Rechtecke und gab dem Mann Geld, damit er bei einem Nachbarn heißes Wasser kaufen konnte. Er ging, im Zimmer war es still, die Frau sah mich an.

»Es steckt fest.«

»Ja.«

Ich kniete mich hin und strich mit den Händen über ihren triumphierenden Leib. Wieso platzt sie nicht? Ich weiß, wieso sie nicht platzt, ich bin Arzt, aber wieso platzt sie nicht? Ihre Haut war mit gepolstertem Eifer über sie gespannt. Sie war glatt, vollkommen, keine Rüschen, keine Falten, nur das glatte Leder ihres Körpers, tabaksbeutelrund, tabaksbeutelbraun.

Sie spreizte die Beine, ich kniete mich dazwischen, unglücklich. Ich habe noch nie die… die… die…. einer Frau gesehen – wie soll ich dazu sagen? Vagina? Die endlosen Querschnitte, die explodierten Diagramme, die Formaldehyd-Präparate, die verschrumpelte, sonnengetrocknete Vagina. Biber? Nein. Es sieht kein bißchen wie ein Biber oder eine Muschi oder ein Fuchs aus. Möse? Ist das das Beste, was mir für diese zarten Labialfalten und die mönchische Kapuze einfällt, die – was? – versteckt… eine Perle, einen Kern, eine Buchecker, einen Knopf, eine Erbse…

»Bitte beeilen Sie sich.«

Um den Kopf zu fassen zu bekommen, muß ich in sie eindringen, aber meine Hände sind nicht sauber. Was, wenn ich sie infiziere? Was, wenn sie mich infiziert?

Sie schrie auf, als das Baby erneut versuchte, sich umzudrehen. Wenn ich sie in ein Krankenhaus brachte, würden sie ihr das Kind garantiert wegnehmen, und sie selbst war wahrscheinlich illegal hier.

Auf dem Boden stand eine Flasche Wodka. Zum Glück war es kein Gin. Zu sehr Dickens.

Ich hielt sie prüfend hoch. Unten waren noch ein oder zwei Zentimeter übrig.

»Die gehört mir, gegen die Schmerzen.«

Ich goß das Zeug über meine Hände und rieb sie gegeneinander.

»Sind Sie Jude?« fragte sie.

»Seien Sie froh, daß ich kein Geburtshelfer bin. Sonst hätte ich Sie schon aufgeschlitzt.«

Das brachte sie und auch ihre Schreie zum Verstummen. Sie war still, als ich meine Hand in die blutgefüllte Wärme ihres Körpers schob. Still und würdevoll und weit. Ich war derjenige, der vornübergebeugt war, schweißgebadet, Rükken krumm, Kopf gesenkt. Meine Haare fielen auf ihre Oberschenkel.

Sie fing an zu gebären. Es war ein Geschenk, das Geschenk des Lebens in diesem kalten, toten Zimmer, auf den kalten, toten Straßen. Das Baby war bereit. Das Baby glitt durch den Geburtskanal und hinein in die windige Welt. Sanft, sanft, holte ich die Kleine heraus, als wäre sie mein eigenes. Ich hatte das Gefühl, sie wäre mein eigenes. Ich durchschnitt die Schnur, die sie vertäute, und sie war frei, war sie selbst, von einer dünnen Blutschicht überzogen auf den Bauch ihrer Mutter gelegt.

Der Mann kam mit einer Waschschüssel mit lauwarmem Wasser und zwei Flaschen Wodka zurück. Zu seinem abgrundtiefen Entsetzen nahm ich eine der Flaschen und kippte sie bis auf den letzten Tropfen in die Schüssel.
»Er ist Jude«, sagte die Mutter.
Vorsichtig wusch ich ihre Oberschenkel und die langen, dunklen Strecken ihrer Möse. Ich trocknete sie mit dem Rest meines Hemds ab und deckte die beiden mit einer Decke aus dem Auto zu. Ich wollte auch das Baby waschen, aber dann dachte ich: »Der Geruch ist alles, was die Kleine kennt, der Geruch ist alles, was sie hat, geh jetzt, Händel.«
Ich zog mein Jackett an, suchte meine Sachen zusammen und schloß die Tür mit dem Versprechen, in ein paar Tagen wiederzukommen. Ich ließ ihnen etwas Geld da.

Der Mond war aufgegangen, und die Kälte hatte den Nebel zu braunen Platten gefroren. Ich setzte unter den nicht brennenden Straßenlampen durch die glitschige Straße zurück.

Die Zweite Stadt ist politisch. Politik der Slums, der Apartments, der hochherrschaftlichen Häuser. Das korrek-

te Gleichgewicht muß gewahrt bleiben. Unter keinen Umständen sollte es zu viele herrschaftliche Häuser oder zu wenig Slums geben. Die Apartments halten das Gleichgewicht; die Reichen haben eine höllische Angst davor, auf eins reduziert zu werden, die Armen träumen davon, ein eigenes zu besitzen. Die politische Stadt nährt sich von der Angst. Der Angst, nie ein Apartment zu besitzen. Der Angst, nur ein Apartment zu besitzen.
Obdachlosigkeit ist illegal. In meiner Stadt ist niemand obdachlos, obwohl es eine wachsende Zahl von Kriminellen gibt, die auf der Straße leben. Es war clever, eine vergessene Klasse in eine kriminelle Klasse zu verwandeln, manchmal haben die Leute Mitleid mit denen, denen das Schicksal übel mitgespielt hat, sie haben kein Mitleid mit Kriminellen, es war ein äußerst stabilisierender Faktor.

Ich parkte das Auto vor meinem Haus und schob mich durch den dichten klebrigen Nebel, der mich an die Vorhänge alter Damen erinnerte. Wo der Nebel sich teilte, lag das teerige Licht immer noch über der Stadt, beschmutzte sie, entblößte sie, die gequälte Stadt, ihre Schönheit verhökert, nicht wiederherstellbar.
Ich warf mich auf mein weißes Bett und fiel in einen unruhigen Schlaf. Ich träumte, daß mein Körper transparent war und die Sonne auf meiner Leber trommelte und mein Rückgrat in gelben Oktaven stimmte, die ich mit beiden Händen greifen konnte.

Ein paar Tage später fuhr ich, wie ich es beabsichtigt hatte, zum Haus zurück. Auf der gegenüberliegenden Straßenseite beobachtete eine Gruppe von Hausbesetzern einen Trupp von Sicherheitsbeauftragten, die eine Stahltür vor den ein-

gestürzten Eingang schweißten. Ich ging zu ihnen hinüber und fragte einen der Männer, was aus den Leuten geworden sei, die hier gewohnt hatten. Er zuckte die Schultern und setzte seine Arbeit fort. Ich begriff, daß er, wie alle Sicherheitsleute, die Fähigkeit der Sprache schon vor langer Zeit verloren hatte. Er deutete mit seinem Sauerstoff-Azetylen-Gebläse auf einen geschlossenen blauen Lieferwagen.
In der Fahrerkabine saßen zwei Männer, die Füße auf dem Armaturenbrett, die Körper in den durchgesessenen Sitzen versunken. Sie starrten blicklos durch die schmutzige Windschutzscheibe, das Radio voll aufgedreht, sie waren beide um die fünfundzwanzig. Sie schienen tot zu sein. Ich klopfte ans Fenster, und einer von ihnen drehte langsam, langsam den Kopf und sah auf mich herab als sei ich ein menschliches Wesen. Ich hielt meine Arztplakette hoch, und langsam, langsam kurbelte er das Fenster herunter.
»Könnten Sie mir vielleicht helfen? Ich versuche, die Leute zu finden, die in diesem Haus gewohnt haben.«
»Hat nichts mit uns zu tun.«
»Wissen Sie, wo sie sind?«
»Nein.«
Er kurbelte das Fenster wieder hoch, aber dann sagte sein Kumpel etwas, ohne die Lippen zu bewegen, und das Fenster wurde hastig wieder heruntergedreht.
»Sind Sie von der Seuchenbekämpfung? Waren sie ein ›Elf Azzad‹?«
»Wie bitte?«
»Hatten sie die verdammten Pocken?«
»Nein, aber die eine hatte ein Baby.«

Ich bin kein sentimentaler Mensch. Woche für Woche ziehen Leben und Tod unter meinen Händen vorüber, und das hat mir eine gewisse ernsthafte Reserviertheit gegeben. Die Vertrautheit mit dem Tod hat in einigen meiner abgeklärteren Kollegen eine Art *danse macabre* bewirkt. Der tägliche Kontakt mit dem, was ein schreckliches Schicksal zu sein scheint – schrecklich, weil ungemildert durch eine wie auch immer geartete Spiritualität, Schicksal, weil unvermeidlich auf die zufälligste, grausamste Weise –, hat in ihnen eine Liebe für das Groteske wachsen lassen. Es steckt etwas Mittelalterliches in diesen modernen Männern, die bis in alle Ewigkeit das Leiden karikieren müssen, das sie fürchten. Morbide Scherze und Spaß am Korrupten sind das Markenzeichen vieler meiner eminenten Kollegen. Ich sehe sie mir an und sehe nicht die selbstsicheren Wunder der modernen Wissenschaft, sondern ein ängstliches Gesicht des vierzehntes Jahrhunderts, das in einem düsteren Dorf am Rhein einen Totenkopf schnitzt.

Und ich? Ich, der ich oft über den leblosen Körper gebeugt stand, wenn endlich alles still und geglättet war. Nach dem Tod beginnen die Spuren dessen, was abfällig oder niederträchtig oder oberflächlich war, aus dem Gesicht zu verschwinden; die Linien werden einfacher und würdevoller; nur die abstrakten Linien bleiben, und jene sind von großer Gleichgültigkeit. Es ist möglich, sich vom Tod in seiner Erhabenheit trösten zu lassen. Halte inne, jetzt, bevor diese vorübergehende Würde zerbricht, und was bleibt, ist nicht Grauen, nicht Angst, sondern tiefes Mitleid. Die Pietà der Jungfrau über dem toten Körper Christi. Madonna der Schmerzen. Das Mitleid der Mutter mit dem Kind.

Das spanische Mädchen im Zimmer im oberen Stock war keine Jungfrau, und ich muß gestehen, daß Babys mich nicht sonderlich rühren. Das heißt, nicht jene gesunden Krankenhauslinien von umhäkeltem Fleisch, die Mutter-

Kind-Einheit, Fabrik und Farm der Zukunft. Und ich sehe zu oft, daß die gefühllosesten Menschen ihre verschlossenen Herzen dadurch erleichtern, daß sie über Babys gurren, die dann, wenn sie erwachsen sind, von eben jenen Menschen ausgebeutet oder ignoriert werden.
Aber als sie das Kind an ihre Brust legte, hatte ich für einen Augenblick das Gefühl, als knospe der trostlose Ort und als würde das, was verletzt worden war, unbeschädigt zurückgegeben. Das düstere Zimmer wurde weicher, und der Riß im Fenster füllte sich mit Sternen. Das Baby konnte die Sterne nicht sehen, aber sie fielen auf den winzigen Körper der Kleinen und bildeten eine Decke aus Licht.

Jetzt, wo die häßliche Stahltür fast eingepaßt war, mußte ich meinen Weg die holzwurmzerfressene Treppe hinauf zu dem verlassenen Zimmer erzwingen. Die Kerosinlampe und die Vorhänge waren verschwunden. Die ausgeleierte Matratze war von der Geburt blutbefleckt. Nichts war geblieben, bis auf ein Stück meines Hemds. Ich hob es auf und steckte es in meine Tasche.
Draußen schleuderten die anmutigen Fontänen des Lichtbogenschweißgeräts das Licht in die öligen Pfützen der Straße. Das Licht prallte in blitzenden Scherben von den Metallstiefeln des Schweißers zurück. Er trug seinen Heiligenschein um seine Füße.
Ich befragte ihn noch einmal, aber er sagte nur: »Täglich verschwinden Menschen.«
Er paßte die Tür in den Rahmen ein.

Täglich verschwinden Menschen… Die Dritte Stadt ist unsichtbar, die Stadt der Verschwundenen, Heimat all jener, die nicht mehr existieren.

Dieser Teil der Stadt ist weitaus größer, als Sie vielleicht denken. Es ist leicht, Hausbesetzer und Einwanderer, Schwarzmarkthändler und Steuerhinterzieher, Call Girls und Verrückte zu identifizieren, die in die Gesellschaft zurückgeschickt wurden. Die Liste der öffentlichen Mißbilligung wird beherzt an jedem gesetzesfürchtigen Platz angeschlagen. Wir wissen, wer sich versteckt und warum, wir sind die sauberen Frischlufttypen, wir haben nichts mit Nachtarbeit zu schaffen.

Täglich verschwinden Menschen, aber doch nicht Sie und ich, oder? Wir sind solide und selbstbewußt, sicher und stark, wir können frei heraus unsere Meinung sagen.

Kann ich? Kann ich meine Meinung frei heraus sagen, oder bin ich stumm im Inneren einer geborgten Sprache, Gefangener von Bastardgedanken? Was von mir ist mein?

Ich habe eine Vorliebe für das Mittelalter, vielleicht, weil ich ein Mann der Schatten bin, die glorreichen Lichter der Renaissance bringen mich ein wenig aus der Fassung. Vielleicht weil ich in den Menschen des Mittelalters mit ihrer Liebe für Systeme und Hierarchien die vollste und menschlichste Umsetzung der alten Theorie der »arteigenen Hinneigung« finde. Eine Theorie, die mit Plato anfängt, als vielfarbige Strömung durch Boethius, Chaucer und das ganze Denken des Mittelalters fließt und sowohl in Shakespeare als auch in Bacon immer noch lebendig ist. Eine Wahrheit, immer noch offensichtlich, wenn auch nicht beachtet, daß die Dinge sich mit Macht *zu* ihrem Platz bewegen, aber geruhsam *an* ihrem Platz. Um es anders auszudrücken, alles hat sein rechtmäßiges Zuhause, den Bereich, der ihm entspricht, und sofern man es nicht mit Gewalt daran hindert, wird es sich aufgrund einer Art Heimkehrinstinkt dorthin bewegen. Aber wie soll ich mein ›rechtmäßiges Zuhause‹ finden, jenes Haus, das nicht von Händen erbaut wurde, solange ich nicht richtigen Sinnes bin? Jeden Tag treffe ich in meiner Sprechstunde Männer und Frauen, die nicht richtigen Sinnes sind. Das heißt, sie haben nicht die geringste Vorstellung, wer sie wirklich sind oder was ihnen wichtig ist. Die Frage ›Wie soll ich leben?‹ ist keine, die ich per Rezept beantworten kann.

Am häufigsten sind die pensionierten oder entlassenen Geschäftsmänner, die sich einen Krebs zulegen. Sie kommen zu mir in gebrochener Gesundheit, in Angst um ihr Leben, und der Satz, den ich als erstes zu hören bekomme, lautet: »Ich bin nicht mehr der Mann, der ich einmal war.« Wenn wir uns dann unterhalten, stellt sich heraus, daß er durchaus der Mann ist, der er immer war, wohlhabend, ja, angesehen, ja, aber unreif, ohne Kenntnis seiner selbst, ein Mann ohne Breite oder Tiefe, jedoch abgeschirmt von diesem Mangel durch seine Arbeit, seine gesellschaftliche Stellung, seine ihn liebende Frau, seine junge Geliebte, seine schulterklopfenden Kumpel. Wenn wir uns unterhalten, erzählt er mir oft, daß er seine Arbeit nie geliebt hat, daß er seine Familie haßt, oder daß er nur für seine Arbeit gelebt hat und ohne sie wieder ein Kind ist, und was soll er bloß an den Vormittagen anfangen?

Am traurigsten sind die Frauen, die in dem Glauben erzogen wurden, daß Selbstaufopferung die höchste weibliche Tugend sei. Sie brachten das Opfer, oftmals bereitwillig, und warten immer noch auf die Belohnung. Während sie warten, tut ihr Krebs das nicht.

In einer Gesellschaft, in der der Kult des Individuums nie mit größerer Vehemenz gepredigt wurde und in der viele unserer kollektiven Leiden ein Ergebnis dieser Vehemenz sind, ist es seltsam zu sagen, daß es das Selbst ist, dem wir uns zuwenden müssen. Aber das Selbst ist keine zufällige Ansammlung verirrter Begierden, die danach streben, befriedigt zu werden, noch ist ein wie auch immer gearteter sozialer Zusammenhalt nur dadurch möglich, daß man derartige Begierden unterdrückt, wie es den Frauen angeraten wird. Unsere zerbrochene Gesellschaft rührt nicht aus dem Triumph des Individuums, sondern aus seiner Auslöschung. Er verschwindet, sie verschwindet, fragen Sie sie, wer sie sind, und sie werden Ihnen eine Brieftasche oder ein Kind anbieten. ›Was machen Sie beruflich?‹ lautet die übliche Party-Frage da, wo Tun ein Ersatz für Sein ist und die Scham des Nicht-Tuns den dünnen Kreidestrich ausradiert, der Ehemann Ehefrau Bankier Schauspieler und sogar Dieb umreißt. Es ist tröstlich, mein geschäftiges Leben, alleingelassen mit meinen eigenen Gedanken könnte ich merken, daß ich keine habe. Und alleingelassen mit meinen eigenen Gefühlen? Gibt es welche, die über einen kindlichen Zorn und die Sentimentalität, die als Liebe gilt, hinausgehen?

Ein Freund von mir, den ich inoffiziell behandle, er ist nicht mein Patient, kam nach seinem zweiten Herzanfall zu mir und sagte: »Händel, ich will über mein Leben nachdenken.« Ich gab ihm die *Pensées* von Pascal, er war begeistert und stopfte das Buch in seine überquellende Aktentasche. »Genau das, was ich brauche«, sagte er. Als er davonstürzte, um sich ein Taxi zu suchen, drehte er sich noch einmal zu mir um und sagte: »Händel, unsere Gespräche haben mir so viel geholfen, und ich habe erkannt, daß du mit der Bedeutung des kontemplativen Lebens recht hast. Ich werde versuchen, es irgendwo dazwischenzuschieben.«

Von meinem Fenster aus beobachtete ich, wie er in der geschäftigen Straße verschwand, die früher zu beiden Seiten von Läden mit ganz eigenem Charakter flankiert war, jeder mit seiner eigenen Identität und seinem eigenen Zweck. Jeder von Kunden besucht, die er kannte und denen gegenüber er eine Verantwortung hatte. Jetzt ist die unflankierte Straße verbreitert worden, zu einer Straße, die zu gefährlich ist, als daß man sie überqueren könnte, einer Straße, die zwischen verglasten multi-nationalen Kaufhäusern hindurchdröhnt, die alle dieselben Waren verkaufen, von denselben Märkten, aber in unterschiedlichen Verpakkungen und entsprechend den Regeln des Preiskrieges.

Wie soll ich leben?

Die Frage bedrängt mich durch die dünne Glasscheibe. Die Frage verfolgt mich durch die vollen Straßen. Im anonymen Computergesicht der Morgenpost ist es nur diese Frage, die ich in roter Tinte lese, diese Frage, die die selbstgefällige Seite verbrennt.
»Wie geht's, Händel?«
(Wie soll ich leben?)
»Was machst du dieser Tage?«
(Wie soll ich leben?)
»Schon von der Fusion gehört?«
(Wie soll ich leben?)
Die Frage auf Türpfosten geschmiert. Die Frage in den Staub gezeichnet. Die Frage versteckt in der Vase mit Flieder. Die unverschämte Frage an einen schlafenden Gott. Die Frage, die an den Vormittagen Rätsel aufgibt, zur Mittagsstunde Andeutungen einflüstert. Die Frage, die meine Träume ins Wachsein treibt, die Frage verkörperlicht in Schweißtropfen. »Antworte mir«, flüstert die Stimme in der Wüste. Dem stillen Ort, den die Stadt noch nicht erreicht hat.

In der unsichtbaren Stadt, der Stadt, die unfähig ist, als das gesehen zu werden, was sie ist, gehen die verschwundenen Seelen ihren geisterhaften Weg, hinterlassen keinen Eindruck, kein Zeichen, ein homogenes Volk, das gleichförmig handelt, sich kleidet, redet und denkt.
Meine eigene Meinung?
Mein klarer Verstand?
Mein wahres Zuhause?

Die Abfahrt langer Züge. Das viereckige Licht in den Fenstern. Das gelbe Licht auf dem schwarzen Zug. Dem Reptilienzug mit den gelben Schuppen. Gelb und SCHWARZ gelb und SCHWARZ gelb und SCHWARZ singt der Zug.
Das Licht verlief als durchbrochene Verzierung um die Kanten des Zuges; dekoratives Licht, das ein Karnies für das eintönige Metall ergab, blasse Muster, herausgearbeitet vor einer Strengheit der Linie.
Wäre das Licht in viktorianische Ornamentierungen eingefaßt gewesen, hätte es das Auge ermüdet und nicht erfrischt. Sein Charme lag in seiner Bewegung, dem Spiel des Lichts, schön und überraschend, neu. Neues Licht, einer alten Sonne entflohen.
Sonnengejährtes Licht.
In seiner Wirkung war das Licht wie ein Choral. Harmonien der Macht, simultan erzielt, eine Tiefe des Lichts, nicht ein Ton, sondern viele, Töne aus Licht gleichzeitig gesungen. In den hohen Registern, für das Ohr des Menschen unhörbar, die Musik der Sphären, vibrierendes Licht notiert in seiner eigenen Frequenz. Licht gesehen und gehört. Licht, das auf Steintafeln schreibt. Licht, das glorifiziert, was es berührt. Feierliches, von sich selbst entzücktes Licht.
Der Zug kroch unter dem schneller werdenden Licht dahin,

das die Erde bereits umgürtet hatte. Der wissenschaftliche Zug und das künstlerische Licht.

Ich, Händel, Arzt, Katholik, Bewunderer von Frauen, Liebhaber von Musik, Jungfrau, Denker, Narr, bin dabei, meine Stadt zu verlassen, um nie wieder zurückzukehren.
Dieses Vorhaben rührt, wie meine Freunde schlußfolgern, aus einem Übermaß dessen, was die Franzosen *La Sensibilité* nennen. Zuviel Gefühl wird bei einem Mann nicht gutgeheißen und ist für einen Arzt nicht hilfreich. Katholiken, das stimmt, werden ermutigt, ihre Gefühle auszudrücken, vorausgesetzt, daß die Gefühle, die sie ausdrükken, katholischer Natur sind.

Gestern sah ich einen Beichtstuhl, der zum Verkauf angeboten wurde. Er stammte aus dem achtzehnten Jahrhundert, irisch, tragbar. Hergestellt aus dunkler schwerer Eiche, mit einer Halbtür und einem Vorhang versehen, drinnen eine warme Holzbank, glattgescheuert von zahllosen klerikalen Hinterteilen. Rechts und links die kleinen Lattengitter, genau in der richtigen Höhe für die geflüsterten Seelenqualen und die brennenden Körper.
»Vater, ich habe gesündigt.«
»Sünden des Fleisches oder Sünden des Gewissens, mein Kind?«
»Sünden des Fleisches.«
»Beginne.«

Heute nachmittag ging ich ins Bordell, wir waren zu sechst, alles Seminaristen. Während meine Begleiter mit den Mädchen flirteten, erhielt ich einen Zettel, nach oben zu gehen, wo eine Dame auf mich wartete.

Ich betrat ihr Zimmer. Es war weiß. Weiße Wände, weiße Teppiche aus Ägypten, steingeweißte Laken und eine dumpfweiße Katze. Sie war eine berühmte Kurtisane, eine Anhängerin Roms, und die Freundin eines Mannes, den ich einst sehr gut kannte, aber vor langer Zeit, als ich noch ein kleiner Junge war. Sie war wohlhabend, immer noch schön, durch und durch verdorben. Sie faszinierte mich, aber es war das einzige Mal, daß wir miteinander sprachen. Das Zimmer roch nach Madonnenlilien. Unten, in den Kabinen, konnte ich die Jungs hören, die ungeduldig darauf warteten, kastriert zu werden.

»Zieh deine Hose aus«, sagte sie. An den Wänden hingen Hauer. Mein Körper ist nur wenig behaart. Ich betrachtete mich im Spiegel, so augenfällig deutlich unter dem kurzen Hemd, und konnte nur an Alraunwurzeln denken. Ich konnte sie hinter mir sehen, prüfend, abschätzend, und ich hatte eine Ahnung, was es war, was sie so interessierte.

Sie ließ ihre Hände über mein Gesäß gleiten, so wie ein Händler es bei einem Stück Vieh tut. Ich sah sie, durch den silbernen Spiegel, im weißen Zimmer, eine Spiegelphantasie, ein umgekehrtes Bild umgekehrter Regeln. Ich war für sie da.

»Bist du in diese Frau eingedrungen?«

»Nein, Vater.«

»Sprich weiter.«

Sie stand hinter mir, während ich vor dem Spiegel stand, und sie schmeichelte mir mit den Händen. Sie hatte kräftige braune Hände, an den Ballen voller Schwielen, Hände, die ich bei einer Frau nicht erwartet hatte. Sie handhabte mich wie ein Bündel Stöcke, meine fünf sehnigen, hageren Glieder, alle hart. Und dann drehte sie mich zu sich um und bückte sich.

»Hast du ejakuliert?«
»Ja, Vater.«
»In welchen Teil der Frau?«
»In eine Schüssel auf dem Boden?«
»Sprich weiter.«
»Sie hatte ein Gefäß aus Porzellan, dekoriert mit griechischen Helden. Sie forderte mich auf, mich hinzuknien, und ich ließ mich auf alle Viere nieder wie ein Passions-Esel, und als sie ihre Hacken in meine Flanken bohrte, kam ich über Odysseus. Sie sagte, sie nenne es ihre Gelehrtenschale…«

Doll Sneerpiece war keine Gelehrte, sondern den Herren zugetan, obwohl man ihr nicht gerecht geworden wäre, hätte man sie eine Dirne genannt. Ihre Mutter hatte auf dem Totenbett die winzige Hand der kleinen Doll ergriffen und ihr folgenden Rat gegeben: »Verkaufe niemals Grundbesitz.« Doll hatte sich dies zu Herzen genommen und die Lektion auf ihre anderen, besser verkäuflichen Teile übertragen. Sie war nicht zu verkaufen, sie war nur zu mieten, und die Miete war gesalzen. Sie war reich. Reich an ihren runden Brüsten. Reich an ihrem gewölbten Bauch. Reich an den Pfirsichen ihres Gesäßes. Am reichsten am Flies ihres Dreiecks. »Mein Euklid«, nannte sie es, geometrische Beweise für jene liefernd, die ihre Algebra nicht verstanden hatten. Ruggiero, den sie liebte wie ein Vogel das Fliegen liebt, war belesen, vergeistigt, keusch. Wenn Doll Sneerpiece ihre mathematischen Referenzen zur Schau stellte, flüchtete Ruggiero in den Elfenbeinturm der Kunst. Wie Odysseus fesselte er sich an seinen Schreibtisch und verstopfte sich die Ohren gegen ihren Sirenengesang. Dies war schwierig, weil er Opern liebte.

Er hatte noch nie die… die… die… einer Frau gesehen. Wie sollte er es nennen? Tintenfaß?
Er befingerte seinen Federhalter und stellte sich Doll Sneerpiece voller roter Tinte vor.
Ruggieros Lebenswerk bestand darin, einen Index jener Manuskripte zu rekonstruieren, die sich aller Wahrscheinlichkeit nach in der Großen Bibliothek von Alexandria befunden hatten. Er war Gelehrter, und wie andere Gelehrte glaubte er, daß seine Arbeit, wie geheimnisvoll auch immer, für die Menschheit von schätzbarem Wert sein würde. Ruggiero hoffte, daß das Schätzbare die Form einer Pension annehmen würde. Es ist für einen Mann unmöglich, gleichzeitig zu lesen und Geld zu verdienen, außer, er ist Rezensent, und Ruggiero betete, daß er nie so tief sinken möge.
Doll Sneerpiece, die bei so vielen Gelegenheiten tief gesunken war, daß sie das Sinken zu einer anmutigen Kunst gemacht hatte, wußte genau, was ihre Mühen wert waren. Sie hatte festgestellt, daß sie, indem sie ihr Hinterteil auf eine genau berechnete Art und Weise hob, die Ellbogen auf das Bett stützen und ungestört von den Attacken auf ihre Hypotenuse weiterlesen konnte. Auf diese Weise war sie in den Genuß der erhebenden Werke Sapphos gekommen. Ihr persönliches Exemplar des Buches, im ursprünglichen Griechisch, stammte von einem einäugigen Antiquitätenhändler, der behauptete, es von den Medici selbst gestohlen zu haben. Zu ihnen war es über Alexandria gelangt. Als Ruggiero darum gebeten hatte, es sehen zu dürfen, hatte Doll auf die Gabelung zwischen ihren Beinen gedeutet, wo, wie sie sagte, derartige Dinge verwahrt wurden.

Ein Roman? Eine Fiktion? Bestimmt, obwohl ich dem extravaganten und zerfledderten Frontispiz entnehme, daß es sich als Autobiographie ausgibt: »Die vollständigen und ehrlichen Erinnerungen einer Bordellwirtin.«

Vollständig? Ehrlich? Ich bezweifle es, aber warum sollte ich? Selbst die Wissenschaft, die sich etwas auf ihre Objektivität zugute hält, ist abhängig von Zeugenaussagen und Erinnerungen. Wissenschaftliche Theorie muß auf vorausgegangenen Ergebnissen aufbauen. Wissenschaftler müssen in Betracht ziehen, was andere aufgezeichnet haben und was sie selbst zu einem früheren Zeitpunkt aufgezeichnet haben. Die Wissenschaft schlußfolgert und folgert aus vergangenen Erklärungen, aus vergangenen Erkundungen, aus Ermittlungstechniken, die ihre Theorien an allen bekannten Fakten testen.

Aber nicht alle Fakten sind bekannt, und das, was bekannt ist, ist nicht notwendigerweise ein Fakt.

Es gibt eine weitere Schwierigkeit; ganz gleich, wie sorgfältig der Wissenschaftler ist, er oder sie kann nicht vom Experiment selbst losgelöst werden. Unmöglich, den Beobachter vom Beobachteten zu trennen. Ein großer Teil wissenschaftlicher Wahrheiten hat sich im Nachhinein als die Fiktion des Beobachters herausgestellt. Es ist irrational anzunehmen, daß dies heute nicht mehr der Fall ist.

Ein Teil des Problems mit dem neutralen Beobachter, der in Wahrheit eine romantische Beziehung zu seinem Subjekt hat, liegt darin, daß immer eine gewisse Zeit zwischen dem Experiment und der Aufzeichnung des Experiments verstreichen muß. Unendlich winzig vielleicht, aber wie viele Phantasien können sich, selbst wenn man den Blick des Liebenden außer acht läßt, in einen unendlich kleinen Raum hineindrängen?

Ich weiß, wie schwierig es ist, *genau* zu sagen, was erst vor einem Augenblick geschehen ist. Wenn jemand bei mir wäre, würde die Aussage dieser Person meine eigene vielleicht bestätigen, vielleicht aber auch nicht. Und wenn es eine Fotografie gäbe? Die Kamera lügt immer.

Die mißlichste Tatsache in all diesen Zweifeln ist Folgendes: das Erinnern, das jetzt stattfindet, in diesem Bruchteil einer Sekunde, beweist nicht, daß das, was erinnert wird, zu einem anderen Zeitpunkt tatsächlich stattfand. Ich mag davon überzeugt sein, daß es das tat, vor allem, wenn eine Reihe anderer, je mehr, desto besser, ebenfalls davon überzeugt ist. Wenn ich allein bin, und die Erfahrung, das Gefühl, das Ereignis mir und nur mir allein gehörte, wie kann ich dann *mit Gewißheit* sagen, daß ich die ganze Episode nicht nur erfunden habe, einschließlich der getreulichen Erinnerung daran?

Es könnte sein, daß der Bericht, der ihnen hier vorliegt, eine Fiktion ist.

Worauf kann ich mich verlassen, wenn nicht auf meine Vergangenheit, wenn nicht auf die Objektivität, wenn nicht auf die sauberen weißen Kittel der Wissenschaft? Sollte ich die Fiktion eingestehen, die ich bin? Ein Mann, aus nichts anderem gemacht als aus Raum und Licht, ein Nadelstich auf einem nadelstichgroßen Planeten, der zwischen die Sterne gestickt wurde? *Le silence éternel de ces espaces infinis m'effraie*. Ein Mann zappelnd am Haken der Zeit.

Was kann die Ungerechtigkeit zwischen diesem gewaltigen Raum, der nie endet, und meinem begrenzten Leben ausgleichen? Begrenzt, ja, aber nicht durch die Sterblichkeit, die nicht das ist, was ich fürchte, sondern durch die Kleinheit, die Bedeutungslosigkeit, die sehr wohl das ist, was ich fürchte. Das ungelebte Leben. Das Leben in einer harten Muschelschale, sicher vor den Wassern darüber und den Wassern darunter. Das sichere und wohlbehütete Leben. Vernünftig. Verläßlich. Wahr?

Der Zug hatte die Küste erreicht. Das Meereslicht kroch in Fangarmen über den Boden. Lange Wellen aus Licht, die die soliden Sitze und die starren Tische atomisierten. Der Zug selbst waberte.
Der Mann, der in dem hellen Aquarium eingeschlossen war, ließ sich auf seinen eigenen Gedanken treiben. Seine Gedanken perlten mit karikaturistischem Überschwang aus seinem Kopf. Er fing sie ein, blies sie in die Luft, ließ sie zerplatzen. Er tauchte durch die Schichten aus Licht hinunter zu seiner schiffbrüchigen Vergangenheit. Er hatte sich selbst so oft versenkt, daß er eine ganze Flotte von Booten fand, geisterhaft, unbewacht, verändert vom Druck des Wassers und vom Einfluß der Zeit.
Wieviel von irgendwelchem Wert konnte geborgen werden?
Der Mann drückte eine kleine Tür auf. Da waren seine Spielsachen, sein schmales Bett, der Ort, an den nie ein Licht zu fallen schien. Wenn er sich an seine Kindheit erinnerte, war sie dunkel, bis auf eine kurze Zeitspanne an den Nachmittagen zwischen drei und vier. Bis auf zwei Jahre, die rot gefärbt waren. Über ihm wogte das Wasser in Schachbrettquadraten aus Dunkel und Licht.

Wie viele Phantasien in einem infinitesimalen Raum?
Die Sonne hat das Meer in Diamanten verwandelt. Hinter mir das Dröhnen Dröhnen Dröhnen der Motorräder auf der Autobahn. Die definitive Welt der Schwungräder und des Asphalts ist nur das Geräusch von Bienen in einer Flasche.

Das schmutzige Meer verändert sich. Es ist nicht mehr grau, nicht mehr blau, nicht mehr grün, sondern weiß und weiß in Kämmen und Tälern, die sich an die Wölbung meines Auges anpassen.

Ich gestehe, daß ich mich vor dem Meer ängstige. Es gibt das Seemannsmeer und das kommerzielle Meer, das Ölquellenmeer und das fischige Meer. Das Meer, das das Land durch sublunare Kräfte auf die Probe stellt. Das Heben und Senken des Hafenmeeres und das Meer, das existiert, um Landkarten hübscher zu machen. Aber das funktionelle Meer ist nicht das endgültige Meer. Da ist noch dieses andere Meer, das einfach nur es selbst ist. Eine Liste aller Dinge, die das Meer tut, ist nicht das, was das Meer ist. Heute hat das Meer seine Oberfläche in Juwelen verwandelt und seine Fische unter einem Band aus gehämmertem Gold versilbert. Jene, die es gut kennen, werden zugeben, daß sie es kaum kennen. Niemand ist je auf dem tiefsten Grund gewesen. Außer durch logische Schlußfolgerung wissen wir nicht, daß es einen tiefsten Grund gibt. Wir wissen es nicht aus Beobachtung.

Und ich? Beobachten Sie mich. Es gibt Dinge, die sich aus meinen Oberflächennutzungen gewinnen lassen, und vielleicht ein wenig mehr aus meinen tieferen Tiefen, aber mein tiefster Grund? Dort bin ich allein, der Beobachter und das Beobachtete.

Ich steige hinab, ich versuche, die Wahrheit zu sagen, aber die primitive Taucherglocke, die ich mein Gewissen nenne, ist fehlbarer als das billige Thermometer in meinem Fischtank. Vielleicht habe ich keinen tiefsten Grund, vielleicht bin ich seichter als ich gerne denke, oder vielleicht bin ich eine Kreatur der Unendlichkeit, nur für den Augenblick gebunden. Meine wirkliche Welt, wie ich sie zärtlich nenne, ist vielleicht das notwendige Tau, das mich in Wassern festhält, denen ich gewachsen bin.

Ich, Händel, stelle Fragen, kann sie aber nicht beantworten, ich bin kein Held, nur ein Schachbrettläufer, der hofft, schneller als das Spiel zu sein. Solange ich mein Leben auf eine Serie geschickter Züge beschränkte, fühlte ich mich wohl, fast glücklich, ich ließ keine Zeit für Überlegungen. Ich wollte mich nicht im Spiegel sehen. Dann fing die straffe Kette der Ereignisse an sich aufzulösen, nicht äußerlich, ich war so beschäftigt wie eh und je, aber emotional, geistig. Ich fing an, zwischen die Ritzen zu gleiten, die beruhigenden Trittsteine schoben sich immer weiter auseinander. Händel, der sich mit einer Geburtszange über Wasser hielt, Händel, dessen Glaube sich nicht als Rettungsring erwies. Als ich mich nicht länger festhalten konnte, ließ ich los, mit einigem Entsetzen, aber auch mit einiger Erleichterung. Ließ los in unbekannte Strömungen, ein Reisender durch fremde Meere, allein.

Der Zug war von Licht übergossen. Licht prasselte auf das Dach. Licht sprühte in gelben, blattförmigen Fächern über die Kanten. Licht, das sich über die Stahltüren lustig machte und die geschlossenen Fenster zu Kristallkugeln zerbrach.
Die langweiligen geraden Linien des langweiligen geraden Bahnhofs bogen sich unter dem Drall des gebrochenen Lichts. Der Bahnhof bäumte sich auf. Das kleine, selbstgefällige Kabuff des Kartenschalters zersplitterte. Der Mann watete hinüber, er glaubte, auf einer Butterblumenwiese zu sein, das Licht reichte ihm bis zu den Knien und stieg immer höher. Er versuchte, eine Fahrkarte zu kaufen, aber

die selbstbewußten Münzen schmolzen unter der Hitze seiner Finger. Der Mann schrieb auf goldenes Papier und gab es dem goldenen Beamten. Er schritt durch das Licht und bestieg den goldenen Zug.

Picasso

❧ 59 ❧

Picasso, Staffelei, Pinsel, Taschen, wartete auf den Zug.

Auf dem dunklen Bahnsteig, erhellt von Pokalen aus Licht, schritt ein Bahnhofsbeamter seinen unsichtbaren Käfig ab. Zwölf Schritte vor, zwölf Schritte zurück. Er sah nicht hoch, er murmelte in ein Walkie-Talkie, das er so dicht an seine Oberlippe hielt, daß man hätte meinen können, er rasiere sich. Er hätte sich rasieren sollen. Picasso schätzte den Bahnhofsbeamten ab; das Auf- und Abgehen, das Murmeln, das ungepflegte Gesicht, die schlecht sitzenden Kleider. Seinem Aussehen und Verhalten nach war er nicht besser als ein durchschnittlicher Verrückter, und dennoch bezog er ein Gehalt und war befugt, Fragen nach Zügen zu beantworten.

Picasso beschloß, ihm eine zu stellen.

»Wann darf ich mit der Ankunft des 9 Uhr 15 rechnen?«

Er sah sie mit unverhohlener Verachtung an. Es war seine Pflicht, sie war Fahrgast, er war Bahnhofsbeamter. Er hob die Hand zu einem autoritären STOP-Zeichen, obwohl er selbst es war, der sich bewegte. Picasso wartete geduldig, bis er die vierundzwanzig Schritte zurückgelegt hatte, die sie wieder vereinten. Sie wiederholte ihre Frage. Dramatisch senkte er das Telefon von seiner Oberlippe und deutete auf die Informationstafel für die Fahrgäste.

»Ja«, sagte Picasso. »Die Tafel sagt mir, daß der 9 Uhr 15 um 9 Uhr 20 eintreffen wird. Jetzt ist es 9 Uhr 30.«

Der Bahnhofsbeamte sah sie an, wie ein Priester einen

Gotteslästerer ansieht. Seine Antwort war vergeistigt und dunkel.
»Wenn er kommt, werden Sie wissen, wann er fällig ist.«
Er fing wieder an, auf- und abzugehen, zu murmeln, auf- und abzugehen.
Picasso ging zum Bahnhofskiosk. »WIR SERVIEREN JETZT FRISCHEN KAFFEE.« Was hatten sie zuvor serviert?

Ihr Vater hatte gesagt: »Eine Frau, die malt, ist wie ein Mann, der weint. Beide tun es schlecht.« Er hatte das Recht, sich als freigiebiger Gönner der Künste zu betrachten. Im Laufe der Jahre hatte er fünfundfünfzig Bilder in Auftrag gegeben, alles Selbstportraits.
»Mir brauchst du nichts über Kunst zu erzählen«, hatte er gesagt, obwohl Picasso dies nie versucht hatte. »Ich weiß alles über Kunst.«
Sir Jack hatte sich geweigert, Picasso auf die Kunsthochschule zu schicken. Zu ihrem achtzehnten Geburtstag hatte er ihr ein Paar beige Gummihandschuhe und eine lange beige Schürze geschenkt.
»Du kannst mit Senf anfangen«, hatte er gesagt.
Picasso tat es. Da ihr die Farben verwehrt wurden, malte sie mit Senf. Nachts, wenn die letzte Schicht nach Hause gegangen war, hatte Picasso die riesige Fabrik ganz für sich allein. Sie schaltete die großen Neonlichter aus und hängte zwei Blendlampen über den kleinen Kreis ihres Ehrgeizes.
Sie war ehrgeizig, verwechselte ihren Wunsch zu malen jedoch nicht mit der Fähigkeit, es auch zu können. Unter ihrer gnadenlosen Blendlampe stellte sie sich selbst unerbittlich in Frage. Sie konnte lernen, sie konnte alles lernen, was es zu lernen gab und ein moderner Landseer werden. Talent und Fleiß konnten ihr Einlaß in die Royal Academy

verschaffen, Genialität würde sie mit Sicherheit davon ausschließen. Sie wußte, daß sie sich nie mit Annäherung zufriedengeben würde. Entweder sie war eine Künstlerin, oder sie war keine. Sie konnte nichts anfangen mit Begriffen wie schöne Kunst oder populäre Kunst, zweitklassige Kunst oder dekorative Kunst. Es gab Kunst und es gab Nicht-Kunst. Falls sie selbst Nicht-Kunst sein sollte, würde sie es vorziehen, etwas völlig anderes zu sein, jemand völlig anderes, sie würde in ihr eigenes Schwert fallen.
Vor den gleichgültigen Kisten, den in Plastik eingeschweißten Paletten und den Essigfässern malte Picasso. Die Fabrikuhr tickte Fabrikminuten. Sie schlief kaum. Sie verbrachte ihre Nächte in einer weißen Scheibe aus Licht, eine Bittstellerin auf einer Kommunionoblate, und draußen das Vampirdunkel.

Sie ging hin und sah sich Gemälde an. Sie sah sie sich an, bis sie sie sehen konnte, bis sie das Objekt an sich sehen konnte, so wie es wirklich war, obwohl sie dafür oft Monate brauchte. Ihre eigenen Ideen, ihre eigenen Ängste, ihre eigenen Grenzen drängten sich dazwischen. Wenn ihr ein Bild gefiel, stellte sie oft fest, daß es ein Teil ihrer selbst war, der ihr gefiel, ein Teil ihrer selbst, der mit dem Bild in Einklang stand. Sie scheute zurück vor Dingen, die sie nicht verstehen konnte, und zunächst mißfielen ihr Farben, Linien, Arrangements, die eine Herausforderung für das darstellten, was sie zu wissen glaubte, für das, was sie für die Wahrheit hielt. Es war eine ganz gewöhnliche Reaktion auf ein außergewöhnliches Ereignis. Je mehr Bilder sie betrachtete, desto mehr sah sie sie als außergewöhnliche Ereignisse, sich ständig wiederholende Ereignisse, und nicht als Objekte, die in der Zeit fixiert waren. In den weit-

schweifigen alten Lehrbüchern war die Rede von »Das Göttliche«.
Es gab einen Tag, an dem Picasso verstand. Der einzige vergleichbare Tag war jener, als sie noch ein Kind war und lesen lernte. Die Formen der Buchstaben taten ihren Augen weh, sie fand sie häßlich, derb, arrogant, nichtssagend. Sie sehnte sich danach, draußen in der Sonne zu sein. Wenn es um Spiele ging, war sie gut, die Form ihres Körpers war eine Form, die sie kannte, er hatte Gestalt und Bedeutung. Wenn sie sprang und rannte und sich in wilden Überraschungen drehte, war sie ein kleines Kätzchen im Sommer. Wenn sie an ihren Schreibtisch zurückmußte, war sie nur ein unbeholfenes Kind mit einem winterlichen Gesicht.
Sie starrte die Seite an. Sie bedeutete ihr nichts.
Sie starrte die Seite an. Sie bedeutete ihr nichts.
Sie starrte die Seite an, und ohne darüber nachzudenken, las sie sie. Die harschen, verschlossenen Buchstaben sangen sich ins Sein. Sangen sich in ihr Sein. Sie konnte lesen.
Von da an war sie nicht mehr von ihren Büchern zu trennen. Ihre Mutter, die sich darüber gesorgt hatte, ihr temperamentvolles Kind könne zurückgeblieben sein, sorgte sich nun darüber, daß sie ihr Aussehen hinter einer dicken Brille verlieren könnte. Ihre Mutter versuchte, sie für Stoffe zu interessieren, aber Picasso zerschnitt den Gingham und den Chintz und die Blümchen und die Tupfen und benutzte sie als Lappen, um ihre Pinsel daran abzuwischen. Wenn sie nicht über Malerei lesen konnte, malte sie selbst, kopierte die Dinge, die sie liebte, lernte durch ernsthaftes Nachahmen.

Farben wurden ihr Talismann. Am Ende jedes schwarzweißen Tages träumte sie in Farbe. Nachts tauchte sie ihren

Körper in Magentaschattierungen, rubbelte sich mit kalkigem Bimsstein ab. Das Kopfkissen war vom Karmesin ihrer schwarzen Haare übergossen. Sie schlief unter einem Mantel von Klimt.

Sie nahm die Rüschenvorhänge ihrer Mutter herunter und hängte eine schlichte Jalousie aus Segeltuch auf, die sie von Zeit zu Zeit bemalte. »Es ist so primitiv«, beklagte sich ihre Mutter, die genauso an den Guten Geschmack glaubte wie sonntägliche Kirchenbesucher an die Unbefleckte Empfängnis. Worum es sich bei Gutem Geschmack handelte, wußte sie nicht genau. Aber sie wußte genau – er war Wichtig.

Picassos Vater störte sich nicht daran, wieviel seine Tochter las. Es war das Malen, das ihm mißfiel. Er war der Meinung, es verrate ein Übermaß an Testosteron, und er wollte, daß seine Tochter so ausgewogen war wie er selbst.

Als Picasso einen Apfel von Cézanne sah, empfand sie das ganze Begehren Evas, die an der Schwelle zur Welt stand, während das Paradies verblaßte.

»Sie lebt in einem Paradies«, sagte Sir Jack, wann immer er an seine Tochter dachte. »Du lebst in einem Paradies«, sagte ihre Mutter, als Picasso ihr sagte, sie werde von Zuhause weggehen, um zu malen. »Was ist an diesem Haus auszusetzen?«

Die Vergangenheit steht hinter mir als ein Haus, in dem ich einst lebte. Ein Haus, dessen Fenster, aus der Ferne betrachtet, klar und hell sind, aber seltsam schattig, sowie ich näherkomme. Eine Freundin sagt, »Zeig mir, wo du früher gewohnt hast«, und wir hasten, Arm in Arm, zu jener Straße, zu jenem Haus, zu jener Zeit, die nicht mehr existiert, die aber existieren muß, weil ich sie wiederfinden kann.

Meine Vergangenheit, mein Haus, ist durch zwei Treppen miteinander verbunden, die, die ich benutze, und die, die andere Menschen benutzen. Meine private Treppe führt mich aus dem niedrigen Souterrain meiner frühen Kindheit durch kleine, kahle Zimmer, Zimmer mit nur einem Tisch, Zimmer mit nichts als einem einzigen Buch. Zimmer getränkt in Farbe, schwer vor Rot, leidenschaftlich unter Chromgelb. Winterzimmer aus polarem Weiß, Sommerzimmer, in denen der Kamin mit Blumen vollgestopft ist.

Die öffentliche Treppe ist eine breite, sichere Bahn, die sich vom Erdgeschoß aus in selbstbewußten Bögen nach oben schwingt. Sie ist aus alter, wiederverwerteter Eiche gemacht. Kein einziger Tritt dieses leicht zu bewältigenden öffentlichen Weges wurde von mir gelegt. Meine Mutter, mein Vater, meine Brüder, Onkel und Tanten haben sie über die Jahre gelegt, und zwar wörtlich über die Jahre gelegt, so daß die Zeit unter den lächelnden, gebohnerten Brettern gefangen ist. Sie haben sie Schritt für Schritt erklommen, und sie glauben, daß sie der einzige Pfad ist, der durch das Haus nach oben führt.

»Du warst schon immer ein schwieriges Kind«, sagte meine Mutter, über das solide Geländer gebeugt. Sie kniff die Augen zusammen, um in die dunkle, verschwundene Küche zurückblicken zu können, in der wir unsere Tage verbrachten. Sie sah sich selbst, jung, freundlich, überarbeitet, geduldig, vernachlässigt von ihrem Mann und geschmäht von einem stummen Kleinkind, das nicht verstehen wollte, daß Bananen die einzige Frucht sind.

»Ich habe alles für dich getan«, sagte sie, und plötzlich war sie wieder auf Händen und Knien, und ich, eine erwachsene

Frau, saß wieder in dem verhaßten Hochstuhl und baumelte über einem blitzenden Fußboden mit hilflosen Beinen.
»Du wirst nie verstehen, welche Opfer ich bringen mußte«, sagte sie, während sie sich daranmachte, mir noch einmal alles darüber zu erzählen. Sie lief die helfershelferische Treppe hinauf in eins ihrer liebsten Erinnerungszimmer, das Wohnzimmer.
Hier wurden die Sonntage mit überwältigendem, wohlerzogenem Sadismus aufgeführt. Hier war das verdunkelte Zimmer, obszön sauber, die Dresdener Schäferinnen, die sich über die Rücken zickiger Schafe hinweg lüsterne Blikke zuwarfen. Es gab ein Ölportrait meines Vaters in Militäruniform, es gab keine Portraits seiner Geliebten. Die Uhr ticktackte die gequälten Minuten zu Säulen der Verzweiflung. Mein Bruder und ich, zählend, zählend, zählend. Pünktlich zur vollen Stunde spielte sie ihre lüsterne Leierkastenmelodie, und heraus kam ein Soldat, die Trommel auf den geschwollenen Penis gestützt. Mein Bruder hatte die Hände in den Taschen.
»Und du hast die schöne Uhr kaputt gemacht«, sagte meine Mutter.
An dieser Stelle hatte ich sie angefleht, mir ein eigenes Schlafzimmer zu geben.
»Wenn du älter bist«, hatte sie gesagt und Papierblumen ins Feuer geworfen. Bis ich fünfzehn war, benutzte mein Bruder mich Nacht für Nacht als Jauchegrube für seine aufgedunsene Pubertät. Dieser Ort ist jetzt versiegelt. Meine eigene schmale Treppe hält vor der Tür inne und schlägt dann eine andere Richtung ein. Die Treppe meiner Mutter schwingt sich ohne innezuhalten an der Tür vorbei. Es gibt dort keine Tür, sagt sie, kein Zimmer dahinter.
»Warum gehst du nicht und besuchst deinen Bruder und

seine Frau?« Und dann: »Du warst schon immer schwierig.«

Ich habe versucht, ihr zu folgen, wenn sie von Zimmer zu Zimmer ging. Ich habe versucht, mich an die Dinge zu erinnern, die sie mit selbstgerechter Intensität sah.
Weihnachten, wenn meine ganze Familie sich zur jährlichen Besichtigungstour durch das Haus zusammenfindet, versuche ich, Schritt zu halten, falle jedoch immer weiter zurück. Wenn sie sich auf der untersten Stufe des Familienlebens versammeln, um ein paar Tränen über die Babys zu vergießen, die sie einst waren, und die Mütter und Väter, die sie einst waren, und die gekochten Mahlzeiten und die beschwichtigten Kabbeleien, ist es leicht, sich hineinziehen zu lassen. Sie ziehen mich hinein, sie kritzeln mich in all ihre Fotos, und werden böse, wenn ich mich nicht erkenne. »War sie nicht hübsch?« (wieder meine Mutter). »Natürlich hatte sie damals lange Haare.«
Mein Bruder läßt sich am ersten Weihnachtstag gern bis zur Besinnungslosigkeit vollaufen, und wenn er voll ist, bittet er seine kleine Schwester, sich auf seinen Schoß zu setzen. »Verpiß dich, Matthew«, lautet meine weihnachtliche Antwort, was vielleicht ein Fehler ist, denn kaum habe ich die Worte ausgesprochen, rennt meine ganze Familie aus Onkeln, Tanten, Cousins, Cousinen und Angeheirateten, von meinem Vater angeführt, rauf ins Kinderzimmer. Meine Mutter, sentimental vom Sherry, erzählt allen, daß ihre Kinder miteinander spielten wie kleine Hündchen, sogar im selben Bett einschliefen. Sie wischt sich die Zwölfmonatstränen ab. »Wir waren eine glückliche Familie«, sagt sie. »Kümmert euch nicht um Picasso.« Als ob einer von ihnen das je täte.

Spät abends, wenn alle Mitglieder der Familie in ihren rechtmäßigen Familienbetten eingeschlafen waren, schlich sich Picasso auf ihre schmale Steintreppe und spürte die Kälte unter ihren Füßen. Eine Kälte nicht tröstlich wie die breiten Holzdielen, über die ihre Familie ging. Eine Kälte nicht tröstlich wie Lügen tröstlich sind, solange man an sie glauben kann. Solide, ehrliche, private Kälte. Sie war fort vom spuckefeuchten Geplapper der Stimmen. Sie war raus aus der von allen geschürten Lügenverschwörung. Dem Phantasie-Ofen, in dem die Wahrheit in kleine Stücke zerhackt und verbrannt und verbrannt und verbrannt wurde.
Sie ging die Treppe hinauf. Sie haßte ihren Bruder. Sie ging die Treppe hinauf. Sie liebte ihre Mutter. Sie ging die Treppe hinauf. Wer waren diese lauten fetten Menschen, die alle Räume füllten, so daß nie genug Luft zum Atmen da war, nie genug Licht, um zu sehen? Wer waren diese Menschen, die die Vergangenheit benutzten wie eine Reihe von Zimmern, die der neuesten Mode entsprechend geweißt und ausgeschmückt werden konnten? Wer waren diese Menschen, deren Körper vor lauter Lügen verfaulten? Sie waren ihre Familie. Sie ging die Treppe hinauf.

Sie war jetzt draußen, über den Schiefern des Hauses, über den stummen Schornsteinen und dem Knistern der Satellitenschüsseln. Über den höchsten Zweigen der riesigen Platanen, die seit über dreihundert Jahren vor ihrem Haus wuchsen. Sie war weit über gutes Benehmen und gesunden Menschenverstand hinaus.
Sie war auf einer Höhe mit dem Kran, der über dem Viehhof schwebte. Jeden Tag, in Schutzhelmen und Schutzbrillen, schweißten Männer in unmöglichen Höhen. Die Luft zischte, goldene Funken spuckten aus dem silbernen Stahl, der

Geruch verbrannter Haut. Jeden Tag gab es ein Stückchen mehr Krebskrankenhaus, ein Stückchen weniger Viehhof.
Der Kran wartete. Morgen würde er seinen gelben Arm senken und das blaue Viehgatter aufschaufeln. Das Gatter war blau, bis auf die oberste Stange, die über Jahre von Unterarmen blankgescheuert war. Es war ein blaues Viehgatter, bemalt mit Geschichte, nicht Krieg oder Politik, sondern mit Vieh, Bierpreisen und dem gelegentlichen gebrochenen Herzen, 1710 – 1995. Seitdem war das Gatter, da der Hof längst nicht mehr in Betrieb war, verlassen. Nicht so morgen. Raus damit, über den Stahl, den Beton und die Kipplaster, vorsichtig auf die Ladefläche des Lastwagens, und ab ins Landwirtschaftsmuseum. Der Rost darunter würde recycelt werden.
Die Stadt recycelt alles, aber sie hat noch keine Methode gefunden, die Materialien von den Erinnerungen zu trennen. Da Häuser abgerissen wurden, um immer mehr Strassen Platz zu machen, haben die Menschen angefangen, in Banden umherzuziehen und in den Abfallcontainern der Stadt nach Teilen ihrer Vergangenheit zu suchen. Für viele existieren die Neubauten kaum, die Leute sehen durch sie hindurch auf verlorene Reihenhäuser und billige Mietwohnungen, in denen sie glücklich waren.
Männer und Frauen, die vor den Zwangsenteignungen in der Gegend lebten, kommen an den Sonntagnachmittagen gerne zurück, um auf ihre geisterhaften Häuser zu zeigen. Keiner weiß warum. Psychologen weisen auf eine medizinische Parallele hin; Menschen, die Gliedmaßen verloren haben, sei es durch Unfall oder Amputation, fühlen auch weiterhin Schmerzen in dem nicht mehr existierenden Körperteil. Manche behaupten, daß ihr verschwundener Arm immer noch an ihrer Seite hinge.

Es fällt den Menschen schwer, ohne die persönlichen Wahrzeichen zu leben, die sie erkennen. Sie können nicht mehr sagen, »Sieh nur, hier ist es passiert.« Sie haben keinen Zugang mehr zu ihrer Vergangenheit, außer durch die Erinnerung. Zunehmend unfähig, sich zu erinnern, haben sie angefangen, zu erfinden.
Picasso ging die Treppe hinauf. Unter ihr war jetzt nichts Solides mehr. Sie balancierte auf den Tragbalken ihrer Phantasie.

Ich war auf dem Dach. Meine Haare waren strähnig. Meine Haut stumpf von schlechter Behandlung. Nur meine Augen waren hell. Ich dachte, ich stünde oben auf einer Klippe und wartete darauf, daß ein Schiff unter den weißen Wolken vorbeizöge. Ich hatte Angst, alle Schiffe seien verschwunden, jeder reist heutzutage mit dem Flugzeug, ich hatte Angst, alle Schiffe seien verschwunden, dieser hohe, schwindelerregende Ort der letzte Standort meines Herzens. Dann sah ich einen Mast und fröhliche Segel. Deine festen Flanken, deinen Laderaum vollgepackt mit Fracht. Du warst eine Farbpalette in einer farblosen Welt. Roter Lippenstift, grüne Augen, Haare wie schwärmende Bienen. Du warst ein Gewürzschiff, und ich konnte dich mit dem Wind riechen.
Dein Schal flatterte wie ein Banner. Du trugst eine Segeltuchjacke, und ich überlegte, ob ich dich malen könnte, aber schon warst du die Farben des Regenbogens, dein roter Hut ein Dreispitz. Du sagtest, dein Name sei Nelson, aber das war viel später, lange nachdem ich wußte, daß meiner Hamilton lautete. In jener Nacht wußte ich, daß ich deine Geliebte sein und in deiner kleinen Taurolle die sieben Meere befahren wollte. Ich nahm das Teleskop auf und

betrachtete dich. Eine Minute kann immer noch ein ganzes Leben verändern.

»Sieg«, sagte ich in jener Nacht.

»Sieg«, als ich den langen Aufstieg zurück in mein Studio erklomm.

»Sieg.« Das Wort entkleidete mich. Das Wort zog mir den adretten Blazer und die flachen Schuhe aus, die ich zu Familienzusammenkünften trug. Ich betrachtete meinen Körper im Spiegel. Er war nicht kolonialisten-stolz, so wie du deinen zur Schau stellst. Es war ein Körper, der nicht an das Licht gewöhnt war.

Meine Schulterblätter waren schroffe Vorwürfe. Mein Bauch war ein ungepflügtes Feld. Gras hatte mein Schamhaar überwuchert. Ich war eine Nonne unter Nesseln.

»Sieg.« Ich nahm meinen Pinsel zur Hand und fing an.

Ich bemalte meine unsicheren Brüste mit kräftigen schwarzen Pfeilen und führte einen silbernen Köcher über mein Rückgrat. Ich holte meinen Lippenstift hervor und formte meine Lippen zu einem gespannten roten Bogen. Du warst mein Ziel.

Ich bemalte meine Beine mit gefährlichen gelben Winkeln und badete meine Hacken in Quecksilber. Ich würde mich schnell bewegen müssen. Ich umrundete meine Gesäßbacken mit goldenen Kreisen und gab meinem Nabel seinen eigenen blauen Diamanten. In Anbetracht deines Siegerhutes färbte ich mir die Haare purpurrot.

Während ich malte, eifrig bedacht auf Umbra und Grünspan, Zinnober und Chrom, huschten die Farben, aus ihren engen Tuben herausgelassen, unter der Studiotür hindurch und die öffentliche Treppe hinauf und hinunter in die schwarzweißen Familienräume. Meine Mutter schreckte aus ihrem Flanellschlaf auf, um den Namen eines Mannes zu rufen, den sie seit zwanzig Jahren nicht gesehen hatte. Sie bäumte sich auf ihren ehelichen Laken auf, die Wangen vor Untreue gerötet. Mein Vater schlief in Purpur.

Matthew, schneckenfett, schneckenlangsam, wurmrosa, hatte einen Alptraum. Er ging eine geschäftige Straße entlang, auf der Suche nach einer Frau, die er aufgabeln könnte. Er sah eine, die ihm gefiel, schokoladene Brustwarzen und Rennbahnschenkel. Er ging zu ihr hinüber, seine Brieftasche lugte hervor, sie berührte sein Gesicht und sagte, »Hallo, Schatz, du bist doch Picassos Schwester, oder?« Er sah an sich herunter und sah, daß er nur ein Tutu trug, neidgrün gefärbt. Entsetzt griff er nach seiner Brieftasche, aber sie war verschwunden.

Onkel, Tanten, Cousins, Cousinen, Angeheiratete, alle Gewichte und Gewichtlosigkeiten des Familienlebens, träumten in dieser Nacht in Farbe. Rehbraune Teppiche verwandelten sich in Blut, und alles beige Bettzeug, das es gab, konnte ein einziges karmesinrotes Laken nicht unterdrükken. Selbst mein jüngerer Bruder Tommy, der Medaillen besaß, die ihn schützten, erwachte in panischer Angst.

Am Morgen regnete es, und der Regen fiel in orangefarbenen Punkten auf ihr cremefarbenes Fleisch. Sie waren getüpfelt vor Schuld, jeder konnte an den anderen die Muster der Infektion sehen. Sie aßen ihr Familienfrühstück in einsamem Schweigen. Unrein, lepragefleckt, über Nacht ertappt.

Sie trugen ihre dunkelsten Kleider, ihre feierlichsten Gesichter, sie flüsterten wie Kirchenvorstände. Sie konspirierten in ihrer grauen, aufrechten Eitelkeit, aber wenn ihre Blicke sich trafen, sahen sie den Makel.

Meine Mutter schenkte den Tee mit zitternden Händen ein. Konzentrier dich, konzentrier dich, eine Tasse, zwei Tassen, ruhig, ruhig. Sie ließ die Kanne fallen. Das weiße Porzellan zerschellte auf dem weißen Tischtuch und verbreitete den Tee zu einem fünfzackigen pflaumenblauen Stern.

»Warum hat der Tee diese Farbe?« fragte mein Vater.

»Da ist keine Farbe, Vater, keine Farbe, nur Tee.« Sie tupfte mit dem Zipfel ihres weißen Taschentuchs daran herum. Sie hätte es genausogut in Blut tauchen können. Die Familie starrte den Fleck an, der Fleck starrte zurück. Unverschämt vor Sommer, üppig vor fruchtbarem Schwellen, der pflaumenblaue Fleck auf dem Weihnachtstischtuch.

»Geht doch bitte schon nach oben.« Meine Mutter bat, wischte immer wieder ihre befleckten Hände an ihrer befleckten Schürze ab.

Sie gingen nach oben. Sie gingen nach oben, paarweise, in die behagliche Arche des Sonntagszimmers.

»Es regnet«, sagte Matthew, der an dem langen Fenster stand, das auf den langen Garten hinausblickte. Er sah seine Mutter im Regen, orangefarbene Pfeile verfingen sich in ihren Haaren. Sie mühte sich ab, das Tischtuch aufzuhängen.

»Mutter wird naß werden«, sagte er zu niemandem.

»Ein bißchen Regen wird ihr schon nicht schaden«, sagte Vater.

»Er ist orange«, sagte Matthew.

»Muß das Kraftwerk sein«, sagte Vater.

Picasso malte. Sie malte sich aus der Nacht heraus und in den Kreis der Sonne hinein. Die Sonne saugte die Dunkelheit aus ihrem Studio und hinterließ einen Schwamm aus Licht. Das Licht erhellte die vier Ecken des Bodens und die vier Ecken der Decke in einer Oktave des Lobgesangs. Während Picasso malte, sang sie in acht Lichtpunkten. Sie öffnete der Sonne ihren Rücken und ließ sie ihr Rückgrat stimmen. Sie öffnete das Fenster, und die Sonne erklomm sie wie eine Tonleiter. Sie hatte die Sonne als Heiligenschein hinter ihrem Kopf. Sie leuchtete. Die Sonne war in ihrem Mund und verbrannte ihr die Lippen. Sie hielt die Sonne in der Form einer dünnen goldenen Scheibe zwischen ihren Zähnen. Es war Winter, aber die Sonne war heiß. Picasso sah aus wie ein Buddha aus Blattgold.

Ohne nachzudenken lief Picasso ins Wohnzimmer, in die Zeitungen, in die guten Kleider und die tote Luft. Sie war von Kopf bis Fuß bemalt.

»Selbstportrait«, sagte sie zu ihren erstaunten Gesichtern.

»Ruf den Arzt, Matthew«, sagte ihr Vater.

Der Arzt packte sein Stethoskop, seine Handschuhe, seine Einweisung und seine Spritze ein. Der Arzt stieg in sein Auto und fuhr weg. Das leise pferdestarke Auto schnurrte unter den purpurnen Wolken.

»Um Himmels willen, Matthew, der Schnee ist NICHT purpurn. Wo ist deine Schwester?« (Hallo, Schatz, du bist doch Picassos Schwester, oder?)

Picasso packte ihre Staffelei, ihre Pinsel, ihre Farben, ihre Taschen. Sie packte ihre Leinwände und ließ ihre Besprechungen zurück. Draußen hatte die Sonne einen Stab aus Licht geformt, der sich durch die Wolkendecke bohrte. Picasso, in ihrer Tarnung, rutschte daran herunter auf die Straße.

»Das ganze Tischtuch ist voll«, wimmerte ihre Mutter.

Picasso trug ihre hohen Stiefel, ihre Lederjacke und ihren Samthut. Ihr war warm, weil sie die Voraussicht besessen hatte, sich für den Winter zu bemalen.
»Die Zentralheizung ist ausgefallen«, sagte Matthew und trat gegen den weißen Radiator.

Draußen war der Schnee sauber und frisch, er sank leicht auf sie herab, wie die Berührung eines alten Freundes. Sie warf den Kopf zurück, aber als der Schnee ihre Lippen berührte, schmolz er. Sie hatte die Sonne im Mund. Sie lächelte und ging durch die stille Stadt.
Unterwegs, nachdem sie schon eine Weile gegangen war, schlitterte ein Mann durch die Schneewehen auf sie zu und bat sie um Hilfe.
»Ich bin Arzt«, sagte er.
»Tut mir leid«, sagte Picasso. »Ich nehme keine Drogen.«
Sie ging weiter, vorbei an seinem purpurnen Gesicht in seinem schneegesprenkelten purpurnen Auto, durch die stille Stadt und in den Bahnhof hinein.

SAPPHO

ICH BIN EINE SEXUALISTIN. IN FLAGRANTE DELICTO. DIE ENDstation des Universums. Sagt meinen Namen und ihr sagt Sex. Sagt meinen Namen und ihr sagt weißer Sand unter einem weißen Himmel weißes Schleppnetz meiner Beine. Laßt euch in meinem Netz einfangen. Hereinspaziert, hereinspaziert zur nackten Dame, zwei Pence pro Blick. Mich bespringen? Oh nein, in dieser Show übernehme ich das Bespringen. Ich bin der gehörnte Gott, der aufgerichtete Phallus, das Spar- und Hauptsegel dieses schwankenden Schiffs.

Alle Mann an Bord für die Phantasie-Reise von Mytilene ins Gute Alte England, via Rom und quer durch La Belle France. Wie lange es dauern wird? Nicht viel mehr als zweieinhalbtausend Jahre schmutziger Witze, und alle auf meine Kosten.

Ergebe ich Sinn? Nein? Hier ein heißer Tip: Sehr Berühmte Männer haben über mich geschrieben, unter ihnen Alexander Pope (Engländer 1688–1744 Beruf: Dichter) und Charles Baudelaire (Franzose 1821–67 Beruf: Dichter). Was kann ein Mädchen mehr verlangen?

Ich habe eine Menge Fragen, nicht zuletzt, WAS HABT IHT MIT MEINEN GEDICHTEN GEMACHT? Wenn ich die Seiten meiner Manuskripte umblättere, zerknittern meine Finger das Papier, das Papier zerbröselt zu verbrannten Falten, das Papier färbt meine Handflächen gelb. Ich sehe aus wie ein Nikotin-Junkie. Ich kann meine eigene Schrift nicht mehr lesen. Kein Wunder, daß so viele von euch beschlossen haben, zwischen den Zeilen zu lesen, wenn die Zeilen selbst abgenutzter sind als eine Samstagnachthure.

Auch das mußte ich tun; die Schwänze Sehr Berühmter Männer lecken, und das hat mich in die Lage versetzt, euch ein Berufsgeheimnis verraten zu können. Ihre Ergüsse schmecken genau wie die aller anderen. Ich bin keine Feinschmeckerin, aber ich erkenne einen Eimer Griesbrei, wenn ich mit dem Kopf drinstecke. Man kann ein Pferd ans Wasser führen, aber man kann es nicht zum Trinken zwingen. Mein Rat? Schluckt es nicht. Spuckt die kleinen Hoffnungsträger in den Ausguß und laßt sie sich den Abfluß heraufzappeln. Nein, ich bin nicht hartherzig, aber ich weiß was Besseres für meine Magenschleimhäute. Und ich habe noch eine Frage: Wann hat er euch das letzte Mal geleckt?

So viele Männer haben es mit mir getrieben. Große Männer, kleine Männer, kahle Männer, fette Männer. Männer mit Schläuchen wie von der Feuerwehr, Männer mit nichts als der Tülle eines Zuckerbäckers. Hier kommen sie, lugen durch die Geschichtsbücher, erzählen euch alles über mich. Ich wurde auf einer Insel geboren. Könnt ihr den Marmorstrand und das gläserne Meer sehen? Beides Lügen. Der weiße, feuchtgeäderte Sand ist warm unter den Füßen. Das Meer, das weich den Rumpf widerspiegelt, wird ihn bald zersplittern. Der Schein trügt. Ich liebe die Täuschung von Sand und Meer.

»Eine Betrügerin.« »Eine notorische Frauenverführerin.« »Ein Gift.« »Eine Göttin.« »Die Zehnte Muse.« Es ist die Aufgabe des Dichters, die Dinge zu benennen, Blasphemie, wenn die Dinge sich erheben, um den Dichter zu benennen. Das Lob ist nicht besser als der Tadel. Meine eigenen Worte gingen zwischen den ihren verloren.

Seht euch diese Aussage an: »Eine Frau kann kein Dichter sein.« Dr. Samuel Johnson (Engländer 1709–84 Beruf: Sprachklempner und Großmaul). Was also soll ich aufgeben? Meine Dichtung oder mein Frausein? Seid versichert, ich werde eins davon aufgeben müssen, wenn ich am anderen festhalten will. Am Ende lag die Entscheidung nicht bei mir. Andere haben sie für mich getroffen.
In alter Zeit war ich eine große Dichterin, aber ein böses Mädchen. Siehe Plato (Grieche 427–247 v.Chr. Beruf: Philosoph). Dann kam im ersten Jahrhundert n.Chr. Ovid daher und versuchte, meinen Ruf mit einer richtig schönen tragischen Romanze reinzuwaschen. Ich, die ich jede Frau der Geschichte hätte haben können, verliebte mich in einen Busfahrer mit Schlabberhose und der Sorte von Unter-der-Gürtellinie-Gerätschaft, die Witzbolde aus Jux auf Ansichtskarten vom Meer drucken. Ihn ficken? Ich konnte ihn nicht einmal finden. Er sagte, es müsse an meinen Augen liegen, ich sagte, es liege wohl an all den Gedichten, die ich spät abends schrieb, mit nur einer Talgkerze als Gesellschaft. Er sagte, ich solle damit aufhören, es ruiniere unser Sexualleben.

SEX UND DIE ALLEINSTEHENDE DICHTERIN: Seht sie euch an, mein süßes Beutevögelchen, schmaler Kopf und golddurchwirkte Federn. Sie sitzt auf meinem Handgelenk, während ich sie streichle. Sie macht aus mir eine Vogelstange. Sie nennt mich ihre kleine Vogelstange und liebt es, ihre Krallen zu benutzen. Ich trage alle Narben meiner Kunst.
Bin ich ihre Hüterin? Wer ruft wen? Hört sie meinen Ruf, oder beantworte ich den ihren? Sie jagt. Sie jagt mich. Ich habe weiche fleischige Stellen zur Freude ihres Schnabels.
Sie ist intensiv, hochgestimmt, windgeformt. Unsichtbare

Fäden bringen sie zu mir zurück. Ich muß ihr keinen Fußriemen anlegen. Es sind meine Beine, die weit gespreizt gefesselt sind, vor falscher Bescheidenheit bewahrt durch Winkel des Begehrens, wir treiben kreuzweise auf derselben Strömung, Falke und Falknerin, Falknerin und Falke, in einziger Beute.

Dies ist das Wesen unserer Sexualität: Sie öffnet ihre Beine, ich krieche in sie hinein, rot-glühend. Ich krähe in ihr wie ein Hahn, ein roter Geck auf einem roten Hügel. Sie sagt, »Mein kleiner roter Hahn, kräh noch einmal«, und ich tue es, mit aller Kraft meiner Lungen. Ich krähe in die blasse, rotaufgehende Sonne. Ich krähe in die taufeuchte Welt. Ich zerreiße sie mit meinem Schall, sie zerbirst unter mir, in einem Tagesanbruch der Zufriedenheit.

»Mein kleiner roter Hahn«, nennt sie mich, und ich bin glücklich, ein kleines zahmes Geflügel zu sein, das in Äsops Wonnen lebt. Die Geschichte vom Falken und ihrem Hahn.

»Das Werk Sapphos«, sagte Doll Sneerpiece.

Die vortreffliche Lady war ganz in Rot gekleidet. Rot von dem rubinroten Kamm, der ihre Hennahaare hochsteckte. Rot an ihrem Hals in einer Schnittwunde aus Achat. Rote Lippen in Cherubsbögen. Rot unter der Zinne ihres Busens, und, unterhalb ihrer Taille, ein sich teilendes Rotes Meer, das auf türkische Pantöffelchen fiel, die behaglich auf einem türkischen Teppich ruhten.

»Das Werk Sapphos«, sagte Doll Sneerpiece.

»Sehr Richtig. Sehr Wahr«, sagte Miss Mangle, die endlich sah, daß Dolls Lippen sich bewegten.

»Die größte Dichterin der Antike«, sagte Doll. Sie zog an ihrer blubbernden Wasserpfeife, bis das Rauschmittel sie ruhiger machte.

Sie war nicht ruhig, sie kochte vor Liebe, sie schlug das Buch auf.
»Eros löst meine Glieder und stört mich auf,
bittersüßes, entmachtendes Ungetier.«
Sie schloß das Buch. Sie schloß die Augen. Hinter ihren Augen das Gesicht Ruggieros.
»Ich verzehre mich nach ihm wie eine Hirschkuh nach dem röhrenden Hirsch.«
Sie stellte sich Ruggieros Geweih vor.

In einem anderen Zimmer auf der anderen Seite der Stadt starrte Ruggiero das Tintenfaß an.

»Ich bin die Liebe leid«, sagte Sappho. Sie lachte und ergriff ihren Koffer. Die Liebe leid sein war gewiß besser, als an der Liebe zu leiden?
In der Vergangenheit hatte sie nur allzu gerne jedes Schiff bestiegen, das längsseits kam, es brauchte ihr nur einen fetten Rumpf oder ein schmales Kiel zu zeigen, und schon verstaute sie ihr Gepäck im Laderaum. Wenn ihr neues Quartier ihr zu eng geworden war, hatte sie sich einfach heimlich von Bord geschlichen. Das war Sappho gewesen, und ein Stapel Papiere, es zu beweisen. Warum hatte die römische Kirche ihre Gedichte verbrannt und sie exkommuniziert? Galileo wurde rehabilitiert, nicht jedoch Sappho. Galileo ist kein Ketzer mehr, aber Sappho ist immer noch eine Sapphistin.
»Erkenne dich selbst«, sagte Sokrates.
»Erkenne dich selbst«, sagte Sappho, »und paß gut auf, daß die Kirche nie dahinterkommt.«

Das Wort ängstigt. Das verführerische Wort, das schmeichlerische Wort, das Wort, das die zitternde Hand zum verbotenen Schlüssel führt. Das Wort hinter der Tür, das Wort, das darauf wartet, aufgeschlossen zu werden, das Wort, das aus der Zensur heraushüpft, das Wort, das das Taufbecken zum Zerspringen bringt. Das Wort, das nicht Frieden, sondern das Schwert bringt. Das Wort, dessen Trost Salz vom Felsen ist. Das Wort, das nicht bereut.
Die Worte folgen meinem Ruf, aber wer ruft wen? Das Kreischen im Wind ist uralt, der Ruf, der vor der Bedeutung kommt, der Ruf, der aus der Wildnis kommt, ohne Essen und Trinken. Der zerlumpte Prophet in brennenden Kleidern.
Tag und Nacht breiten sich vor dem Wort aus, Hunger und Kälte verspotten es, aber das Wort selbst ist der Tag, und das Wort selbst ist die Nacht. Das Wort Hunger, das Wort Kälte. Ich kann meine Worte nicht essen, aber ich tue es. Ich esse die Substanz, Brot, und ich nehme sie in mich auf, Wort und Substanz, Substanz und Wort, tägliche Kommunion, gesegnet.
Wer ruft wen? Das Wort geformt aus der Substanz, wie die Skulptur aus dem Stein geformt ist. Das Wort der Substanz aufgezwungen, wie der Wind den Felsen umformt. Der Zusammenstoß gemacht aus Worten und sie machend. Das Wort aus dem Fließen heraus und in die Form hinein.
Auf dem Gewehrlauf des Winds der Falke.

Ich liebe die Täuschung von Sand und Meer. Der Schein trügt. Die langen Strecken der Ungewißheit locken mich hervor, barfüßig, halb angekleidet, wenn der Himmel keine Farbe hat. Weiße Haut in einem weißen Kleid am weißen Saum des Meeres.

Sie trug weiße Rosen, niemals rote.
Als Apollo die Sterne durch seine Räder schleifte, hob sie die Blüten zu ihren Füßen auf. Über ihr der volle Mond wie eine klare Münze, und im Wasser ihr Spiegelbild, mondsichelschmal mondsichelweiß.
Sie trug den Mond hinter ihrem Kopf wie ein Heiliger einen Heiligenschein.
Sie warf die Blüten ins Wasser und wirbelte die Sterne auf. Das war es, was sie wollte; die scheinbar solide Welt bewegen, über ihr schweben wie der Mond über ihr schwebt, sie entsprechend der Stunde formen. Weiße Rosen tragen, niemals rote.

Die Weise Sappho. Bin ich weise? War es weise, sich in Sophia zu verlieben, eins von neun Kindern, und wenn nicht das keuschste, so doch das, das am schwersten zufriedenzustellen war?
Meine Muse.
Es gab eine Zeit, da sie von jedem Dichter und jedem Philosophen umworben wurde, sogar von Sokrates. Sie wählte mich. Ich schrieb in jenen Tagen, schrieb aus Schönheit, aus Liebe, und ihretwegen, aus Weisheit. Der Weisheit des Körpers.
Unsere Füße waren nackt, die Sonne war heiß, es gab keinen Gedanken, der die Sonne nicht passiert hatte. Keinen Gedanken, der nicht mit den Erntetrauben zertreten worden war. Gedanken verändert durch Hitze und Gewicht, bis sie keine Ähnlichkeit mehr mit den Denkern hatten. Berauschende Gedanken, und wir waren betrunken am Strand, Sophia und ich, betrunken von Worten und von geharztem Wein.
Ich tat die Worte in eine Flasche und schleuderte sie ins

Meer. Schleuderte sie weit von mir, gemacht durch mich, aber nicht ich selbst. Nur ein Narr versucht, die Traube aus einer Flasche Wein hervorzuholen.
Die Welt ist voller Narren.
Hier, heute, vor mir ausgebreitet, in zahlreichen gelehrten Wälzern, liegt eine Aufstellung meiner angeblichen Liebesaffären, rekonstruiert anhand meiner Arbeiten. Atthis, Andromeda, Gyrinno, Eranna, Mnasidika. Sie klingen wie kostbare Steine. Sie waren kostbare Steine, aber nicht in mein Herz eingefaßt. Sie waren Studien der Phantasie. Der Wind an jenem Tag, das purpurne Meer, die Kupfertrommel, die auf einem lieblichen Gesicht eine Botschaft aufblitzen ließ, bedeuteten mir ebensoviel wie jenes Gesicht. Manche liebte ich, bei manchen träumte ich davon, sie zu lieben, manche waren Namen, die grob in den Felsen gehauen waren. Es spielt keine Rolle, nicht jetzt, nicht damals, ich war und bin immer noch bewegt von Dingen, die fern von mir sind. Dingen, die Worte fordern, Dingen, deren Leben ich so gut verstand, daß sie mein eigen zu sein schienen. Sie waren nicht mein eigen. Nicht ein Fleisch, sondern ein Bild, und das Bild stärker als das Fleisch.
Meine Muse. Sophia und eine Leidenschaft, die nicht vergeht.

Liebe mich, Sophia, in meiner Torheit, liebe meine Worte und nicht meine sterblichen Überreste. Sei mir Gezeit in der Beständigkeit der Veränderung. Schlage über mir zusammen, wenn ich mich am sichersten fühle, sei mir Küste, wenn ich fürchte, daß ich Welle im Wasser bin und endlos davongleite. Hebe mich auf wie eine Muschel vom Strand, mal leer, mal voll. Hebe mich auf, und es gibt immer noch Lieder.

Auf der anderen Seite des brennenden Strandes ein Mann mit hellen Haaren. Sein Kamel hatte die Farbe von gewaschenem Sand. Seine Hände und sein Gesicht waren golden. Das Licht traf seine Schultern und sprühte davon. Er war durchbohrt von der Sonne. Er trug eine Lanze unter dem Arm und hielt in den Händen eine Muschel und einen Stein.

Er streckte die Hände aus, und aus der Muschel hörte ich das lange Gedicht der Welt. Ich schloß die Augen, um sie voller Seesterne zu finden, dort, wo die Sonne in stetem Rhythmus auf sie herabprallte.

Mein Freund sagte, es sei seine Aufgabe, die Muschel und den Stein vor dem Ende der Zeit zu begraben. Sie waren alle aus Kunst und Mathematik. Unser Mark und Bein vor dem Ende. Ich blickte an ihm vorbei und sah die Zeit den Sand in Pyramiden und Flußbetten mahlen. Die Karawanserei der Zivilisation und die geduldige Wüste.

»Staub zu Staub«, sagte er, »und die Sonne selbst verdunkelt.«

Er wandte sich ab, und ich drehte mich entflammt mit ihm um, die sonnengedörrte Welt zu betrachten. Die Haine und Türme waren verschwunden. Das Wort war verschwunden. Das Meer war geschrumpft und hatte nur den blauen Dunst des Nach-dem-Regen zurückgelassen. In Unkenntnis der Alchemie hatten sie ihren Glauben auf die Technologie gesetzt und die ganze Welt in Gold verwandelt. Der tote Sand leuchtete.

»Und was nutzen mir die Schätze Ägyptens«, sagte Doll Sneerpiece, »wenn ich sein süßes Gesicht niemals wiedersehe?«

Ich bin eine Sexualistin. *Casti connubi?* (wie der Papst sagt). Mir kommt das alles Lateinisch vor. Wieso die Ehe? Wieso die keusche Ehe? Gibt es nichts anderes? Nichts, was mehr wäre? Eine Allianz der Liebe.
Was vermählt mich mit dir? Ist es ein Stück Papier? Dann bin ich nicht mit dir vermählt. Ist es die Billigung der Kirche? Dann bin ich nicht mit dir vermählt. Ist es die Tatsache eines Dachs, die Tatsache eines Betts, die Tatsache zweier Schlüssel in einem einzigen Schloß? Dann bin ich nicht mit dir vermählt. Ist es das Auge des Gesetzes? Dann bin ich nicht mit dir vermählt.
Wenn es die tägliche Freude auf deinem Gesicht ist. Wenn es das Aufhellen meiner Stimmung bei deinem Anblick ist, wenn es dein Gesicht ist, das ich suche, wenn ich kein anderes suche, wenn es die Liebe zu dir ist, die Übereinstimmung ist, wenn es die Übereinstimmung ist, eines Geistes zu sein, dann laß mich der Vermählung wahrer Geister keine Hindernisse in den Weg legen. Es gibt ein paar lateinische Brocken, die ich verstehe; *Consensus facit matrimonium et non concubitus.*
Und was ist mit *copula*?
Lest zwischen den Zeilen, und ihr findet nichts als Schmutz. Schmutz unter meinen Fingernägeln, Schmutz in meinem Mund, Schmutz zwischen meinen Beinen, wo die Lust wächst. Ihr dürft Rom nicht trauen. Es war Savonarola (Florentiner 1452-98 Beruf: Märtyrer und Zelot), der im Hof der Medici stand und mich als Verderberin und Teufelin denunzierte und mein Werk verbrennen ließ.
Mein Werk. Mein Werk. Die Worte spucken hoch in Flammenzungen. Die Worte füllen die klare unkritische Luft mit Rauch. Die Worte kräuseln sich von den Manuskripten. Die Manuskripte knistern im Feuer.

Sophokles (Athener 496–406 v.Chr. Beruf: Dramatiker). »Götter, welch leidenschaftlich Herz und welche Sehnsucht schufen diesen Rhythmus?«
Mein Herz, meine Sehnsucht, das Herz in die Ecke getrieben, wo du mich jagst. Das Herz, das durch den Wald läuft, einen Bach sieht, ihn durchquert, die Abkürzung vor der Felswand nimmt und am Meer keinen Ausweg mehr findet. Wohin jetzt? Wohin jetzt, das schlagende blaue Wasser hinter mir und deine Stimme an meinem Kopf?
Wer ruft wen? Du rufst mich deinen Wahren Hirsch, einen fünfjährigen Hirsch mit beginnender Geweihkrone. Ist es mein Geweih, das dich erfreut? Ist es dein Geweih, messingfarben im Frost, das mich aus stiller Behaglichkeit in diese schäumende Hatz aufschreckt?
Dies ist das Wesen unserer Sexualität: Ich nehme Brot aus deiner Hand. Ich nehme dich auf mein Geweih. Du häutest mich und nennst mich »deinen kleinen roten Hirsch«. Du liebst meine Flanken, ich liebe deine flache Hand. Mein Herz. Meine Sehnsucht. Wie das verdurstende Tier sich am üppigen Teich labt, so habe ich mich mit Wasser aus deiner Quelle erfrischt. Mein Mund kennt deine Form. Mein Mund fließt über.
Aus meinem Mund die Worte in schäumender Hatz. Die Worte, die gesprochen werden, bevor sie geschrieben werden. Die Worte, die die Luft füllen und benennen. Ich habe Namen aus der Luft gegriffen und sie auf die Seite gepreßt. Atthis, Andromeda, Gyrinno, Eranna, Mnasidika. Das Brennen und das Verbrannte. Die Worte, die meinen Mund versengten und sich selbst als Opfer darbrachten. Das brennende Buch, das alle Scheiterhaufen der Zeit nicht auslöschen konnten. Sappho (Lesbe ca. 600 v.Chr. Beruf: Dichterin).

Doll Sneerpiece war eine Frau, und wie jede andere Frau siebte sie die Zeit durch ihren Körper. Immer blieb ein Rest Zeit auf ihrer Haut zurück, und als sie älter wurde, wurde dieser Rest immer dicker und klebriger und konnte nicht mehr abgeschüttelt werden.

Ihre Brüste, ihre Schenkel waren pointiert von der Zeit. Von der Nase zu den Mundwinkeln führten zwei flußbettähnliche Falten, durch die die Zeit, der Schwerkraft gehorchend, strömte, einer Schwerkraft, die Doll Sneerpiece leugnete, indem sie Newton auf der Straße zulächelte. Sie wartete auf Ruggiero. Die Zeit verspottete sie.

Ruggiero liebte sie nicht. Sie sah in den Spiegel.

»Teer und Schlacke«, sagte sie zu sich selbst. »Er ist nur ein Wesen aus Teer und Schlacke.«

»Und du?« fragte der Spiegel. »Was bist du?«

Sie hörte nicht auf die zeitgemäßen Antworten der Gelehrsamkeit und der Schrift. Hätte sie es getan, wäre ihr vielleicht das Herz schwer geworden bei der Erkenntnis, daß jede Schurkerei der Welt seit Eva entweder von ihr oder für sie war. Die Uhr schlug. Ruggiero war spät dran. Die Uhr schlug noch einmal. Doll antwortete dem Spiegel. »Ich bin eine Frau, die nicht bereut.« Die Uhr schwieg.

Sie bereute nicht ihre Vergangenheit, sie bereute nicht ihre Jahre. Sie bereute nicht ihr Gold, sie bereute nicht seinen Erwerb. Sie bereute nicht ihre Lust auf junge Männer, ihre Verachtung für ältere. Sie bereute nicht ihr Geschlecht.

Sie färbte sich die Haare rot, sie rougte sich die Wangen, sie malte sich die Lippen blutig an, sie wetzte sie. Daß die Zeit, die Zerstörerin, eigentlich ein Mann war, daran hatte sie keinen Zweifel. Sie dachte tapfer an deren gleichgültige Sense, und das führte sie in Gedanken zu Ruggiero, ihrem jungen Halm, grün wie Gras. Zwischen den Feuerlilien würde sie ihn besitzen, ihn mit Maßliebchen ketten, ihn mit der Wilden Rose ritzen. Sie würde ihn in Butterblumen wälzen, bis er mit ihr bestrichen war. Es würde an jenem Tag keine Wolken geben, und wenn die Stunde schlug, würde sie nicht darauf achten. Es wäre süß in der Wiese ihrer Liebe.

Ruggiero war nervös. Er hatte einen Brief von Doll Sneerpiece erhalten, sie in einer Stunde in ihren Räumlichkeiten zu treffen. Die Uhr schlug. Wie konnte er gehen? Er war Gelehrter. Er betrachtete seinen kräftigen, aufrechten Körper im Spiegel. Die Uhr schlug noch einmal. Es stimmte, er sah nicht aus wie ein Gelehrter. Er war weder krumm noch schnurrbärtig, er roch nicht, er hatte keine merklichen Flecken auf seinen Kleidern. Er hatte gute Augen und kein mürrisches Wesen. Seine Nase und seine Ohren waren sauber. Niemand hätte ihn für einen Gelehrten gehalten.

»Aber die Frauen«, sagte er, »die Frauen sind Gift und Fäulnis. Die Frauen sind der hübsch bemalte Schirm vor dem Trog für den Unrat der Nacht. Die Frauen sind die Verlockung des vergänglichen Fleisches, das über den ewigwährenden Kadaver gebreitet ist. Ihr Ende ist Nahrung für die Würmer. Es gibt keine Sünde, die eine Frau nicht kennt, keine Güte, die sie aus eigenen Stücken kennt. Sie führt mich in Versuchung, wie der Hafertrog das hungrige Pferd in Versuchung führt. Sie vertreibt mich aus Ägypten mit Heuschrecken und Honig. Ihr Mund ist eine Wunde. Ihr Körper ist ein Schrund.«

Falls die Uhr noch einmal schlug, hörte Ruggiero sie nicht, vielleicht war er letzten Endes doch ein Gelehrter.

Weiße Rosen tragen, niemals rote.
Weiße Rosen der Reinheit weiße Rosen der Begierde. Reinheit der Begierde jenseits von kohlenheiß, nicht der errötende Körper, sondern der grellweiße Knochen.
Der Knochen weißglühend vor Verlangen. Das Verlangen bleich gemacht durch die Liebe. Liebe des Fleisches und Liebe des Geistes in gefährlicher Kommunion an der Altarbank, der Altarbank, wo alles verändert wird und die blutigen Dornen zur Krone aus Platin werden.
Kröne mich. Das tust du. Du webst die knospenden Stiele, zusammenhanglos, überschwenglich, zu einem Kreis der Liebe. Ich bin umringt von Liebe. Liebe an meinem Hals, Liebe an meinen Hacken, Liebe als kühles weißes Band um meinen Kopf. Die blutigen Tropfen sind Perlen.
Diese Liebe ist weder wild noch frei. Du hast sie dort, wo sie wächst, am Spalier gezogen und mich daran angepaßt. Ich bin die Rose, die an den Felsen gesteckt ist, die weiße Rose vor dem Felsen, ich bin die zweifach geborenen Blüten, weiße Punkte der Liebe. Ich bin die geschlossene weiße Hand, die sich unter deiner Sonne öffnet, die in deinem Geruch duftet, die sich unter dem Messer neigt und in Sommerdolden fällt, wenn du vorbeigehst.
Schneide mich. Das tust du. Du schneidest mich in schweren Dolden, Fülle, Erschöpfung, und tauchst mich in einen Strom der Liebe. Liebe fließt über mich. Liebe auf meinen Brüsten, Liebe auf meinem Bauch, mein Bauch überhäuft von Blüten, ein weißer Bienenkorb der Liebe. Weißer Honig unter deinen Händen.
Wer ruft wen? Rufe ich dich meine Rose? Rufst du mich so? Nennen wir es die Liebe, die uns zweifach auf einen einzigen Schößling pfropft? Denker und Muse. Aus diesen beiden das geheimnisvolle Dritte, zwei Geister, ein Wort… (*tertium non*

datum). Das Wort nicht gegeben, sondern gemacht. Geboren von einer Frau, Sappho 600 v.Chr. Die Rosenträgerin und die Rose.

In der meergrünen Halle, in der die Farbe in seichten Wellen gegen die Wände schwappte, drückte sie mich gegen die Felsen, sie küßte mich.
Ihr Mund war voller kleiner Fische, die in den meinen schwammen. Kleine Fische zwischen Zunge und Zähnen, kleine Zuckungen der Sexualität.
Sie hatte Salz an den Händen, Salz gerieben in meine Wunden, Wunden des Wartens, Wunden der Qual. Wunden, die der Salbe bedurften und sie doch fürchteten.
»Küß mich«, sagte sie. Ich tat es. Küßte ihren Mund, wo das Meer war, küßte ihren Mund, wo das Schiff wartete, küßte ihren Mund auf einer Flottille aus Zeit, sprang, von Schiff zu Schiff, von Mund zu Mund, alle im Laufe der Zeit geküßten Münder.
Ich kniete am v ihrer Bauchmuskeln, aufgerichtet, zwei Hände zum Gebet gefaltet. Ich sang das lange Lob ihres Bauchs. Ihre Finger färbten meine Haare korallenrot. Liebe mich Sophia, auf dem schmalen Band aus weißem Sand, das uns vom Meer trennt.
In den dunklen Orten, die kein Licht brauchen, wo das Licht eine Lüge wäre, überbetonen würde, was besser ungesehen verstanden wird, ist es möglich, dem Zerren der Zeit zu widerstehen. Der Körper altert, stirbt, aber der Geist ist frei. Wenn der Körper persönlich ist, ist der Geist überpersönlich, seine Reichweite wird nicht durch Taten oder Begierden begrenzt. Seine Reichweite wird nicht durch Identität begrenzt.
Ich brauche die dunklen Orte, um die Vernunft hinter mir

zu lassen. Um über den eitlen Ring des elektrischen Lichts hinauszugelangen, der vorgibt, die Welt zu erleuchten.
»Nichts existiert über das hier hinaus«, singt die Welt und funkelt mich aus ihren gelben Augenhöhlen an. »Nichts existiert über das Jetzt hinaus.«
Ich fordere das schale gelbe Licht zu einem Duell.

Bekämpfe mich. Bekämpfe mich jetzt. Nahkampf zwischen dem Lebenden und dem Toten. Dem optimistischen Fleisch und der Schraubenschlüsseldrehung der Sterblichkeit. Eine volle Drehung im Uhrzeigersinn, und die verrosteten Bolzen versiegeln den Deckel. Asche zu Asche, Staub zu Staub, das Tick, Tick, Ticken und die geisterhaften Finger, die im Kreis über das selbstgefällige Emaillegesicht kriechen.
Die Zeit und die Glocke. Die Seeglocke durch den Seenebel. Die Warnglocke bei Nacht, die Weckglocke bei Tag. Die Hochzeitsglocke und die Sterbeglocke. Die schwarzbeklöppelte Glocke und der zerbrochene Tag.
Unter der schwarzen Glocke liegen die Körper einzeln aufgereiht, einer hinter dem anderen. Einer dicht auf den Fersen des nächsten, einer nach dem anderen, der Fall, das Scheppern, Stille.
Die Zeit und die Glocke. Die Sonnenuhr auf meiner Brust. Die Brustplatte, die mein Erbe ist. Die Sonne dreht ihre Runde und zieht mich mit sich, zeichnet ihre Reise über meinem Körper, hinterläßt tiefe Kerben, in denen sich die Schatten sammeln. Die Zeit streicht über mich, die Schatten werden länger, das Zifferblatt wird dunkel.
Wie spät ist es? Sieh meinen Körper an, dann weißt du es. Zähl die Ringe, wie du sie an einem Baum zählen würdest. Zähl die Grate auf dem Kumulus meiner Haut. Ich bin mein eigener Begräbnishügel und die uralte Grube meines Endes.

Ich bin ein Krieger. Ich trage meine Brustplatte voller Stolz. Die gehämmerte Goldplatte schützt mein Herz vor allen Verwüstungen außer denen der Zeit. Der Zeit, meiner alten Feindin, die aus meinen Rippen dieses finstere Schloß erbaute. Die Zeit, deren Ding ich bin, schreibt auf mir.
Was tun mit dem Pergament? Was tun mit der blutigen Tinte? Was tun mit den Linien auf meinem Körper?
Die Linien um meine Augen herum sind in Terzinen geschrieben, drei darüber, drei darunter. Ich habe ein Quatrain am Kinn und ein Sonett auf jeder meiner Brüste, Villanelle ist die Schwebe meiner Hand. (Glücklicherweise gibt es noch keine Spur von vers libre.)
Was tun mit diesen Linien?
Ich habe meinen Körper geplündert und mein Gedicht aus seinem gemacht. Das Metrum der Zeit zerrissen und ihre glatten Rhythmen gebrochen. Ich habe ihre Formen gelernt und gemeistert und bin so Meisterin dessen geworden, was mein eigenen ist. Ich bin eine Kriegerin, und das hier ist das Epos meines Widerstandes.

Aber wenn etwas nichts kann als leben, bleibt ihm Sterben allein.
Der Geist hat die Welt verlassen. Ich fürchte die toten Körper, die sich um mich herum niederlassen, die Leichen der Menschlichkeit, von Fliegen aufgetrieben und zerfetzt. Ich fürchte die Verwaltungszombies, die Geschäftszombies, die Kirchenzombies, die Schreiberzombies, die alle nichts als Platitüden von sich geben, die Sprache der Toten, die Hobbies mit Passionen verwechseln, die Torheit der Toten.
Wenn alle die gleiche Sprache sprechen, kann der Dichter nicht mehr sprechen. Die Sprache ist reich, wenn sie sich von Unterschieden nährt. Wo es keine Unterschiede gibt,

gibt es keinen Reichtum. Es gibt keinen Unterschied zwischen den Toten.
Eßt dieselben Äpfel, der Tag kommt, die Nacht bricht an. Lest dieselben Zeitungen, der Tag kommt, die Nacht bricht an. Schaltet den Fernseher ein, der Tag kommt, die Nacht bricht an. Bekundet eure Individualität mit einer einzigen Stimme. Der Tag kommt die Nacht bricht an.

Die Welt ist ein Beinhaus vollgestopft mit Toten. Die Toten haben kein Bedürfnis nach Worten, keine Sehnsüchte, die der Appetit nicht befriedigen kann. Die Toten, ihre gierigen Münder, leer, ihre Zungen herausgerissen und zum Trocknen aufgehängt. Das getrocknete geschrumpfte Geplapper des Leichenschauhauses. Das versiegelte Zimmer, in dem dieselben alten Worte Tag für Tag gefoltert und getötet werden. Sie sind glücklich mit ihren toten Worten. Die wenigen Worte, die sie nicht töten können, können sie ignorieren. Das ignorierte Wort. Das unausgesprochene und ungehörte Wort. Das unbekannte Wort, das, in seiner eigenen Sprache, eine fremde Sprache ist. Das Wort im Exil, eingesperrt in den bröckelnden Palästen der Vergangenheit, sein Ruhm verblaßt, seine Anhänger eine kleine Schar. Das Wort gewebt in den zerschlissenen Gobelin, ein königliches Motto in einer Republik. Das Wort war gekleidet in prachtvolle Stoffe, das Wort der Ehrung wert. Das Wort, das vor Prinzen einherging, das Wort der Macht; Bibel und Gesetz. Das adelnde Wort, dazu geeignet, einen Mund zum Dichter zu schlagen. Zarte Wörter erschöpft durch Übernutzung. Nuttige Wörter gemäßigt durch Wiederholung. Verzaubernde und verzauberte Wörter mit zerbrochenem Zauberstab. Wörter des Geistes hineingezwungen ins Fleisch. Wörter des Fleisches häßlich in einem weißen Gewand. Slang in einer Schlinge geschleudert und geschleudert und geschleudert. Das ist die Hinterlassenschaft der Toten.

Die Toten sind auf ihrem Weg zur Arbeit, graue Gliedmassen, die sich in einem offenen Grab aneinanderreiben, Stapel um Stapel in den Metallbehältern von Auto, U-Bahn und Zug. Die schauerlichen Abteile sind in hellen Farben gestrichen, Guillotinenfarben von Schinderkarren und Klinge, exekutionshell. Jeder Mann und jede Frau geht zu seinem oder ihrem besonderen Schafott, kniet nieder und wird Tag für Tag getötet. Sie alle sammeln ihre abgetrennten Köpfe ein und nehmen den Zug nach Hause. Manche sagen, daß ihre Arbeit ihnen Spaß macht.

Die Zeit macht sich über sie lustig, aber sie hören nicht. Ihre Ohren sind voll von den Sportseiten und vom Aktienindex der Financial Times. Die Zeit sitzt in ihren Rippen und macht sich über sie lustig, aber ihre Sprache ist alt, und sie hören nicht. Die Zeit tut ihre Arbeit und hinterläßt ihr Manuskript den Würmern.

Warum geben die Toten das Leben auf? Verpfänden die Stunden, die nicht zurückgefordert werden können.

ZU VERKAUFEN: MEIN LEBEN. HÖCHSTES GEBOT GILT.

Nahkampf zwischen dem Lebenden und dem Toten. Mund-zu-Mund-Beatmung zwischen Dichter und Wort. Küß mich mit der Höhle deines Mundes, der Höhlung, aus der die Wörter ausgegraben werden, Wörter von der Zeit geschmirgelt. Küß mich mit der Höhle deines Mundes, und ich werde in Zungen sprechen.

Ihr Kuß; mit den Lippen liebkosen oder grüßen; Billardkugeln, die sich in der Bewegung berühren; ein Tropfen Siegelwachs.

Ihre Lippen sind traubenrot, noch nicht bereit, immer voller Versprechen. Die Ernte ist noch Monate entfernt. Ich fürchte Frost, ich fürchte Hagel, ich fürchte Mehltau und Brand. Ich fürchte, daß ich schlafen könnte, wenn die Sonne aufgeht. Laß die Sonne aufgehen. Laß es den Tag sein, an dem sie unter meiner Hand reift.

Warum sehne ich mich nach einer weiteren Umdrehung der Zeit? Warum will ich, daß die Uhr sich schneller dreht, wo doch mein Leben davon abhängt, die Zeiger zurückzuhalten? Warum? Ich will dich küssen.

Küß mich mit der Höhle deines Mundes, der Einkerbung des Begehrens. Küß mich mit dem klaffenden offenen Raum, Zerstörung von Eigentum, Wiederaufbau eines Ortes der Anbetung bei einem aufrechten Volk.

Küß mich auf dem grünen Filz, auf dem ich dich spiele wie ein Spiel.

Sie küßt mich. Die Wörter, die da sind, fliegen von ihren Lippen auf, ein Vogelschwarm, der am Himmel krächzt. Eine Maschine aus Flügeln, die durch die Welt zieht, aber sie schafft sich ihr Zuhause in mir.

Ihre Lippen formen die Wörter. Sie verbrüht mich mit ihnen. Ihre kühle, klare Form schmilzt und gibt nach, sie vergießt den warmen Honig einer langen Nacht der Arbeit. Das Wort und der Kuß sind eins.

Ist Sprache Sex? Sag meinen Namen, und du sagst Sex.

Sag meinen Namen, und du sagst weißer Sand unter einem weißen Himmel weißes Schleppnetz meiner Schenkel.

Mein Mund auf deinem formt Wörter, die ich nicht kenne. Soll ich deine Brustwarzen Oboen nennen? Soll ich mich im Schatten deiner Kehle verbergen? Der Rosenkranz, den ich zwischen deinen Beinen finde, hat eine Fürbitterin aus mir gemacht. Was ist mit dem Hermes deiner Wege? Ich teile dich wie eine Straßenkreuzung und fürchte den Gott der Beredsamkeit und der Diebe. Als du mich küßtest, schlug das Herz mir bis zum Hals, du hast es herausgerissen, um es zu lesen, Haruspex, die du bist. Laß mich liegen, als Opfergabe an den Rhytos deiner Haare.

Zeit: Veränderung erlebt und beobachtet. Zeit gemessen am Winkel der sich drehenden Erde, die durch ihre Achse rotiert. Unter dem Feuer der Sonne dreht die Erde sich langsam an ihrem Spieß.

Die Zeit hat ihren Spieß durch mich hindurchgetrieben. Ich bin der Schatten, der die Sonnenuhr markiert. Ich bin die Zeiger der Uhr. Ich bin der Klöppel an der Glocke, der winzige Körper, der von Seite zu Seite geschleudert wird, sich an die wild schwingende Glocke klammert. Schwindelerregende, alles auf den Kopf stellende Zeit, leichtfertige, feixende Jahrmarktszeit. Die Vergnügungen und Illusionen einer Freifahrt auf dem Riesenrad. Die Sicht von ganz oben in der angemalten Kabine, der Fall, bei dem sich einem der Magen umdreht. Das Rad dreht sich. Treten Sie näher! Treten Sie näher! Ein Platz ist noch frei! Die Leute vor mir winken mir zu und stürzen davon. Die Leute hinter mir kenne ich kaum. Sehen sie mich? Ich bezweifle es. Die Kabinen sind unsichtbar aufgehängt. Steig mit mir ein. Halt meine Hand. Hilft das? Nicht viel.

Der Jahrmarktsmann hat ein Gesicht, das mir bekannt vorkommt. »Wir sehen uns auf der anderen Seite«, sagt er und hakt die Metallstange vor den Käfig. LOS GEHT'S! Sein emporgewandtes Gesicht verschwimmt. Für jene von uns, die auf dem Rad sind, gibt es nur das Rad. Das Hinaufschwingen, die lange, trügerische Pause, das plötzliche Wegkippen.

Aber wenn etwas nichts kann als leben, bleibt ihm Sterben allein.
Die Zeit dreht mich unter der Sonne, aber ich kann die Sonne durch die Zeit drehen. Hier, dort, nirgendwo, weiße Rosen tragen, niemals rote. Mytilene 600 v.Chr., die Stadt 2000 n. d. Tod. Alle Kunst gehört derselben Periode an. Das griechische Füllhorn liegt neben Picassos Stieren, Giotto ist ein Freund Cézannes. Wer ruft wen? Sappho an Mrs. Woolf – Mrs. Woolf an Sappho. Das Over-and-Out quer durch die Zeit, das Sende-und-Empfangsgerät auf einer geheimen Frequenz. Die Kunst besiegt die Zeit.
Ich verfange mich in meiner eigenen Vergangenheit. Ich sehe andere Leute längst tote Rollen aufführen. Ich möchte die Hand ausstrecken und sie aufhalten, bevor es zu spät ist. Zu spät.
Geht meine Hand einfach durch sie hindurch? Sie können meine Werke nicht lesen, und sie bemerken mich nicht. Es sind Probleme damit verbunden, eine längst tote Dichterin zu sein; nicht das geringste davon ist, noch lebendig zu sein. Der Künstler stirbt, aber nicht die Kunst, nicht einmal, wenn so viel von ihr vernichtet wurde, sie wird von Mund zu Mund weitergeflüstert. Unmöglich, mich zum Schweigen zu bringen. Ich habe durch so viele Lebenszeiten gesprochen und werde durch so viele weitere sprechen.
Sappho go home? Spring in den breiten Trichter der Gegenwart und schlüpfe durch die Lücken der Geschichte. Geh zurück zu den hohen Hafenfelsen. Geh zurück zum flachen Meer. Geh dahin zurück, wo die Wörter ihren Anfang nahmen und wirf sie durch die Zeit nach oben, bis sie sich in einem neuen Mund verfangen und aufs Neue sprechen.

SAPPHO GO HOME. Das Gekritzel auf meiner Hauswand. Ich lebe in einer Pistolenkugel. Das heißt, in einem Haus, das von einer festen Stahlhülle umschlossen ist, um Besetzer fernzuhalten, so wie ich einer bin. Eine Stahltür, Stahlfenster, Stahlplatten, die mit Vorhängeschlössern über Toilette und Waschbecken befestigt sind. Eine Stahlklammer um den Hauptwasserhahn und eine Stahlkiste, die den Stromabnehmer bewacht.

Wo keine Häßlichkeit ist, ist keine Angst, und diese Stadt nährt sich von der Angst. Die Stadt ist alt und zusammengestückelt. Die Stadt ist modern und grell. Die vornehme Stadt in stillem Zerfall und die Stadt der Rowdys, nicht lebendig, aber hyperaktiv. Es gibt noch eine andere Stadt, aber wir erwähnen sie nicht gern, weil sie offiziell nicht existiert. Täglich verschwinden Menschen. Dort lebe ich.

Die unsichtbare Stadt ist eine wirre Collage aus Materialien, die nicht zueinander passen; Betonblöcke und Wellblechdächer, georgianisches Ziegelmauerwerk, orange angemalt um zu zeigen, daß sie zum Abriß bestimmt sind. Es gibt Gehwege fünfzig Fuß hoch in der Luft, Windfallen, Todestunnel, Rattenverbindungen zu Monolithen, die aus Mono-Steinen gemacht sind. Wo früher enge Straßen und geräumige Plätze waren, gibt es jetzt die beliebten Wegwerflinien der Volksarchitektur.

Die doppelt verglasten Obsessionen cleverer Einzelhändler mußten verrammelten Luken weichen, die mit klobigen Nägeln unter toten Neonröhren angebracht wurden. Ich kaufe meine Güter (Güter, was ist gut an ihnen?) von einer anonymen Hand, die aus dem Loch im Sperrholz ragt. Die Hand nimmt das Geld, reicht das gefrorene Fleisch heraus, die Toten gehen und essen es, um ihre gefrorenen Herzen zu nähren.

Ich arbeite hart, um mich warm zu halten.

SAPPHO GO HOME. Es stimmt, ich habe mich für vieles zu verantworten, all die imaginären Verführungen im Fleisch und auf dem Papier. Nennt ihr mich nicht eine Sexualistin? Dann muß ich praktizieren, was ich predige. Ich nenne mich selbst eine Dichterin, ich muß erfinden, was ich praktiziere.
Nach dem Verlust der Identität ist der größte moderne Schrecken der Verlust der Sexualität, oder, wie Descartes nicht sagte, »Ich ficke, also bin ich.«

Warum fragt ihr mich nach meinen Geliebten, zwei, drei, zwanzig?
Warum besucht ihr eine verlorene Insel auf der Suche nach mir?
Warum sagt ihr »Wann war jener Tag, an dem die Sonne die Wolken splitterte und das Licht in Scherben über ihrem Kopf zerbrach?«

Es gibt keine Autobiographie, es gibt nur Kunst und Lügen.

Sappho, die durch die dunklen Straßen geht, keine Fußstapfen hinterläßt, keine Spuren, blickt geradeaus und sieht sich nicht, sieht keinen Beweis ihrer selbst. Es gibt keine Anschlagtafeln, die sagen, wo sie gewesen ist. Wo ist sie gewesen? Hier? Da? Nirgendwo? Weiße Rosen tragen, niemals rote.
Ihr Körper ist ein Apokryph. Sie ist zu einem Buch hanebüchener Geschichten geworden, keine davon von ihr selbst geschrieben. Ihr Name ist in die Geschichte eingegangen. Ihr Werk nicht. Ihre Insel ist heutzutage Millionen bekannt, ihr Werk nicht.

Sappho, die durch die dunklen Straßen geht, keine Spuren hinterläßt, keine Fußstapfen, sieht geradeaus und sieht sich nicht. Die Geschichte der Zukunft wurde geschrieben, und ihr Werk ist nicht darin enthalten. Wo sind ihre gesammelten Gedichte, die einst neun Bände füllten, wo sind die kühlen gelehrten Universitätstexte? Sappho (Lesbe ca. 600 v. Chr. Beruf: Dichterin).

Es war vor langer Zeit. Die fischgeschwellte See und der Knauf der Sonne. Zwischen ihren Augenlidern ist die Sonne immer noch verfangen. Wenn sie die Fäuste in die Augen preßt, malt die Sonne Seesterne auf ihre Netzhaut. Sie kann sich im Wasser widergespiegelt sehen, die Wellen brechen ihr Bild auf, tragen es in Stücken über das Meer.

Es war vor langer Zeit. Sehnendes Schwellen des Bauchs unter der Sonne. Sie hatte eine Tochter, Cleis genannt. Sie lag auf deinem besonnten Körper wie eine Echse auf dem Felsen. Sie blinzelte nicht, sie schloß nie die Augen, sie hielt die Augen offen, während sie dich liebte. Schrieb sie, um dich zu erfreuen? Sie schrieb, um dich zu erfreuen, wie die Sonne das Wasser erfreut, wohin ihre Strahlen fallen.
Bescheine mich, Sophia, läutere mich klar und weiß, brenne die toten Stellen aus und belebe die lebenden. Ein Fisch springt im Tümpel.
Liebe mich, Sophia, durch die Zeit, über die Uhr hinaus. Hilf mir, mein Leben zu vergessen.
Sappho, die durch die dunklen Straßen geht, keine Fußstapfen hinterläßt, keine Spuren, sah zwei Frauen, die sich in einem Torbogen umarmten. Wie hießen sie? Andromeda, Atthis, Dicca, Gorgo, Eranna, Gyrinno, Anactoria, Micca, Doricha, Gongyla, Archeanassa, Mnasidika…

Das war vor langer Zeit.

Heute nacht glaubte ich, etwas zu sehen. Es war irgendwann zwischen 4 und 5 Uhr morgens, nach dem letzten Betrunkenen und vor dem ersten Vogel, in der glücklichen Stunde, in der selbst die Supermärkte eine kleine Insel der Stille respektieren. Ich gehe dann gern durch die Stadt, Quadratzentimeter um Quadratzentimeter vollgepackt mit vergeudetem Leben, Meile um Meile von der Regierung verlassen. Sie ist ein Ort, um allein zu sein.
Niemand spricht, und falls doch, sprechen sie von Messern, sprechen sie von Geld, rufen Sie bitte nicht um Hilfe. Weinen Sie bitte nicht.
Das werden Sie doch nicht, oder? Es ist eine psychologische Tatsache, daß man unter Folter nicht weinen kann. »Sie zeigt keine Reue. Stich noch einmal zu.« Das hier ist die Wüste. Der verdammte Kreis der Trockenen.
Bitte weinen Sie nicht. Die Regierung hat dem privaten Sektor eine vergoldete Gießkanne angeboten, um die Stadt zu erfrischen. Da drüben, neben dem letzten Queen-Anne-Haus, von der Außenwelt abgeschnitten durch den Viehhof, eingekerkert vom Kran, werden sie ein Krebskrankenhaus und fünfundvierzig viktorianische Wohnhäuser für die Todkranken bauen. Wundervoll. Denkt an all die Jobs. Das Reinigungspersonal, die Wachleute, die Nachtschwestern, die Bettpfannenputzer, die Hundeausführer, den Fahrer, der die sterilisierten Verbände bringt, die Operateure, das Pankreas, Darm, Magen, Kehlkopf, Leber, Knochen hygienisch entsorgen. Des einen Röteln sind des anderen Gehalt. Sie nennen das Projekt Prometheus.

Ich betrachtete das Haus, dunkel, ein abgewandtes Gesicht, aber dann glaubte ich, ein Gesicht zu sehen, das mir zugewandt war. Eine Frau, schmal, mit begrenzten Möglichkeiten, balancierte auf dem schmalen Grat des Hauses. Neben ihr die blinkenden roten Warnlichter des Krans vom Viehhof, hinter ihr der rosenweiße Mond.
Sappho, die in einem weiten Rock aus Licht unter der Straßenlampe steht, glaubt, das Meer gegen den Rinnstein schlagen zu hören, glaubt, den Wind in den zerschlissenen Segeln zu hören. Aber es ist nur der Wind, der den Abfall verweht, nur eine leckende Zisterne über ihrem Kopf, was wird bleiben? Was sie hört, oder was sie zu hören glaubt? Was sie sieht, oder was sie zu sehen glaubt? Was sieht sie schließlich schon, außer ein Arrangement von Molekülen, die vom Licht verändert werden, was hört sie schon, außer eine ihrer eigenen Geschichten?

Folgendes habe ich gesehen. Eine Frau, nackt-bemalt, in Tarnfarben. Orange vor den Natriumlampen, purpurn vor dem bleifarbenen Himmel, gold vor den Verlockungen des Geldes, silberbesprenkelt, weil es Glück bringt.
Zu ihrem Kopf der Gürtel Orions in Form dreier Sterne, der getreuliche Hundsstern wachsam zu ihren Füßen. Sie brach das flache Land zu felsgesprengter Erde auf. Sie stand richtend über mir. Ihr Haar ein flammendes Schwert. Sie war verzweigt wie ein Olivenbaum, ihr Gewicht, ihre Ausbreitung, Arme ausgestreckt, das Viele auf das Wenige gestützt. Sie war halb abgewandt, ihr Stamm glatt-wirbelig. Ihr Haar war voller flammender Blätter. Sie war Daphne in grüner Flucht. Sie war Apollo in goldener Verfolgung. Der Jäger und die Gejagte.
Aphrodite, Göttin der sinnlichen Liebe, steige nackt aus

dem Wogenschaum des Meeres und reite auf einer Muschel, komm hierher, wo Gras und Blumen zu deinen Füßen aus dem Boden sprießen. Tauben und Spatzen begleiten dich in der Luft.
Sappho hört das Meer, hört den Wind in zerschlissenen Segeln. Sie bereist die Zeit in einem Neumondboot.

Sappho kennt das Begehren, kennt den blut-verlassenen Körper, kennt den Verlust des Mutes in ihren Gliedern. Sie kennt den einzigartigen Blick, der sie zum Hinsehen auffordert.
Unten auf dem schmutzigen Pflaster hob Sappho den Blick. Sie blickte auf einen Felsen, der sich über das Meer beugte, sie blickte auf ihren Körper, der sich über den Felsen beugte. Der harte weiße Fall und das unversöhnliche Meer. Nicht aus Liebe zu dir, Phaon, sondern weil ich sie verloren habe. Nicht einmal, sondern viele Male, weil ich sie verloren habe. («Die Dichterin Psappho stürzte sich aus Liebe zu Phaon, dem Fährmann, der sie verschmähte, von den Felsen von Lesbos in das dunkle Meer der Ägäis.« Ovid, Römer 43 v.Chr.-17 n.Chr. Beruf: Dichter).
Der knochenweiße Körper zerbrochen neben dem Tintenfisch, der Aphrodite heilig war. Der knochenweiße Körper und das weiße Fischbein. Knochen und schwarze Tinte und der trockene Sand der Zeit. Die Schriftstellerin und das, was geschrieben ist. Sappho (Lesbe ca. 600 v.Chr. Beruf: Dichterin).

Folgendes habe ich gesehen.
Eine Frau balancierte auf dem Rand einer Brüstung, die Arme zu langen Flügeln gestreckt. Sie hatte ihre Angst gefiedert, ein geborgtes Gefieder um ihr Herz geschlungen.

Wie sonst konnte sie entkommen, wenn ihr dunkles Haus verriegelt und bewacht war, Irreführung von Fenstern und Türen? Sie war von Lügen eingemauert worden, einzementiert mit Falschheiten, die breite hölzerne Treppe war unter ihren Füßen verfault.
Es gab kein Entkommen, außer über den Weg, der sie das Leben kosten konnte. Folglich kalkulierte sie ihr Leben und stellte fest, daß es mehr wert war als tiefe Teppiche aus Lügen und die luftlosen Zimmer, die sie ihr Zuhause nannte.
Sie bastelte Flügel aus den Federn, die sie fand. Es gab nichts im Haus, was sie benutzen konnte. Sie bastelte Flügel und band sie sich um, ein Karnevalskostüm der Bravour, Kriegsbemalung gegen die Angst.
Springen. Sie muß springen. Der schwere Körper in der ungewichtigen Luft. Sie würde ihr eigenes Herz als Baroskop benutzen. Kalzium und Wasser gegen Stickstoff und Sauerstoff. Das ungastliche Element und das Objekt ihrer Begierde.
Ihr sich öffnendes Querruder bewirkt ein Innehalten in der zu glatten Strömung, die sie nach unten trägt. Einen Augenblick lang verharrt sie *à la belle étoile*. Sie sagte mir, ihr Name sei Montgolfier, aber sie schrieb ihn IKARUS.
Wind umschließe sie. Mache sie zu einem Gegenstand aus Luft, willkommen in der Luft. Mache ihre Knochen zu Atem, mache ihre Flüssigkeiten zu Dampf. Sie muß die Strömung auf einem Selbstvertrauen aus Flügeln nehmen.
Wenn ich sie rufe, wird sie mit einem langen Gleitflug durch die Bäume antworten? Ihre Herrlichkeit auf meinem Handgelenk zusammenfalten? Wenn ich sie rufe, wird sie auf abstandstreuem Kurs fliegen, nicht die sengende Sonne riskieren, noch den Sumpf des Meeres?

Auf dem urzeitlichen Sims balancierend, wartet sie auf die Gabe der Zungen. Sie ist ein heulender Bauch vor dem Kommen des Wortes. Sie hat keinen Namen für Nacht, keinen Namen für Tag, keinen Namen für die Dinge, die sie fürchtet. Namenlose Dinge beherrschen sie.

Das Wort ruft sie. Das Wort, das Geist ist, das Wort, das Atem ist, das Wort, das die Welt an seinen Haken hängt. Das Wort trägt sie hinauf, übersetzt das inkohärente Fleisch in eine luftige Syntax. Das Wort hebt sie von allen Vieren und legt ihr einen Gott in den Mund. Sie überbrückt die geschrumpfte Welt mit einem einzigen Schlag ihrer Zunge.

Das geflügelte Wort, Hermes, Gott der Beredsamkeit und der Diebe, Merkur, um ihn bei seinem römischen Namen zu nennen. Das leichtfüßige, sich ausbreitende Wort, das die Wahrsagerei von den Thriae auf dem Parnaß lernte. Das Wort zwischen den Kieseln in einem Tümpel. Der männliche Pfropf auf der weiblichen Unterlage, die Kunst des Feuermachens, Feuer durch das schnelle Drehen eines Stocks in einem Stein. Das Wort, aus Feuer gemacht, und Feuer aus dem Wort, Sappho, 600 v. Chr., oder nennen wir sie Hermaphroditus? Die Jungen-Tochter, der Mädchen-Sohn, der männliche Pfropf auf der weiblichen Unterlage, geboren aus einer Nacht der Lust zwischen Hermes und Aphrodite. Die Jungen-Tochter, der Mädchen-Sohn, die Union aus Sprache und Lust.

Dies ist das Wesen unserer Sexualität: Sie nimmt ein Wort, gürtet sich damit, dringt grob in mich ein. Das Wort in mir, werde ich zu ihm. Das Wort schlitzt meinen Bauch, mein Bauch schwillt das Wort. Neue Bedeutungen breiten sich von meinen Schenkeln aus. Gemeinsam haben wir das

Wörterbuch nach einem lexigraphischen Fick durchsucht. Wir ziehen es vor, die glatten, romantischen Wörter zu ignorieren und wühlen stattdessen nach dem Vergnügen des Schurken. Das erwachsene Wort, gereift, durch Jahrhunderte der Veränderung, das Wort tiefgeschichtet mit assoziativen Freuden. Je mehr das Wort gehandhabt wurde, desto besser gefällt es uns. Für mich die pervertierte Herausforderung, die Hure wieder jungfräulich zu machen. Sind wir nicht ein Couplet? Zwei aufeinanderfolgende Verszeilen, die sich aufeinander reimen? Drück dein Auge ans Schlüsselloch, und du kannst uns sehen, eins auf eins, uns vereinend auf der perfekten Paarung von Daktylus und Spondeus. Die Paarungsschachtel, in der wir über die Runden kommen müssen. Mein gutgepaartes Füllen, ich, ihre Reiterin in der Luft.

Seht mich. Seht mich jetzt. Ich bin keine Romantikerin, ich bin eine waschechte Klassikerin. Ich glaube nicht an Liebe auf den ersten Blick. Ich falle nicht auf dich herein, aber, ein Schritt weiter, und du könntest auf mich hereinfallen. Welche Dinge fallen?

Einst, als ein Engel aus dem Himmel sprang, um neue Welten zu finden, verfingen seine Hände sich in einem Zickzack aus Sternen. Luzifer, dessen Schnittwunden Licht bluteten…

Der Donnerbolzen, Zeus-geschleudert, durch die schüchternen Wolken, der Kometenkopf, nuklearer Diskus, goldgeworfen.

Die Toten hinunter zum Tartarus, schwarze Pappeln an einem schwarzen Fluß. Der schwarze Stamm glattseitig und der kerbenzähnige Hund.

Ikarus, der fliegende Junge, sein Körper von der Sonne glasiert. Sein sonnenglasierter Körper, der die glasige See zerschmetterte.

Herbst. Lange Blätter in bunter Entkleidung.

Hermes. Sternengespornt.

Falle für mich, wie ein Apfel fällt, wie der Regen fällt, weil du mußt. Benutze die Schwerkraft, um deine Begierde zu verankern.
Sie fiel wie ein Chorknabe bei einer Strophe der Lust. Kopf zurückgeworfen, Hals bloß, brechender Körper, brechende Stimme in einer Ekstase des Lobpreisens. Lobpreisen aus dem Mund und aus den Schenkeln, ästhetisch und ekstatisch in einem Gewand aus Flammen.
Zieh das Hemd über deinen Kopf, laß es fallen, fall in meine Arme, Liebende haben keine Zeit für die Zeit. Aphrodite ermordet Chronos. Fall durch den langen Zylinder unserer Stunden. Dieses Mal uns gehörig, nicht der Zeit. Hier, dort, nirgendwo, weiße Rosen tragen, niemals rote.

Der Himmel enthielt keine Farbe, als sie über den Strand ging. Die weißen Muscheln, meerglasiert, glänzten. Sie hielt eine an ihr Ohr und hörte das seltsame Stöhnen des Meeres. Sie sah hinaus, wo das Licht das Wasser streifte. Das Licht, das auf den schmalen Kämmen der Wellen balancierte. Das Licht, das in den Konkaven des Wassers purzelte.

Das Licht peitschte den dumpfen Schaum auf und warf ihn in Blüten über ihre Füße, ihre Füße einglasiert vom seichten Wasser.
Das Wasser, das die Vergangenheit zu ihren Füßen zerschmetterte, das Wasser, das ihre Zukunft hinter sich herzog, das Zischen und Ziehen der Wellen.
Treibholz auf dem Sand. Sie hob einen Keil auf, zu leicht für seine Größe, seine Substanz herausgeschlagen. Es war nur die Vergangenheit, etwas Hohles in ihrer Hand, nur die Vergangenheit, aber eine Form und ein Geruch, den sie erkannte. Die behagliche alte Form; ihre Verwendungen, tot.
Wolken am Himmel. Sie wollte eine Aussicht, aber die Wolken waren hübsch. Unbestimmt, rosa, wohlbekannt. Waren Treibholz und Wolken nicht genug? Erinnerungen, und was sie noch hatte, genug? Warum das, was sicher war, für etwas aufs Spiel setzen, was verborgen war? Die Zukunft konnte genau wie gestern sein, sie konnte die Zukunft zähmen, indem sie sie ignorierte, indem sie sie zur Vergangenheit werden ließ.
Sie fing an zu laufen. Sie lief aus dem Tag heraus, der sich mit gemäßigter Vernunft um sie ringelte. Sie lief dahin, wo die Sonne den Himmel soeben begann. Eine dünne Sprosse der Sonne in Reichweite. Sie sprang und packte die Leitersprosse mit beiden Händen und schwang sich hinauf in das warme gelbe Licht.

Der Zug war voll. Ist das Sappho, die mit beiden Händen an einer Neonstange hängt?

Picasso

PICASSO SCHLUG DAS BUCH AUF.
»Ruggiero wird doch kein Gentleman der Hintertür sein?« Es war Nacht, Doll Sneerpiece saß beim Schein der Kerze. Ruggiero war nicht gekommen. Warum war er nicht gekommen? Es konnte nur eine Erklärung geben, und Doll war dabei, sie zu erklären.
»Wenn sein Zapfen nicht für mich stehen will, für wen dann?«
Doll hatte Könige und Bischöfe vor sich stehen sehen, und sie hatte höchst untertänig vor ihrem Stand gekniet. Sie hatte das königliche Zepter und die seltener gesehene Krone gehalten. Sie hatte den Pomp des Bischofs gepumpt. Ihre geschickten Finger waren ebenso gefeiert wie die Arachnes. Ihre oberen und unteren Ladeluken der Jubel der Flotte seiner Majestät. In ihrer Gegenwart gab es keinen Mann, dessen untere Regionen unbewegt blieben.
»Kein Mann«, sagte die Doll, »sondern eine Madam?«
Lady Cleland, eine Freundin und Rivalin Dolls, führte in der Gun Street ein Haus der Freude. Die Bekleidungsvorschriften im »Cock and Gun« waren strikt; Büstiers, Leibchen, Spitzen und Korsagen verbargen die Reithosen darunter. Es war ein Haus der Freude für jene, deren Entzücken nicht im anderen Geschlecht zu finden war.
Ruggiero in einer Sodomitenhöhle?

Das Hemd des jungen Burschen lüftend, entblößte er jene römischen Hügel der Freude und das enge Tal, das sie durchteilt. Dann, nachdem er sein Instrument mit Spucke angefeuchtet hatte, um es schlüpfriger zu machen, legte er es auf sein Ziel an und führte es ein, begleitet vom Zappeln und Zucken und den leise gemurmelten Klagen seines jungen Erdulders. Schließlich, nachdem die ersten Engen des Eingangs überwunden waren, schien sich alles recht glatt zu bewegen und fortzusetzen, wie auf einer Teerstraße, ohne viel Reibung oder Widerstand; und jetzt, eine Hand um die Hüften seines Günstlings herumführend, ergriff er sein elfenbeinernes Spielzeug mit der roten Spitze, das vollkommen steif stand und den Beweis dafür erbrachte, daß er, auch wenn er von hinten wie seine Mutter war, von vorne wie sein Vater war. Mit diesem vergnügte er sich, während er mit der anderen Hand in seinen Haaren spielte, und drehte, sich über seinen Rücken beugend, das Gesicht, aus dem der Junge die Locken schüttelte, die darüber gefallen waren, in die Position, die ihm beliebte, und zog es an seines heran, um einen langatmigen Kuß zu empfangen. Woraufhin, indem er sein Treiben neuerlich aufnahm und auf diese Weise fortfuhr, seine Kehrseite zu bearbeiten, der Höhepunkt des Anfalls mit den üblichen Symptomen eintrat und er die Aktion beendete.

Doll Sneerpiece klappte das Buch zu. Ruggiero ein Gentleman der Hintertür? Ruggiero, dem eine Lammkeule lieber war als gutes englisches Rindfleisch? Ruggiero, der türkische Waren in einem ehrlichen englischen Verkaufsstand einführte?

»Also gut«, sagte Doll. »Wenn die Sodomie das ist, was er will, dann soll er einen Sodomiten bekommen.«

»Sehr richtig. Sehr Wahr«, sagte Miss Mangle und saugte an ihrer Wasserpfeife.

Es war eine Reithosen-Doll, eine Perücken-Doll, eine Doll mit einem weiten, fließenden Hemd, eine umgedrehte seidenbestrumpfte Doll. Eine dreispitztragende und geknöpfte Doll. Eine Doll mit einem schmucken Schnurrbart und einem militärischen Gang. Eine gutgerüstete hosenbelatzte und dildobewehrte Doll.

»Ich bin bereit für diesen Hinterwärtigen Bock«, und sie verließ das Haus, als die Mitternacht es betrat, beide durch die Hintertür.

»Jetzt«, sagte sie, »bin ich eine echte Bradamante«, und ohne weitere Bedenken rauschte sie durch die Tür des »Cock and Gun«.

Picasso klappte das Buch zu und legte es schnell wieder hin. Es gehörte dem Mann, der ein Stück weiter saß. Er war eingeschlafen, und sie hatte das seltsam dicke, quadratische Buch gesehen, das ihre Hand mit einer ihm eigenen Macht anzog. Es hatte keinen Einband, es war kein Buch, das sie erkannte. Was war es? Pornographie aus dem achtzehnten Jahrhundert? Der Mann bewegte sich, Picasso ging zu ihrem Sitz zurück.

Sie betrachtete ihn. Er war vielleicht fünfzig, ein Mann, der sein Alter mehr trug als ertrug, und was er trug, versuchte er nicht zu verbergen. Er war weiß an den Schläfen, faltig im Gesicht, seine geschlossenen Lider ein wenig geschwollen, ein purpurner Schimmer über seiner bräunlichen Haut. Aber er war zart, hochmütig, graziös, ein Großer Schillerfalter, der auf einem grauem Sitz eingeschlafen war.

Seine Hände waren konisch geformt, mit langen, schmalen Fingern, die im Widerspruch zu ihrer offenkundigen Empfindsamkeit ungewöhnliche Kraft verrieten. Seine Finger zuckten im Schlaf, und Picasso dachte an Schlangen.

Sein Körper war selbst unter dem Hemd und der lose sitzenden Hose mehr aus Knochen denn aus Fleisch. Er war anatomisch, eine Objektstudie auf der harten Bank des menschlichen Gerüsts. Sie stellte ihn sich bei der Autopsie vor; die sauberen, fibrösen Rechtecke, die von dem einfachen Skelett weggeschnitten wurden. Die wimmelnde Symbiose von Muskeln und Nerven, Gewebe und Flüssigkeiten, als Komplex an dieses offensichtliche Gerüst gehängt.

Die Bolzen seines Schlüsselbeins rührten sie. Was, wenn sie jenen straffen Hals zurückzöge, um den Schilddrüsenknorpel freizulegen, seinen Adamsapfel, der sie beide darauf hinwies, daß er und andere Männer auch früher verletztlich gewesen waren? Wenn sie die Hand ausstreckte, um ihm Früchte anzubieten, würde er sie nehmen?

Sie standen gemeinsam im Garten und betrachteten den Baum. Den grünen Baum, beleuchtet von roten Kugeln. Sie sagte: »Iß, und du ißt das Licht, das er spendet, eine Laterne in den Eingeweiden des Menschen, bei deren Licht dieser sich selbst lesen kann.«

Sie hielt ihm eine der Kugeln in ihren glänzenden Fingern hin, und er dachte an Schlangen.

Händel kämpfte in seinen Träumen.

Sein Hals war emphatisch, bloß. Er hatte den Hals eines Sängers, Ausdruck ihrer selbst, die Arroganz von etwas, was wohlgefertigt und schön war. Er war nicht schön, dafür war er zu kantig und ruhelos, aber sein Hals und seine Hände waren seine Fürsprecher. Eine Frau könnte ihn lieben. Sie vermutete, daß er für Männer begehrenswert war. Sie seufzte. Was war Begehren? Gewiß nicht die sicheren Exkursionen ins Familienleben. Hatte ihre Mutter ihren Vater je begehrt? War ihr Vater, fett, gierig, grausam, begehrenswert? Er hatte neun Geliebte gehabt und war bei seiner zehnten aktiv. Streckte sie die Hand aus, glücklich allein über seine Haut? Verabscheute sie seine vorschriftsmäßigen 15 Zentimeter, die in sein sich ausbreitendes Gesprenkel eingekeilt waren? Picasso dachte an ihren Bruder und seinen zornigen Stecken, der sie dafür bestraft hatte, daß sie schön war, klug und schnell. Unter seiner beharrlichen Anweisung hatte sie gelernt, scheu und langsam zu sein. Sie hatte gelernt, ihren Körper zu hassen, weil er sagte, daß er ihn liebte.

Jetzt haßte sie ihn nicht. Sie fürchtete ihn, war ihm fremd, aber sie haßte ihn nicht und fragte sich, ob sie je die brennende Sinnlichkeit empfinden würde, die sie auf Bildern sah. Gemacht aus Leinwand und Farbe, nicht aus Fleisch und Blut, erzählten sie ihr von einem Feuer, das sie nicht kannte. Sie würde es irgendwie in sich selbst finden oder entzünden, selbst wenn die Kohlen ihre Knochen und ihr Herz das Zündholz war. Was war es noch einmal, was der heilige Paulus nicht gesagt hatte? »Besser brennen als heiraten.«

Sie stellte sich vor, mit diesem Mann Liebe zu machen, sein sanftes Gewicht und seine sehnigen Finger, sie fragte sich, ob sie seine saubere, rasierte Haut genießen würde, geschmirgelt mit teuren Rasierwassern? Er war sehr glatt, und sie spürte, daß dies eine Bemühung war. War er ein eitler Mann? Würde er eitel sein, wenn er sie liebte, würde er sich und seine Überlegenheit mit jeder vorsichtigen Bewegung unter Beweis stellen müssen? Liebe machen. Noch eine der schwülstigen Semantiken des Familienlebens. Was hatte Liebe mit Sex zu tun, und was hatte Sex mit Liebe zu tun? Sie empfand Lust für manche Menschen, Zuneigung für andere (Abscheu für noch mehr), aber selbst wenn Lust und Zuneigung zusammentrafen, war das Liebe? Und wenn sie getrennt waren, spielte es eine Rolle, das eine zu beschönigen und das andere überzubewerten? Sie hatte sich sagen lassen, daß viele Frauen einen Mann ansahen und seine Kinder haben wollten. Das konnte sie verstehen, aber dann wurde die Ehe zum Überleben und Wirtschaften mit einem Anflug urtümlicher Mysterien als Dreingabe (oder genetischen Erkennens, wie die Wissenschaftler es nennen). Konnten genetisches Erkennen und ein Bankkonto wirklich als Eckpfeiler all dessen, was Gut ist, bejubelt werden?

Durch das Fenster des Zuges sah Picasso die Friedhöfe der Toten. Die Kastenhäuser aus gelbem Backstein, jedes an seinem Nachbarn befestigt. In der kalten Luft dampften die schwefelhaltigen Wände. Nirgends ein Lebenszeichen. Wenn sie hineinsehen könnte, was würde sie dann sehen? Reihen abgewetzter Sofas, identisch auf identische Fernsehangebote ausgerichtet, schönen Dank an die kühnen weißen Satellitenschüsseln, 45 verschiedene Kanäle mit Fußball, Nachrichten, Komödien, Melodramen und Dokumentarfilmen über die Wunder der Natur. Ihre eigenen Eltern waren nicht besser, bloß daß ihr Sofa aus Leder und ihr Fernseher hinter einer in der Wand eingelassenen Schiebetür versteckt war. Die Schiebetür war mit einem Jesus bemalt, der die Geldwechsler aus dem Tempel trieb. Sir Jack nahm seine Brieftasche niemals mit in die Kirche.

Obwohl es viel mehr Scheidungen gab als früher, gab es auch viel mehr Heiraten. Kaum hatte ein Paar hastig den Knoten durchschnitten, beeilten sich beide Parteien auch schon, ihn mit einem neuen Stück Schnur neu zu knüpfen. Und schon schritten sie den Mittelgang hinauf, in guten wie in bösen Tagen, in Reichtum und Armut, in Krankheit und

Gesundheit, »bis daß der Tod uns scheidet«. Der Tod schied sie tatsächlich; tot für Gefühle, tot für Schönheit, tot für alles bis auf die offensichtlichsten Vergnügungen, bald waren sie füreinander tot und gaben dem jeweils anderen die Schuld an der Langeweile, die ihnen selbst innewohnte. In der neuen, kirchenverlassenen Moral hatte sich eine seltsame Werte-Hierarchie etabliert. Die Serienmonogamisten, wie die Zeitschriften die Heiratssüchtigen nannten, waren tugendmäßig eine Stufe höher angesiedelt als Paare, die entweder nicht heiraten wollten oder konnten. Die Unverheirateten, wie treu auch immer, standen mindestens zwei Stufen unter dem Mann, der seine Frau behielt, sich jedoch gleichzeitig an seiner (n) Geliebten erfreute. Er wiederum hielt sich für besser als diejenigen aus der Scheidungsstatistik. Die Kirche sah zu.

Unter der entschlossenen Hand des neuen Erzbischofs, selbst ein zweimal verheirateter Buchhalter, stellte die voll privatisierte entstaatlichte anglikanische Hochkirche Beerdigungen, Hochzeiten, Erstkommunion, Beratung etc. in Rechnung. Sie fuhr gut damit. Picasso war ab und zu in die Kirche gegangen, um in einer leeren Bank zu sitzen und den gottverlassenen Monologen des zu Anekdoten neigenden Vikars zuzuhören. Des mit jedem auf Du und Du stehenden seichtherzigen stumpfsinnigen kosteneffektiven welterfahrenen übergewichtigen unbelesenen rüpelhaften golfspielenden Vikars.

Sie erinnerte sich an das eine Mal, als sie versucht hatte, mit ihm zu sprechen, es zwei Wochen lang versucht hatte, bis sie endlich einen Termin bekam, und dann war der Tag und die Stunde gekommen, und er war beschäftigt gewesen. Sie war ans Pult gegangen und hatte das Evangelium gelesen, hatte über Johannes, 14 hinausgelesen, bis Kapitel

15 und 16, während der Vikar mit seinem Bankmanager über Spendenaktionen sprach. Sie hatte Angst gehabt.
(Euer Herz beunruhige sich nicht und verzage nicht.)
Ja, er hatte vor dem Abendessen fünf Minuten für sie übrig, wollte sie ihm ihr kleines Problem vielleicht erzählen, während er sich umzog?
(Kommet her zu mir alle, die ihr mühselig und beladen seid; ich will euch erquicken.)
Würde der Vikar ihren Bruder Matthew bitten, sie nicht mehr zu mißbrauchen?
(Wenn ihr mich um etwas in meinem Namen bittet, werde ich es tun.)
Ein bißchen Spaß? Der Vikar konnte sich nicht in ein bißchen Spaß einmischen… Sie hatte eine Familie, die sie liebte, sie sollte vorsichtig sein, sehr vorsichtig, mit dem, was sie sagte…
(Es kommt die Stunde, in der jeder, der euch tötet, meint, Gott einen heiligen Dienst zu tun.)
Sie zeigte ihm ihre blauen Flecke.
(Ein neues Gebot gebe ich euch: Liebt einander! Wie ich euch geliebt habe.)
Er tätschelte ihr den Rücken. Er verstand. Jede Familie hatte ihre Probleme. Sie sollte mit ihrer Mutter sprechen, ja, mit ihrer Mutter sprechen. Im Grund seines Herzens war Matthew ein guter Junge. Er spielte Orgel.

Picasso hinkte leicht. Vor Jahren war sie von der Brüstung ihres Hauses gesprungen. Es war Weihnachten gewesen, und eine tiefe Schneewehe hatte sie vor dem Tod bewahrt. Immer noch senkte sie den Blick und erinnerte sich daran. Wie konnte sie vergessen, wenn der Tag und die Stunde auf ihren Körper geschrieben waren?

Hätte sie nicht mit ihrer Mutter sprechen können? Hätte sie nicht mit ihrem Vater sprechen können? Ihr Vater hatte gesagt »Du mußt dir meine Liebe verdienen«, aber ganz gleich, wie sehr sie sparte, sie konnte sich seine Liebe nie leisten. Der Preis war schon zu Anfang hoch genug gewesen, aber Sir Jack war Geschäftsmann, und der Preis stieg, je mehr die Ware begehrt wurde. Er wollte, daß sie sich nach ihm verzehrte.

Sie wollte ihn lieben, aber wenn sie mit offenen Armen zu ihm lief, waren seine Hände voll. »Ich bin beschäftigt«, sagte er. »Siehst du nicht, daß ich beschäftigt bin?«

Sie ließ die Arme fallen und lernte, sie einfach hängen zu lassen.

»Wenn du nur ein bißchen liebevoller wärst«, sagte ihre Mutter, die den starren Körper in ein steifes Kleid einknöpfte.

Abends gab ihre Mutter ihr einen flüchtigen Kuß auf die Wange, so wie Hühner ihr Futter aufpicken. Ihr Gesicht war ein festgestampfter Hof, auf dem Hühner picken.

»Warum lächelst du nicht wie andere kleine Mädchen?« Der Schnabel ihrer Mutter kam auf sie zu, »Komm schon, Liebling, lächle.« Picasso lächelte. Sie lernte die Starre der Kieferknochen, die beim weiblichen Geschlecht Freude ausdrückt.

Jahre vergingen.

Eines Nachts, nachdem Matthew an ihrem Körper gerissen hatte, so wie Krähen Lämmer reißen, sich auf die fleischigen Weichteile stürzen und die Kreatur selbst am Leben lassen, war sie aus ihrem nassen Bett geklettert und hatte versucht, sich in der Nachtluft hoch oben auf dem Haus zu trocknen. Sie war nackt. Nackt als die Besatzung des Krankenwagens sie fand. Nackt blieb sie den größten Teil ihres

Aufenthalts in der psychiatrischen Abteilung des »Märtyrer St. Sebastian«, Privatklinik für die geistig Kranken.
Matthew wurde nach Sandhurst geschickt.

Es war Morgen. Das blasse Licht hinter der blassen Jalousie spannte den gewebten Stoff. Die Frau konnte die Risse in der Leinwand und die fehlerhaften Nähte sehen, und hinter der Jalousie den hektischen Schatten einer Biene.
Das blasse Licht wurde wärmer. Das blasse Licht wurde schlüsselblumengelb, wurde tief narzissengelb, ostergelb in Ovalen auf dem Fußboden.
Es war Frühling. Das Licht gellte aus den Trompeten der Narzissen und flankierte den Pfad mit Tulpenhörnern. Die Vögel sangen durch das Licht, aber das Licht war lauter. Trommeln von Licht im Zimmer. Die nackte Frau beobachtete das nicht eingerahmte Licht. Loses Licht, schattenloses Licht, das aus der Sonne auf die Häuser fiel, in die Rinnsteine und über die Straßen, um die Bürgersteige gelb zu pflastern. Ein Mann in einem goldenen Anzug ging vorüber. Das Licht häutete die braunen Straßen. Die Türen waren frisch gestrichen, Männer kamen und fegten und fegten und fegten. Die Frau nahm einen braunen Besen und fegte ihr Zimmer. Während sie fegte, malte sie. Jede Bewegung der Bürste zog das Gelb an ihre Füße heran. Ihr Körper, in anmutiger Bewegung, zog das Licht hinter sich her, als sie ging. Fegte sie oder malte sie oder stakte sie, die Sonne auf dem Gesicht, einen gelben Fluß hinunter?

Es war vor langer Zeit. Picasso war entlassen und wieder in den Schoß ihrer Familie aufgenommen worden. Ihre Mutter kümmerte sich um sie. Gemeinsam gingen sie ins Dorf, um einzukaufen.

Les hommes sont tous condamnés à mort avec sursis indéfinis. Picasso war von den Toten zurückgekehrt, und sie wollte das Leben. Sie wollte das Leben durch das Stundenglas zwingen, es dazu bringen, seine Geheimnisse preiszugeben, keine Tage des ihr gewährten Aufschubs in einem selbsterrichteten Grab verschwenden. Wieviel Zeit hatte sie noch? Ein Jahr, zwanzig, fünfzig? Die Uhr tickte, wie sie es immer getan hatte, aber jetzt konnte sie sie hören. Würde es für sie einen Unterschied machen, wenn der feurige Finger an der Wand ein Jahr, zwanzig oder fünfzig Jahre schriebe? Wenn sie den Tag und die Stunde wüßte, würde es ändern, was übrig war? Was ist übrig? Was war je da? Ist das Leben mehr als ein Dreckeimer aus Zufällen und Verwirrungen? Die Freiheit des Individuums ist die Freiheit zu sterben, ohne je von irgend etwas angerührt zu werden. Was kann die dicken Mauern der Persönlichkeit durchdringen; deine Stimme, deine Hand, ein Bild, ein Buch, die süße Morgenluft? Mein Ich hält mich gefangen. Der bleierne Schild meiner Gewohnheiten, jene schwere, sanfte bläulich-gräuliche stumpfe Verteidigung, Pb, Ordnungszahl 82 im Periodensystem, jenes nützlichen Inhaltsverzeichnisses, das als Nr. 26 Fe aufführt, das Eisen in meiner Seele.

Wie meinem Element entkommen? Als erstes, weglaufen. Einwände seitens der Familie wie folgt:

1) Du wirst zurückkommen.
2) Glaub nicht, daß du zurückkommen kannst.
3) Weglaufen war noch nie eine Lösung.
4) Allein kommst du nie zurecht.
5) Und wo bitte willst du hin?
6) Wahrscheinlich denkst du, daß da draußen alles anders ist?
7) Was ist mit diesem Haus nicht in Ordnung?

8) Nicht gut genug für dich, was?
9) Was hast du nur?

Antworten auf Obiges:
1) nein.
2) nein.
3) doch.
4) doch.
5) ?
6) ja.
7) dieses Haus.
8) nein.
9) Pantophobie.

Angst vor allem. Angst vor allem siegelt mich ab gegen alles. Ich fürchte die farbige Welt auf meinem neutralen Körper. Ich fürchte die leuchtendrote Sonne und das Gras mattgrün. Ich fürchte die Kühe, deren schwarze Häute purpurn schillern. Ich fürchte das überquellende Blau, das Bienen lieben. Ich fürchte die dreizehn Gelbtöne und den Wahnsinn Van Goghs. Ich fürchte die Sonnenblume, den Korbstuhl und die Stiefel eselsbraun. Jeden Augenblick sammelt sich die Intensität auf der Spitze der Erfahrung, wie Blätter den Regen sammeln. Der Augenblick schwillt, birst, ist vorüber und geht unbemerkt vorbei. Die Intensität tropft davon, der Augenblick ist verschwunden. Ist das nicht die Wissenschaft des Lebens?
Ich bemerke es, aber ich wende mich ab. Ich wende mich ab von den scharfen Spitzen der Schönheit, die mich wie Pfeile durchbohren. Scharfe Schönheit, dazu fähig, die dicke, purpurne Haut zu durchdringen. Ich verstecke mich vor den Schleudern und Pfeilen empörender Schönheit. Es ist em-

pörend, den sepiafarbenen Fuchs auf den Schattierungen des Schnees liegen zu sehen, seine Rute plötzlich-rot, seine Rute vergossenes-blut-rot auf dem ungekennzeichneten Schnee. Hinter ihm die Jagd, die Pferde in dichtem Dampf, ihre Reiter halb aufgerichtet in ewiger Aktion, die roten Röcke und das goldene Horn, die in der früh untergehenden Sonne ihre Farben verlieren. Die Dämmerung befreit den Fuchs. Der Dachs trägt seine Nachtstreifen und wühlt zwischen den Sternen.

Die Natur ist Übermaß. Sie ist über dem Durchschnitt. Eine einzelne Hagebutte platzt in Lobeshymnen. Was tun mit Regen, mit Schnee, mit Graupel, mit Blättern, mit Kometen, mit Hagel, mit Blitz, mit Äpfeln, Pfirsichen und Pflaumen, damit, daß die Natur ihren Überfluß von sich schüttelt, die schwerkraftbegeisterten Objekte, die sich über meinen Kopf ergießen?

Ich besorg mir einen Schirm. Einen zusammenschiebbaren taschengroßen Allwetterfreund, der die dröhnende Welt abprallen läßt und mich trocken hält, wenn ich bis auf die Haut durchnäßt würde. Soll ich trocken sein? Staubtrocken, artig wie getrocknete Blumen, gepreßt und mit einem Etikett versehen, in der richtigen Abteilung, errettet vor Feuchtigkeit und Fäulnis. Ich kann so leben, unter dem Rand des Bewußtseins, im Nylonschutz meiner eigenen Gedanken, sicher vor den Verletzungen der Schönheit. Ich denke, also bin ich. Bedeutet das – »Ich fühle, also bin ich nicht«? Aber nur durch Fühlen komme ich an das Denken heran. Diese Dinge, die mich bewegen, fordern mich heraus. Nur ein seismischer Schock kann den Kartenindex der Gewohnheiten, der Vorurteile und der Gedanken anderer Menschen, die ich meine eigenen nenne, neu ordnen.

Der Angst zu trotzen gibt es Talismänner, die ich übernommen habe, Kiesel, die ich in meiner Hand drehe. Erinnerte Steine, deren mineralische Oberfläche Goldnester verbirgt.
Herbst auf einem Londoner Platz, die stillgehängte Luft rund um die Eibe, rosagerindet. Ein Terrier wühlt in den Blättern. Der schwarz-kläffende Hund und die Eibe rosagerindet. Hund, Eibe, die Platanenblätter lohbraun aufgehäuft, und das Café, in dem der Kaffee dampft.
Ich kaufte mir eine Tasse, verbrannte mich, aber froh über Kaffee und Geld, ihn kaufen zu können. Froh über den nach Pappe riechenden Dampf und diesen kleinen Platz auf dieser hölzernen Bank.
Eine Frau geht vorbei und ist verschwunden. Die Vögel wechseln sich am Brunnen ab. Ich habe mich an Kaffee und Bank abgewechselt, beide bleiben, ich nicht. Selbst jetzt, wo ich den Moment kenne, ist der Moment vorbei. Die Uhr bleibt nicht stehen, obwohl ich es tue oder es zu tun scheine, den Kaffee als Schild gegen die Zeit in der Hand haltend. Ich will so langsam über den Platz gehen, für immer über den Platz gehen, mit dem immer noch kläffenden Hund und der Eibe rosagerindet.

Die Touristen standen vor dem British Museum Schlange.

Die weiche Luft und der harte Pfad. Die Luft verfangen in den schmiedeeisernen Gittern, und der Pfad vergraben unter Blättern. Ein alter Mann spießte sie fort. Vertraut auf Londoner Plätzen, Blätter und weiche Luft, die letzten Rosen auf den Stiel gemalt. Ein dumpfbrauner Spatz schnappte sich einen karmesinroten Wurm. Warum ist er für mich schmerzlich, dieser Tag, obwohl lange vergangen und unwiederbringlich? Schmerzlich, so daß ich meine Schritte auf der geschäftigen Straße verlangsame, stehenbleibe wie jemand, der etwas Wichtiges vergessen hat. Ich habe etwas Wichtiges vergessen; vergessen, wie man Bilder betrachtet, die ungemalte Schönheit des Alltäglichen. Das Jetzt, die Qualität, die der Künstler einfangen kann, die jedoch immer sichtbar ist, wenn ich sehen will. Das Jetzt, in sich selbst, nicht der Schock des Neuen, sondern der Schock des Vertrauten, das plötzlich gesehen wird.

Lange, abfahrende Züge. Das Kathedralengewölbe des Bahnhofs wurde früher von Dampf beweihräuchert, jetzt macht es lebende Opfer aus Tauben, die sich in den Stromabnehmern verfangen. Niemand blickt auf zu den geschwärzten Vögeln, die aus dem Leben voltiert werden und zwischen den Trägern überbleibseln. Unter den toten Vögeln das Kommen und Gehen der Fahrgäste. Das Kommen und Gehen müder Körper, die auf unsichtbaren Linien vorwärts geschoben werden.

Aber draußen nimmt der Zug die Kerbe in einer Sichel aus Licht. Die geschwungene Kurve des Zuges mäht im Vorbeifahren die Häuser, die Häuser verschwinden hinter der mondförmigen Metallklinge des silbernen Zuges.

Der Zug, zitternd vor seiner eigenen Kraft, zitternd wie ein Apportierhund, stürzt auf die Brücke zu, als das Signal umspringt, und plantscht in einer Sirene der Freude durch die Schienen. Ein kleiner Junge beugt sich aus dem Fenster und schreit mit der doppelten Glocke des langen Zuges.

Der Zug fährt vorbei, ein gelbes Band gezogen durch ein schwarzes Tuch. Die Häuser springen zurück und nehmen in der Dunkelheit wieder ihre angestammten Plätze ein. Hier gibt es nichts außer Steinen und Schmutz, außer

Metall und Schmutz, außer Gewohnheit und Schmutz. Der 5 Uhr 45 in Richtung Vororte.
Es gibt mehr; eine Verneigung der Schönheit, als der Zug die Kurve einschätzt; ein Bogen der Mechanik, der eine Bewunderung von 180 Grad zwischen dem harten Metall und der Kurve zuläßt, die er impliziert. Das schlichte Zusammenprallen von Subjekt und Stil ist ein malerisches; die kompromißlose Linie wird gezwungen, einer Kurve nachzugeben. Nur diese Niederlage macht Bewegung möglich.
Die Kurve scheint so viele Nachmittage zu sein, langsam zum Meer reisen, der silberne Zug zur goldenen Küste. Die lange Windung zurück in die Kindheit, durch die Erinnerung, die Romantik des Zuges nicht gemordet durch den 5 Uhr 45. Jeder Waggon, an seinen Nachbarn gehängt, nimmt die Kurve, das Rückgrat des Zuges, das durch meine Vergangenheit läuft wie ein Rosenkranz. So viele Nachmittage langsam ans Meer reisen; der schaukelnde Zug und das wogende Wasser. Meine Mutter, die das Meer anlächelt.

Das Lächeln von Frauen und die Bewegung großer Gewässer. Diese Dinge bewegten Leonardo. Beide zugleich geheimnisvoll und transparent, nahm er sie in seine Gemälde auf als Dinge und Meta-Dinge: Madonna der harmonischen Verhältnisse, Madonna des Sees, Madonna der Felsen, La Gioconda, die Heilige Anna, Medusa, deren Schlangenhaare sich in Reptilienwellen teilen, Farbe der See auf ihren toten Wangen.
Leonardo, der weder Latein noch Griechisch beherrschte und sich selbst als buchstabenlosen Mann (»omo senza lettere«) beschrieb, liebte Worte und kämpfte mit ihnen, wobei er sich viele Wunden zuzog. Liebeswunden. Es gibt

keine Liebe, die die Hände und Füße nicht durchbohrt. Keine Liebe, die den Liebenden spurenlos zurückläßt. Im späteren Leben gab Leonardo, gebrandmarkt von Worten, das Malen auf und arbeitete nur an seinen flüchtigen Manuskripten, von rechts nach links schreibend. Wer weiß, was er zu finden hoffte? Für mich war es bereits gefunden, im furchtsamen Gesicht der Mona Lisa, korruptes Karmesinrot auf Lippen und Wangen, jetzt verblaßt zu einem bescheidenen Erröten, das so seltsam neben dem Meer aufsteigt.

Der Zug hatte das Meer erreicht. Das Meer gefangen zwischen zwei Beinen aus Beton, wo die Fähren ihre abgestumpfte Fracht entluden. Das praktische Meer, brav wie ein Kinderpony, doch weiter draußen, hinter dem gefesselten Wasser, übersprangen die weißmähnigen Wellen die Hürden der Bojen.

Das ungesattelte Meer, zweimal täglich vom Mond geritten. Der 239.000 Meilen entfernte Mond, der das Meer täglich reitet. Empörend, die Verbindungen der natürlichen Welt; die Planeten in musikalischen Intervallen um die Sonne herum. Die Schluchten hier, die die Berge dort gemacht haben. Selbst die Blumen in meinem Garten säen sich selbst in deinem aus. Die bewegte und sich immer noch bewegende Welt, die auf ihrem Achsenbaum rotiert. Der tägliche Tod und die Wiederauferstehung der sich selbst erneuernden Welt.

Ich wollte das Fenster öffnen, um das Meer nicht mehr hinter Glasscheiben zu hören. Den Tenor des Meeres und die kreischenden Möwen. Die Schönheit des Meeres in seiner

Bewegung und Masse. Die tiefen Gezeitenwirbel, die zurückweichen, sobald ihm Grenzen auferlegt werden.
Was legt mir Grenzen auf? Angst, Faulheit, die Meinung anderer, eine morbide Angst vor dem Tod und zu wenig Freude am Leben. Ich bin oben und unten von Brettern eingegrenzt, ein Deckel auf meinem Kopf, Blöcke unter meinen Füßen. Das schale Selbst, unberührt von den Rhythmen der Kunst oder der Natur.
Spielt es eine Rolle? Ja, für mich, die vermutet, daß es mehr gibt als das maschinell hergestellte Leben, das als nette Kopie Millionen anderer offeriert wird. Ist eine Reproduktion nicht gut genug? Wer erkennt dieser Tage schon den Unterschied? Es gibt keine Kunst. Begnüge dich mit einem Designerkostüm, das du über deinen Kadaver werfen kannst. Niemand kann den Unterschied zwischen den Lebenden und den Toten erkennen. Und wer bist du, daß du dich als Richter aufspielen willst? Das hier ist eine Demokratie, oder? Wir sind jetzt alle gleich, abgesehen vom Geld, alle gleich. Eine Größe paßt allen.
Mir paßt sie nicht.

»Warum dir selbst die Schuld geben? Warum dir selbst die Schuld geben?« Die liberalen Tröstungen des Anekdoten schwingenden Vikars, der es nicht schaffte, den Ball mit den vorgeschriebenen drei Schlägen einzulochen.
Wem sonst soll ich die Schuld an diesem von der Dürre heimgesuchten Leben geben? Meiner Mutter? Meinem Vater? Meinem Bruder? Der Welt?
Ich hatte Pech, das stimmt, ich habe schlimme Verletzungen hinnehmen müssen, wurde verachtet. Aber soll ich diese Geschichte jedem erzählen, der zufällig vorbeikommt? Soll ich mein Unglück zu einem Plakat machen

und die mir verbleibenden Jahre damit verbringen, es auszuschmücken?

Es ist so wenig Zeit. Das hier ist die ganze Zeit, die ich habe. Das hier gehört mir, dieses kleine Paket von Jahren, das auf den Bürgersteig kippen und zwischen achtlosen Füßen verlorengehen könnte. Verloren. Das Wasser aus dem Sieb und der ausgetrocknete Fluß. Das still begrenzte Meer, wo die Wasser sich nicht brechen.

Ich will den Hügel hinauflaufen in der Freiheit des Windes und schreien, bis der Regen kommt. Ich rufe den Regen mit zurückgeworfenem Kopf. Fülle meinen Mund, fülle meine Nasenlöcher, tränke den verdorrten Körper, Blut zu dick, um durch die Kanäle zu fließen. Ich will fließen. Mit Sommeranmut in einem kristallenen Fluß fließen. Lachsflankiert zum Meer fließen.

Warum trocken? Warum eingedämmt, wenn die verborgene Quelle den Teich speist? Wie sich hinabbohren dahin, wo das Wasser ist? Wie einen Springbrunnen durch den Wackelpudding meiner Ängste graben?

Ich gebe mir selbst die Schuld an meinem Teil des Verbrechens. Mitbeteiligung an zu wenig Leben, zu wenig Liebe. Ich gebe mir selbst die Schuld. Das getan, kann ich mir selbst vergeben. Die fauligen Tage vergeben, an denen die Frucht fiel und nicht eingesammelt wurde. Die vergeudete traurige Zeit. Strafe genug. Genug, in der Angst eingekeilt zu leben. Ruf den Regen.

Ruf den Regen. Tropfen der Gnade, die die verbrannte Erde neu beleben. Vergeben, das den ausgedorrten Strom neu füllt. Der Regen, in undurchsichtigen Schwaden, fällt in rechten Winkeln ins Meer. Laß mich an der Wand des Regens lehnen, die Beine auf dem Meer ausstrecken. Sie ist schwindelerregend, diese fließende Geometrie, die Punkte,

Bindestriche, Oberflächen und Linen, die sich einer Veränderung unterziehen müssen. Ich werde nicht sein, was ich war.
Der Regen verwandelt das Wasser.

Händel

SIE IST VIELLEICHT FÜNFUNDDREISSIG. SIE TRÄGT DIE HAARE wie Löwen es tun. Männliche Löwen natürlich. Warum vergleichen wir unsere Frauen, wenn wir ihnen Komplimente machen, mit dem männlichen Tier? Eine Löwenmähne, Augen so blau wie das Gefieder eines Pfaus, Schwanenhals (wobei der des Männchens länger und weißer ist), anmutig wie ein Panther, Haut so weich wie das Fell einer Antilope. Ich hatte einen arabischen Bekannten, einen Homosexuellen, wie es sich traf, der mir sagte, daß die männliche Antilope weicher ist. Das Weibchen wird durch Schwangerschaft derber. »Stimmt doch, oder?« sagte er, als wir an der Entbindungsstation vorbeikamen.

Männer sind am liebsten mit ihresgleichen zusammen, dessen bin ich ganz sicher, Frauen sind eine Art Schwäche. Ich erwarte nicht, daß mein arabischer Freund sie mag, das tut er nicht, aber ich finde es seltsam, wenn meine heterosexuellen Freunde sie ebenfalls nicht mögen. Meine Kollegen mögen ihre Frauen nicht. Sie begehren ihre Geliebten. Andere Frauen werden von ihnen nicht einmal in Betracht gezogen. Es gibt Krankenschwestern, mobile Bettpfannen nennen wir sie, und es gibt eine wachsende Zahl von Ärztinnen. Zum Glück bleiben die meisten von ihnen in den unteren Rängen, entweder aus Berufung oder aus familiären Bindungen, ich sage zum Glück und meine zum Glück für sie. Mediziner haben keine Manieren, außer wenn es um zahlende Privatpatienten geht. Ich arbeite mit einem Mann zusammen, der die Frauen immer fragt, ob ihre Brüste dem

Stethoskop im Weg sind oder nicht. Sie werden rot, er lacht, klopft mir auf diese kumpelhafte, verschwörerische Art auf die Schulter, »Händel wird sich um Sie kümmern«, sagt er. »Der beste Stutzer der ganzen Branche.«
Ich entschuldige mich. Ich entschuldige mich. Ich entschuldige mich…

»Hören Sie auf, ständig ›Tut mir leid‹ zu sagen, Händel. Die anderen sind diejenigen, denen es leid tun sollte. Aus diesem Grund kommen sie hierher, um zu sagen, daß es ihnen leid tut, das hier ist die Beichte!«
Mein Priester verzweifelte an mir. Es war seine Pflicht und meine Erziehung, Seite an Seite in dem kleinen verhängten Kabuff zu sitzen, das uns durch ein dünnes Gitterwerk der Sünde von den Büßern trennte.
»Vater, ich habe gesündigt.«
»Sünden des Fleisches oder des Gewissens?«
»Sünden des Fleisches.«
Ja, immer Sünden des Fleisches, niemand hat ein Gewissen.
»Beginne.«

Jene langen Freitagnachmittage, die Geschichten immer dieselben, egal wer sie erzählte, die Geschichten immer dieselben. Keinerlei Beweis für das individuelle Leben. Ladendiebstahl, die Frau verprügelt, auf der Arbeit blaugemacht, Betrügereien, Untreue, Untreue, Untreue, das Vergehen mit dem gemeinsamen Nenner. Die Männer prahlten, es war in ihren Stimmen zu hören, die Frauen zitterten und weinten. Ich erinnere mich an eine, eine ausgezehrte Frau, zu der der Priester ganz besonders hart war. Was hatte sie anderes getan, als sich eine Nacht zu nehmen, um der Stelle zwischen ihren Beinen einen Sinn zu geben. Der vernachlässig-

ten Stelle, an der der Kopf ihres Kindes gewesen war, die das Vergnügen ihres Mannes gewesen war, dem Ding, das zum Abfluß für den Gin geworden war.
Sie sagte: »Ich liebe ihn nicht, aber ich mußte ihn haben. Ich habe noch nie einen Mann gewollt, nicht auf diese Weise.«
»Es tut mir leid.«
»Was, wenn meine Kinder dahinterkommen? Was, wenn mein Mann dahinterkommt?«
Ich sagte nicht: »Ihr Mann kommt jeden Freitag hierher, um sich bei mir zu erleichtern, so wie er sich jeden Donnerstagabend, wenn er seinen Lohn bekommen hat, bei einer Prostituierten erleichtert.«
Ich sagte: »Sie dürfen den Mann nicht wiedersehen. Bitten Sie Gott, Ihnen zu helfen.«
Sie sagte »Mein Körper denkt an ihn.«
Ich dachte an ihren Körper unter seinen Hüften. »Es tut mir leid.«

Mein Priester und ich gingen mit langen Schritten durch die überwachsene Allee des Seminars. Der Wind wehte unsere Röcke nach hinten, enthüllte Socken, die von kurzen Haltern hochgezogen wurden, und lange spitze Schnürschuhe. Ich beobachtete, wie unsere Füße die Pflastersteine im Vierviertеltakt trafen, getragen vom Rhythmus des zornigen Priesters. Er hielt mir einen Vortrag über Gottes Willen für die Menschheit, ohne ihn in dem wolkenzerrissenen Himmel zu sehen, an dem die Sonne als goldener Eidotter abkippte. Ohne ihn in den riesigen, vom Wind niedergedrückten Bäumen zu sehen. Gottes Wille, dieser kleine blaue Planet. Gottes Wille, daß wir Geist in Haut und Knochen sind.

»Sie hat schwer gesündigt.«
Hat sie? Was, wenn ich gesagt hätte, sie solle dem Herrn für ihre Gefühle danken?
Danken für ihren Körper, seinen Körper, ihr gemeinsames Vergnügen? Hätte sie Gott dann mehr geliebt, oder weniger?
Das sagte ich natürlich nicht zu ihm, für den der Wind wehte oder nicht wehte. Für den die Sonne schien oder nicht schien. Er sprach über Erektionen, über das Kontrollieren von Erektionen, und ich hätte am liebsten gesagt: »Verdammt Mann, sie hat nicht von einer Erektion gesprochen, sie hat von den intensivsten Augenblicken ihrer zweiundvierzig Jahre gesprochen.«
Warum hatte sie in einem Beichtstuhl gesessen und einem fünfundzwanzigjährigen jungfräulichen Mann davon erzählt?
Wie heißt es in meinen Notizen? »Um die Probleme seiner Herde verstehen zu können, muß der Priester nicht notwendigerweise persönliche Erfahrungen mit eben diesen Problemen haben. Er besitzt die Autorität Gottes.« Und was war mit der Phantasie Gottes? Mozart, mein geliebter, betrunkener, göttlicher Mozart, hätte einen besseren Priester abgegeben als ich. Ich saß allein, in meinem verdunkelten Zimmer, die Schirmlampe hinter mir, und lauschte den letzten Klängen der Hochzeit des Figaro, als Gräfin Almaviva jenen Vergebung anbietet, die am wenigsten Grund haben, sie zu erwarten. Vergebung. Und ich?

Ich war kein Erfolg als Priester. Vorbei der demütige Wunsch, einer kranken heidnischen Welt die Arzttasche und das Meßbuch zu bringen. Mir fehlte es an Autorität. Mir fehlte es an Phantasie. Es ist so einfach für die Stimme

Gottes, genau wie meine eigene zu klingen, plus forte. Ich bin voll und ganz durch die Schrift gerechtfertigt, aber das Komische ist, daß das auch für jeden anderen Katholiken gilt, den ich kenne, ganz gleich ob liberal oder strikt. Ich will den Katholiken gegenüber nicht unfair sein, was ich sage, gilt auch für Juden, Moslems, Baptisten, Methodisten, Kalvinisten, Protestanten, Zeugen Jehovas, Adventisten des Siebten Tages und ganz gewöhnliche Frömmler überall. Die Anpassungsfähigkeit der Schrift ist etwas Wunderbares. Ich habe meinen Glauben an Gott nicht verloren, aber ich habe schon vor langer Zeit meinen Glauben an die Männer verloren.

Und die Frauen? Seht sie euch an, schmal wie das Schilf Salomons, die Haare in Absalom-Flechten. Was tun mit der Schönheit? Ich war mir nie ganz sicher…

Zwischen den Stunden von drei und vier sagte meine Mutter zu mir: »Händel, wenn wir einer schönen Frau begegnen, mußt du ihr Komplimente machen, aber niemals aufdringlich sein.« Was kann ich tun? Heutzutage ist ein Kompliment eine Aufdringlichkeit, oder? Die Frauen wollen nicht schön sein, sie wollen Anwälte und Mediziner sein. Wenigstens in der katholischen Kirche werden sie keine Priester sein. Soll ich ihr das sagen? Soll ich mich vorbeugen und flüstern: »Miss, es gibt so wenig Schönheit auf dieser Welt, daß wir es uns nicht leisten können, Ihre zu verlieren?« Schon verpaßt sie mir eine. Sie will eine lächerliche kleingelockte Perücke tragen und einem lüsternen und senilen Richter ein ›EINSPRUCH‹ entgegenschleudern, einem Richter, der, wenn sie schön ist, insgeheim glauben wird, daß sie die Sache der Justiz pervertiert, und der sich in seinem Herzen gegen sie verschließen wird. Warum will sie, daß ihre Fesseln dick werden vom Hin- und Herstampfen

über Krankenhauslinoleum? Warum will sie eine Concorde steuern, Mitglied des Parlaments sein, die Eigernordwand hinaufkraxeln? Warum will sie in der Welt des Big Business Erfolg haben, wenn Erfolg im Big Business ihr die Zeit rauben wird, die ihr, in einem kurzen Leben, dafür bleibt, etwas von dem zu verstehen, was das Leben ist?
Es ist unser Fehler, der Fehler von Männern wie mir, so denke ich, wir haben soviel Zeit damit verbracht, die Bedeutsamkeit all dessen, was wir tun, herauszuposaunen, daß die Frauen es glauben und selbst tun wollen. Sehen Sie mich an, ich bin ein sehr wohlhabender Mann, einer der Besten in meiner Branche, und ich laufe davon wie ein Schuljunge, weil ich keinen einzigen Tag länger an meinem Schreibtisch sitzen kann. Ich weiß, daß alles, was ich bin und alles, wofür ich stehe, wertlos ist. Wie soll ich ihr das sagen?

Das Licht lag auf dem Meer. Ein straffer weißer Film aus Licht, weit hinausgespannt, vom Horizont zur Strandwelle. Das Licht überzog das grüne Meer mit Gaze, blasse Flügel atomisierten das Wasser, schmetterlingsleicht auf der Fläche des Meeres. Das Licht flatterte, seine gemuschelten Ränder beschatteten die Felsen, die einen Wellenbrecher für die Fischerboote bildeten. Das Licht ruhte auf dem ramponierten Bug.
Das Licht enthielt Salz. Reinigendes Licht, das den Sand polierte und seine Fragmente zu Diamanten schmirgelte. Das Licht schliff die glatten Betonsäulen des Hafens und gab ihnen die rauhe Würde des Meeres zurück. Das nicht von Menschenhand gemachte Meer und das striegelnde Licht.

Welche Dinge sind von Bedeutung? Welche Dinge haben einen eigenen Wert anstelle einer nur geborgten Herrlichkeit? Gibt es so etwas wie angeborenen Wert? Es ist modern geworden, nein zu sagen. Zu sagen, daß ein Baum nur sein Holz ist, daß jedes Gemälde ein Kunstwerk ist, daß Journalismus Literatur sein kann, daß Liebe Eigennutz ist oder daß die Ethik nur aus Sitten und Gebräuchen besteht. Es ist richtig, Maßstäbe in Frage zu stellen, aber falsch anzunehmen, daß es keine gibt. Wo es keine Maßstäbe gibt, obsiegt der Marktplatz.

Ich liebe Märkte, liebe das Gedränge und Geschiebe, das Feilschen und das Lügen. Ich habe meinen Spaß an der Unverfrorenheit minderwertiger Waren, die sich als Kunsthandwerk ausgeben, ich bin versessen auf die Fährte eines Schatzes, hier, da, irgendwo.

Aber wer kontrolliert wen? Ist der Markt für mich da, oder bin ich für den Markt da? Das menschliche Schwein, mit Petersilie garniert und in Vierteln an einem schmierigen Stand zu kaufen. Langes Schwein, liebste Delikatesse des Marktes, nur nicht die Kosten für die menschliche Seele zählen.

In Tschungking am Jangtsekiang, einem Ort, an dem ich mehrere Jahre verbrachte, gehen die Bauern vor Tagesanbruch in die Stadt, um nach Arbeit anzustehen. Die Arme ausgestreckt, Madonna der Unterwerfung, vor der Mission, die wir dort betreiben. Auf den Knien, die Arme ausgestreckt, um Arbeit bettelnd.

Arbeit ist eine lange Stange, an der mein Gepäck baumelt, wenn nicht mein Gepäck, dann 200-Pfund-Beutel mit Pfefferschoten, Säcke voller Reis, eine Reihe Hühner, die an den Füßen zusammengebunden sind.

Der Weg zum Fluß hinunter, wo alles Leben anfängt, ist

durchsetzt von flachen Stufen. Mittelalterlichen Stufen, die seit damals den Füßen dienen. Füßen in gestickten Schuhen, Füßen in dünnen Seidenpantöffelchen, Füßen in Fellstiefeln, ledergenäht. Füßen, gebunden für den Heiratsmarkt, den nackten Füßen des Arbeitsmarktes, die schlüpfrigen Stufen hinauf und hinunter, die Kulis mit Schulterstangen.

Waren treffen zu dieser Stunde ein, zu dieser Minute, zu jeder anderen. Ein Geplapper von Waren, redefreudig, beweglich, Getragenes und Träger ununterscheidbar und unformbar, ein grelles Bündel, das sich die felsige Wand hinaufbewegt.

Die Boote, die auf dem Fluß tanzen, sind bescheiden oder großspurig. Jedes macht an einem Poller fest, der in den schwarzen Schlamm getrieben wurde. Einen besonderen, dicken schwarzen Schlamm, der die Hufe eines Ponys bis zu den Fesselgelenken einsaugt. Der schwarze Schlamm und der gelbe Fluß. Das Wespensummen der kleinen Motorboote, und das tiefe tucker, tucker, tucker der Dieselboote.

Das hier ist der Markt, aber die Waren können nicht verkauft werden, wenn die Menschen nicht auch verkauft werden. Der Preis ist nicht hoch; ein Dollar pro Tag, Stunden, von Tagesanbruch bis Abend. Als Gegenleistung ein Unterschlupf, zwei Schüsseln Reisnudeln, neunzig Gramm Fleisch. Auf diese Weise können die Bauern ein bißchen was sparen, um es mit nach Hause zu nehmen. Sie zucken die Schultern. »Das hier ist der Markt.«

Mein Gefährte, ein Bankier, da, um den demütigen Chinesen zu erklären, daß ihre Zeichen für Freier Mann und Glücklicher Mann im Westen Kapitalistischer Mann bedeuten, sagte zu mir: »Lektion Nummer Eins, Händel, seien Sie realistisch, was die Kräfte des Marktes angeht.«

Warum? Warum muß ich? Warum muß ich realistisch sein, was eine Erfindung angeht? Es gibt nichts, was a priori wäre an den Kräften des Marktes, nichts, was keine Konstruktion ist und nicht rückgängig gemacht werden könnte. Wenn ich den großen Gott des Marktes in Zweifel ziehe, lacht mein Freund, der Atheist ist, und nennt mich einen Träumer, aber seine Art zu Leben ist ein Alptraum. Er ist ein erfolgreicher Mann, der drei Ehen aufgegeben hat, vier Häuser besitzt, sie jedoch vermietet, zumeist in einem Flugzeug lebt, und wenn er nicht gerade in einem Flugzeug sitzt, schlägt er sein Zuhause in einem Hotel auf und sucht am Abend nach einer Begleiterin. Er hat seit fünf Jahren keinen Urlaub gehabt. Er ist ein erfolgreicher Mann. Ich sagte: »Alan, das geringste aller Tiere kann ein Zuhause finden, das ihm entspricht, kann sich genügend Essen beschaffen, kann seine Jungen aufziehen, seine Aufgabe in der Meute übernehmen und die Zeit finden, in der Sonne zu liegen. Für den Menschen, das Dach und die Krone der Schöpfung, sind diese Dinge eine beträchtliche Leistung. Die meisten von uns sind bedeutend schlechter dran als das Kaninchen auf der Wiese.«

Es gibt zwei Städte auf der Welt, in denen das, was zunehmend begehrt wird, nicht mehr gekauft werden kann. Nicht Glück oder Liebe, die beide außerhalb des Kapitalmarktes liegen, sondern Platz. Egal wie reich ich bin, ich kann ihn nicht kaufen, weil er nicht existiert. Die Gärten sind längst zugebaut. Die größeren Wohnungen wurden unterteilt. Häuser, falls man eins bekommen kann, haben einen Hof, wenn man Glück hat. Einen Hof, der sich höchstens für ein Elendsquartier eignet, ein dunkles, enges Loch, für das ein Weber des neunzehnten Jahrhunderts sich geschämt hätte und wo ein chinesischer Bauer nur vielleicht seinen Abfall hinwerfen würde. Das ist es, was ein Millionär in Tokio und New York kaufen kann.

Ich gebe zu, daß ich eine Leidenschaft für das Land habe. Die schiefergrünen Moore meiner Kindheit sind die Geographie meines Herzens. Schwer zu akzeptieren, daß mein Herz jetzt ein Nationalpark ist. Was wild war, ist zahm. Wo kein Pfad zu finden war, sind jetzt rustikale Wanderwege, dekoriert mit Eicheln. Eichen jedoch fehlen. Alle zehn Meilen gibt es Cafés und öffentliche Toiletten. Ponyausflüge auf Nachfrage, damit jeder die Freiheit dessen entdecken kann, was einst einfach nur Landschaft war. Warum sollte die Landbevölkerung sie für sich allein haben? Das hier ist eine Demokratie.

Sie mußte natürlich verbessert werden, nicht die Demokratie, die Landschaft. Sie war einfach zu holperig und uneben für das durchschnittliche Familienauto. Natürlich brauchen Kinder an einem Tag draußen im Freien regelmäßige Coca-Cola-Injektionen, gefolgt von einem ausgiebigen Abstecher zur Toilette. Man kann von ihnen nicht erwarten, daß sie sich hinter einen Busch hocken. Die wilden Brombeeren und die Nußbäume mußten natürlich ausgebuddelt werden, sie hätten giftig sein können, und sie entsprechen nicht den für Nahrungsmittel geltenden Hygiene-Richtlinien der EG. Die lieblich rauschenden Bäche, so pittoresk auf einer Postkarte, mußten eingezäunt werden, für den Fall von Schadensersatzansprüchen gegen örtliche Behörden. Es gibt jede Menge Gras, aber jetzt, wo die Schafe abgeschafft wurden, um der Öffentlichkeit den Zugang zu erleichtern, wächst das Gras zu üppig und muß viermal pro Jahr mit einer chemischen Bombe besprüht

werden, die unter den Bauch einer Cessna geschnallt wird. Kein Grund, sich über die Chemikalien zu sorgen, anders als die Brombeeren und die Nüsse, die Schlehen und die Hagebutten, sind Chemikalien absolut sicher.
Mein Rat lautet, sich an die Wege zu halten, die in dantesken Windungen von den Parkplätzen hinunter zu den Toiletten führen, den Souvenirläden, dem Heimatkundemuseum. Da geht er hin, der demokratische Mann in seiner ärmellosen Holzfällerweste und seiner fluoreszierenden Regenhaut. Bislang haben die städtischen Wissenschaftler noch keine Möglichkeit gefunden, die Wetterlage über den Nationalparks zu stabilisieren.

Strahlen wie das Aufblitzen eines Schildes. Die Sonne auf dem ungeschnittenen glattgescheuerten Schiefer. Das Schimmern des Landes liegt in seinen Felsen, den feingekörnten tonhaltigen Felsen, hier nicht purpurn oder grau, sondern das Grün lebender Steine.
Die Felsen schreien auf. Die Knochen aus Schiefer unter den grünen Kleidern, Moos, maulwurfsweich, maulwurfsfelldicht. Das Land gerippt von hellem Stein, der seine Farbe in die Erde zwingt, in das Gras, in die Schafe mit den rauhen Zungen. Schafe, die stillstehen wie Hügelschnitzereien, Dinge geschmiedet nicht gemacht, Dinge geschmiedet aus ihrem eigenen Land, tiefem Land, aus Steinbrüchen und Minen zu Tage befördert, die tiefsten Tiefen aufgebohrt für die spitzen Dächer der kleinen Häuser, die aus dem Hügel ragen. Stein und Schiefer, die Generationen an das Land und aneinander binden.
Die Straße ist schmal am Fuß des Moores. Schmal wie der Rauch aus dem Schornstein eines alleinstehenden Hauses. Aus der Ferne läßt die Perspektive die Straße eine scharfe

Kurve machen und in den Rauch hinauflaufen, so daß der Rauch die Asphaltstraße als Kohleband fortsetzt, einen Weg bildet für den Reisenden zwischen den Wolken.
So viele Jahre lang habe ich meinen Kurs nach dieser Straße ausgerichtet; Resignation der frühen Kindheit, Elend der Schule, mürrische Pubertät, sogar ein wenig männlicher Stolz, meine Stiefel fröhlich klirrend vor Freude über ein Medizinstipendium. Zu meiner Linken das Tal in abfallenden Kurven, zu meiner Rechten die moorigen Höhen.
Das Wetter verändert das Moor. In frischer Sonne und leichtem Wind wogt das rote Schwingelgras wie das Rote Meer Moses'; Graswellen, die sich für mich teilen, wenn ich vorübergehe, und sich in glatten Kämmen wieder schliessen. An solchen Tagen bauschen sich die festen Hügel. Die Bäume neigen sich und der Boden unter ihnen biegt sich, es gibt nur Bewegung, nichts steht still, außer mir. Ein Kaninchen läuft in den Wald davon.
Liegt es daran, daß mein Wesen melancholisch ist, daß das Moor, das ich am meisten liebe, das Moor ist, aus dem alle Farbe ausgewaschen wurde, Schieferregen auf Schieferland, durch das offene Dach des Himmels? An solchen Tagen verdunsten die Häuser des Tals, bis auf ein tapferes Rauchsignal, das eine seltsam hohe Säule über dem Dunst bildet. Der Regen, den die Schafe nicht beachten, entfärbt die Hügel. Das ausgewaschene Grün sickert in die Bäche, die, nicht hell, sondern schaumig und finster, über die glänzenden schwarzen Steine fließen. Wo die Bäume die Reflektion verstärken, hat das Wasser ein grünes Auge und gleitet reptiliengleich über die Felsen. Früher folgte ich ihm auf seiner gewundenen Reise, bis es sich über eine Kante stürzte, ewiger Selbstmord und Wiedergeburt im tiefen Teich darunter.

Ein Wasserfall ist Versuchung. Die funkelnde lebende Kraft, die niemals zögert, sondern den unmöglichen Fall im Sprung nimmt und eine kristallene Brücke für meinen Körper bildet. Einmal, zweimal, dreimal habe ich in meine Kleider ausgezogen und am sprühenden Rand gestanden, die Haut in Erregung getröpfelt, die Haare klatschnaß. Alles in mir wollte die prismischen Windungen riskieren und ins wartende Wasser gleiten.
Warum umklammerten meine Zehen hartnäckig die Kante? Ich konnte nicht springen, obwohl jeder Muskel zum Sprung gespannt war. Ich wollte nicht sterben, ich wollte jene Kraft kennenlernen, jene seltsam elektrische Strömung und das große Tosen in meinen Ohren.
Ich leide an Hydrämie. Vielleicht ist das der Grund dafür, daß Wasser mich anzieht, wo ich Wasser abzapfen sollte. Als wir in Rom lebten, hatten wir einen Brunnen in unserem Garten. Ich wollte in ihn hineinklettern und mich Angelotti nennen. Schon als kleiner Junge war ich nicht an Heldentaten interessiert, aber meine Mutter spielte Puccini und verbat mir, Floria Tosca zu sein. Ich lernte, still zu sein und mich im Brunnen zu verstecken. Ich bin kein Held, ich bin nicht einmal ein ritterlicher Läufer auf einem Schachbrett. Priester werden zu wollen war eine Art fianchetto, finden Sie nicht auch? Ein cleverer Zug eines mittelmäßigen Spielers.
Aber jetzt ist Händel Arzt. Ärzte retten Leben, Ärzte sind wichtig. Mein älterer Bruder ist Richter. Ich lebe von Krankheiten, er lebt von Verbrechen, und doch sind wir ach so ehrbar. Verneigt euch vor dem Zeichen des Quacksalbers. Ha ha. Ich habe eins, wissen Sie, ein hölzernes Schild, auf dem sich ein lachender Blutegel tummelt. Es stammt aus einem Apothekerfachgeschäft aus dem acht-

zehnten Jahrhundert, zusammen mit Glasröhrchen, silbernen Phiolen, beschrifteten Gefäßen und anderem Firlefanz des medizinischen Hokuspokus. Aus einer Auktion bei Sotheby's.
Ich will nicht desillusioniert klingen, bin es aber.
Wie sahen meine Illusionen aus?
Fortschritt. Liebe. Menschliche Natur.
Sollen wir sie uns eine nach der anderen vornehmen, jetzt, in der abgestandenen Luft eines toten Zuges, umgeleitet vom Meer aus Beton?

Fortschritt: Ein Fortschreiten auf etwas zu, was besser oder höher entwickelt ist. Sind die Menschen besser oder höher entwickelt, als sie es waren? Es gab in der Geschichte viele herausragende Männer und Frauen, und da es jetzt unendlich mehr Menschen gibt als zu jeder früheren Zeit, sollten wir doch zumindest eine proportionale Zunahme der Zahl derer erwarten, die groß und gut sind. Wo sind sie? Nicht in der Politik. Nicht im öffentlichen Leben. Nicht in der Kirche, egal welche Marke Sie persönlich bevorzugen, es gibt keine großen geistigen Führer. Ich gebe zu, daß wir bessere Wissenschaftler haben, wenn wir uns darauf einigen können, was wir mit besser meinen, nämlich, daß sie einen höheren Wissensstand haben, spezialisierter sind, mehr entdecken als ihre toten Kollegen. Aber wenn wir fragen, sind sie ethischer, sozial bewußter, disziplinierter, relevanter für das Glück der Gesamtheit, dann haben unsere Wissenschaftler vor dem Zeitalter versagt, von dem sie behaupten, es geschaffen zu haben. Die Massen werden mit Klinkerkram abgespeist, während die wahre Wissenschaft hinter verschlossenen Türen stattfindet, Schutzzone der Pharmaproduzenten und der Militärs. Genetische Kontrolle wird die Waffe der Zukunft sein. Ärzte werden die Reihen der neuen Vorzeigearmeen füllen. Und natürlich werden Sie mir vertrauen, nicht wahr, wenn ich Ihnen erzähle, daß Ihr ungeborenes Kind es mit meiner Hilfe besser haben wird? Der weiße Kittel wird die Khakikluft ersetzen, so wie das Gewehr der Injektionsnadel Platz macht.

Ich lese gerne George Bernard Shaw, nicht, wie er hoffte, als Verfeinerung Shakespeares, sondern als Visionär, der ehrlich glaubte, der Sozialismus könne den niedrigsten Instinkt des Menschen überwinden: die Gier. Gibt es ein Gen, dem wir dieses Etikett aufkleben und das wir dann ausradieren könnten? Falls ja, wäre kein Geld da für die Forschung, es ist viel profitabler, Rothaarige oder Homosexuelle auszusondern. Wo liegt der Unterschied? Im fünfzehnten Jahrhundert war allgemein bekannt, daß rote Haare das Erkennungszeichen von Konsorten des Teufels waren. Wenn unsere Vorfahren unsere Technologie besessen hätten, wäre die Frau mir gegenüber ganz sicher brünett. Es gäbe keine Rothaarigen mehr, und wir würden diesen Verlust damit rechtfertigen, daß wir sagen: »Ja, sicher, aber dank uns gibt es auch keine Hexen mehr.« Die Gentechnik hätte sich mit der Feder ganz gewöhnlicher gesellschaftlicher Veränderungen geschmückt. Hexen und Teufel sind keine Bedrohung mehr für Sie oder mich. Es macht uns nichts aus, Tür an Tür mit der harmlosen Dame mit ihrem Kräutergarten und ihren selbstgebrauten Tinkturen zu leben, ihrer schwarzen Katze und ihren roten Haaren. Einst hätten wir sie auf den Scheiterhaufen gebunden und verbrannt, aber heutzutage sind es nur noch die Tunten, die uns stören.

Wir strenggläubigen Katholiken scheuen nicht vor ein wenig medizinischer Intervention zurück. Diesen Fehler haben wir schon einmal begangen. 1936, als die katholische Hierarchie mit den Nazis kollaborierte, war Hitler kein Befürworter von Konzentrationslagern. Er befürwortete die Zwangssterilisation von »Erbkranken«. Sein Ratgeber, Kardinal Faulhaber, war anderer Meinung: »Von kirchlicher Seite, Herr Reichskanzler, wird dem Staat nicht verwehrt, im Rahmen des Sittengesetzes in gerechter Notwehr diese Schädlinge von der Volksgemeinschaft fernzuhalten. Aber statt der körperlichen Verstümmelung müssen andere Abwehrmittel versucht werden, und es gibt ein solches Mittel: die erbkranken Menschen internieren.« (Nachlaß Kardinal Faulhabers, Nr. 8203.)

Strenggläubige Katholiken. Orthodoxe Juden. Neulich hörte ich einen ehemaligen Ober-Rabbi die genetische Säuberung von Homosexuellen befürworten. Es wäre menschenfreundlicher, sagte er, als sie ins Gefängnis zu stecken.

Schwierig daran ist nur, daß es sich als unmöglich erweist, alle ins Gefängnis zu stecken. Homosexualität ist schwerer zu identifizieren als Judentum. Viel besser, zu intervenieren, solange die werdende Tunte noch im Mutterleib ist. Die Mutter ist schuld. Sie ist die Trägerin. Homophobie und Misogynie Seite an Seite unter der weißen Decke mieser Wissenschaft. Das ist Fortschritt, nicht wahr?

Ich habe noch nichts über Lesben gesagt. Ich weiß nichts über sie. Ich nehme an, daß sie, genau wie andere Frauen, überrascht sein werden, ihre neue Kategorisierung durch die Vereinigung amerikanischer Psychiater zu sehen. Sie lautet »Geistig krank«, aber nur, wenn sie im prämenstruellen Alter sind, natürlich. Sie haben doch nichts gegen die harmlose Dame mit ihrem Kräutergarten und ihren selbstgebrauten Tinkturen, ihren roten Haaren und ihrer schwarzen Katze, die ganz unauffällig mit ihrer Freundin zusammenlebt, oder? Haben Sie etwas gegen sie, wenn ich sage, daß sie eine geistig kranke Lesbe ist? Und wenn ich sagen würde, daß ich sie heilen kann, würden Sie mich dann für einen guten Menschen halten?

Sei nicht engstirnig, Händel, du mit deiner finsteren Wissenschaft und deiner medizinischen Besessenheit. Die Menschen leben länger, unsere Kinder schuften nicht mehr in den Bergwerken, wir erkennen unsere globale Verantwortung, auch wenn unsere Regierungen beschlossen haben, sie zu ignorieren. Frauen sind nicht gleich, aber sie sind weniger ungleich als sie es früher waren. Wir bezeichnen Schwarze nicht mehr als Nigger. Wir sind eine fortschrittliche Zivilisation. Eine Demokratie. Das ist doch was, oder?
Ja, es ist was, es ist das Goldene Zeitalter Griechenlands, das Athen des Perikles. Die Griechen erfreuten sich der Langlebigkeit. Ihre eigenen Leute waren keine Sklaven, obwohl ihr Reich auf die Sklavenarbeit anderer angewiesen war, ganz ähnlich wie der Westen die Dritte Welt ausbeutet. Die Frauen genossen beträchtliche Freiheiten, wenn auch nicht dieselben Freiheiten wie die Männer. Wenn es nicht um die Belange ihres Reiches ging, waren die Griechen nicht xenophobisch. Sie waren eine fortschrittliche Zivilisation. Eine Demokratie, der unseren insofern überlegen, als sie nicht repräsentativ, sondern direkt war. Ihnen verdanken wir Dichtung, Philosophie, Logik, Mathematik, vorbildliche Regierung und Bildhauerei. Ich gebe zu, daß sie die Mikrowelle nicht erfunden haben.
Vielleicht ist es ganz gut, daß das Griechische an den meisten Schulen nicht mehr gelehrt wird. Das Studium des Altgriechischen und griechischer Denkweisen würde den eifrigsten Computermodernisten ebenso illusionslos werden

lassen, wie ich es bereits bin. Fortschritt ist keiner dieser gängigen Komparative, die bei unseren Freunden von der Werbung so beliebt sind, wir brauchen einen Kontext, eine Perspektive. Wir sollen besser sein? Besser als was? Besser als wer? Untersuchen Sie die folgende Aussage: Die meisten Menschen sind besser dran. Finanziell? gesellschaftlich? bildungsmäßig? medizinisch? geistig?
Ich wage nicht zu fragen, ob Sie glücklich sind.
Sind Sie glücklich?

Vor vielen Jahren verliebte ich mich. Es war das einzige Mal, daß ich mich verliebte, obwohl es nicht das einzige Mal war, daß ich verliebt war.
Ich war für die Ferien nach Hause gefahren und hatte eine Kommilitonin mitgebracht, eine junge Frau, eine Freundin. Ich war immer stolz auf meine Fähigkeit, mit Frauen befreundet zu sein. Als Zölibatär setze ich mich nicht den üblichen Komplikationen aus. Oder meine ich Versuchungen?
Sie war eine selbstbewußte junge Frau. Meine Mutter mochte sie nicht. Sie war rational, ich war impulsiv. Sie war würdevoll, ich war immer noch linkisch. Immer noch der Chorknabe, der die Lieder der Toten mit lebendiger Inbrunst sang.
Es war ein von dampfartigen Nebelschwaden eingehüllter Dezember. Täglich öffneten wir die Hintertür und traten aus der klaren Wärme der Küche in eine eisige Sauna hinaus. Durch den Dampf hörten wir Stimmen rufen und das Scheppern der Lastwagen auf der Straße. Wir sahen nichts, und da der Nebel am Boden dichter war, waren es unsere Köpfe, die einander einen Anhaltspunkt boten. Wir witzelten darüber, in Dantes neuntem Kreis der Hölle aufgewacht

zu sein; dem gefrorenen See Kokytos, in dem Verräter bis zum Hals im Eis stecken. Für sie war es ein Spiel, für mich kam es der Wahrheit zu nahe. Wen verriet ich an diesem Weihnachten? Sie? Mich? Uns beide. Kokytos. Der Fluß der Wehklage.

Wir waren losgegangen, um Misteln zu suchen. Heidnische Beeren für ein christliches Fest, schwieriger Segen, da sie, wie es sich gehörte, in den höchsten Zweigen alter Eichen hingen. Ich hob sie auf meine Schultern, damit sie den ersten Ast erklettern konnte. Von da schwang sie sich ganz leicht weiter nach oben und schnitt die weißäugigen Medusenbüschel aus knorrigem Grün. Mir ist bei Misteln immer unbehaglich zumute, es ist ein so unnatürliches Grün, es leuchtet wie die Laterne eines Strandräubers im behäbigen Grün der Eiche. Sie ließ die Misteln in mein wartendes Netz fallen, wie töricht ich mir vorkam, bis zur Brust im Nebel, unfähig zu Witz oder Gelächter, so ernst unter der Eiche, während sie in der eisigen Luft scherzte und schrie. Zwei andere kamen vorbei, Arm in Arm, die Gesichter warm vor Freude. Sie boten mir wilde Pilze im Austausch gegen eine Handvoll Misteln. Ich sah zu ihr hinauf, die gefährlich schwebte. »Gib sie ihnen, Händel«, schrie sie und warf mir ein riesiges Büschel an den Kopf. Ich tat, was mir gesagt wurde, einen Augenblick lang glücklich, auf diese so einfache Art, die so sehr schwierig ist. Nichts, worüber ich nachdenken mußte, nichts zu analysieren, die Freundlichkeit von Fremden, immer seltener.

Sie kletterte wieder herunter, leicht, wendig, rote Haare unter ihrer roten Mütze, eine Wintereichel umhaucht von Frost. Sie nahm die letzten zweieinhalb Meter di salto und landete sicher und genau, wie ein Fallschirmspringer, zusammengekauert, vor meinen Füßen. Sie zog mich zu sich herunter und zog einen Mistelzweig hervor. Sie küßte mich leicht und knöpfte ihre dicke Jacke auf und legte meine vereisten Hände auf ihre Brüste.

»Haptik«, sagte sie.

»Was?«

»Die Wissenschaft von der Erforschung von Daten, die durch Berührung erlangt werden.«

Ja, da wußte ich es, vom Griechischen haptein, »fassen«. Es war mein Herz, das ich faßte, während sie mich aufknöpfte. Mein eifriges, offenes Herz, das ich vor ihr und vor mir verschloß, mit steifen und erfrorenen Fingern.

Ihr Kuß bedrohte die gefrorene Welt. Ihr Kuß war ein brennendes Kohlenbecken auf dem vereisten See. Mein Körper sprang, wie Fische es tun, die nach Luft schnappen, die nach Nahrung schnappen und sie finden. Unter der Daunendecke des Nebels küßte sie mich. Geh nie fort. Hör nie auf. Der Kuß des Lebens für diesen luftlosen Mann.

Meine Hände lagen auf ihren Brüsten, aber, und ich weiß, daß das bizarr klingt, ich hatte das Gefühl, daß ihre Brüste mich hielten, sicher, fest, sexuell. Ich wollte dort bleiben, auf dem Null-Grund, meine Hände auf ihren Brüsten.

Wir schliefen nicht miteinander. Langsam gingen wir durch den dunkler werdenden Tag nach Hause, ihre Hand in meiner, während ich die Misteln trug. Meine Eltern waren in die Messe gegangen. Während ich in der Küche herumhantierte, ging sie nach oben, und ein wenig später hörte ich sie nach mir rufen.

Händel… Händel… ihre Stimme weit entfernt.

Ich ging nach oben und fand sie im unbenutzten Extrazimmer, auf dem staubigen Doppelbett. Sie saß da, mit geradem Rücken, nackt.

Händel… ihre Stimme weit entfernt, ihre Stimme, die ver-

suchte, die dicken Mauern des Seminars zu durchdringen, meine unerprobten Ängste. Die langen Tage in Rom, versteckt hinter den roten Röcken meines Kardinals, mein schlagendes Herz in seinen Röcken verbergend. Händel... ihre Stimme weit entfernt.
Ich sah sie an, ihre Haare als ewige Gischt um ihre gemeißelten Schultern, ihr Körper eine lebende Fontäne aus Rot und Gold.
Ich sah sie an und wandte mich ab. Wandte mich ab von ihrer Schönheit. Wandte mich ab von der Liebe. Wandte mich ab und schloß die Tür des unbenutzten Zimmers. Am nächsten Tag nahm sie den Zug.

Wenn ich operiere, sind meine Hände kalt. Die Brust der Frau ist warm. Er bleibt ein ewiger Dezember, der Winter, in dem ich mein Herz verschloß.
Ich versuche, den Schnitt so klein wie möglich zu machen.

Langgeneigtes Licht. Licht in polierten Speeren, die meine Seite durchbohren, so daß Blut und Wasser herausfließen. Der hydrämische Körper und das nicht verzeihende Licht. Warum sollte das Licht mir verzeihen? Ich verwahre meine Vergangenheit in einem großen Koffer, zusammen mit alten Schuluniformen und staubigen Fotografien. Dinge im Dunkel, Dinge verborgen, nicht für die Strahlen des Sonnenlichts gedacht, die den Staub zum Tanzen zwingen. Im langen Speer des Lichts tanzt der Staub. Abgehackte Marionettenbewegungen der Vergangenheit, ich lege die Hand schützend über meine Augen, aber die Staubkörnchen sind in ihnen. Sich erinnern, an den Körper der Vergangenheit, der zerbrochen und leblos war, zusammengekittet zu einer grausigen Nachbildung dessen, was war. Ich bin nicht da, es ist weg, ich weiß, daß es weg ist, aber mein Hirn verrät mich und stößt mich durch die gewundenen Tunnel zurück zur Kammer der Toten, wo eine schreckliche Pantomime aufgeführt wird.

Bin das ich, der törichte Junge? Ist das sie, die schöne, liebenswerte Frau? Ich habe über dreißig Jahre nicht mehr daran gedacht. Welches Recht hat das Licht, meine Ruhe zu stören?

Wenn ich in meinem eisernen Grab brenne, was geht das Sie an? Es ist möglich, schon zu Lebzeiten verdammt zu sein. Eine Serie aufeinanderfolgender Verdammungen, die binden, was noch von der Seele übrig ist und ihre Zukunft in dieselben starren Gußformen zwingen wie ihre Vergangenheit. Kleine Verrätereien, schmerzliche Lügen, moralische Feigheit, gewollte Traurigkeit, Vernachlässigung von Schönheit, Verachtung der Liebe, alle tun sie dem, was als Unverletzliches geschaffen wurde, ihre eigene Form von Gewalt an; der Seele. Aus der Mode? Nein, und auch nicht in den Augen der Epikuräer, deren Philosoph 270 v. Chr. starb. Die Seele pendelt hin und her zwischen in Mode und aus der Mode sein, ob unsterblich oder nicht, sie kann verdammt werden. Ist dieses Leben nicht Hölle genug?

Hölle genug für dich, Händel, der du die Liebe, die du empfandest, zugunsten einer Pflicht verleugnetest, die du verachtetet hast. Und das Schlimmste daran? Daß es dich zu ewiger Adoleszenz verdammt. Verlorene Liebe, die man beweinen kann, eine Badewanne voller Selbstmitleid und Selbsthaß, die eine wirkliche Chance zu leben vertan. Es ist eine so populäre Selbsttäuschung, und ich bin kein Romantiker, ganz und gar nicht, ich verabscheue das Sentimentale in mir. In der menschlichen Natur. Wenn ich sie in die Arme genommen hätte, mit der Inbrunst, die sie verdiente, was wäre dann geschehen? Hätten wir uns eine Weile geliebt und dann getrennt? Hätten wir geheiratet? Wären wir Freunde geblieben? Ich wäre nicht Priester geworden, aber da ich aus anderen Gründen kein Priester mehr bin, spielt das kaum eine Rolle. Diese Spekulationen spielen kaum eine Rolle, wie immer die späteren Entscheidungen aussahen, ich hätte sowohl der Schönheit wie auch dem Grauen offen ins Gesicht geblickt. Schönheit in dem, was sie enthüllte, Grauen in dem, was ich nicht länger verbergen konnte. Ich verschloß mich fest gegen beides und bin seitdem gegen beides eine verrammelte Luke. Ich habe meine milden Vorurteile und meine schwächlichen Freuden behalten, meinen zweifelhaften Glauben und meine schüchternen Vorstöße in Richtung Leidenschaft. Religiöse Ekstase wäre genug – so ich sie denn hätte –, auch künstlerische Verzückung würde mich befriedigen, und ich komme an beides nah heran. Ich kann in den glühenden Feuerofen hineinblicken, ich weiß, daß er wirklich ist, aber ich kann nur ein paar lauwarme Kohlen tragen.

Es war nicht das einzige Mal, daß ich einer trügerischen Reaktion den Vorzug gab vor einer, die authentisch war. Sie las den Augenblick richtig, während ich durch einen Text aus zweiter Hand stolperte. Ich liebte sie und log.

Was soll ich über den stillen Tag sagen, an dem ich mich von ihrem Gesicht ab- und dem dunklen Abgrund der Selbstbetrachtung zuwandte? Ich floh vor der Schönheit, jetzt flieht die Schönheit vor mir. Wie verbringe ich meine Tage? Nicht mit dem lebenden Körper, sondern mit der Marmorplatte, den schwarzen Künsten von Skalpell und Klinge, Sektion dessen, was ich liebe.

Zu bitter? Vielleicht, aber ich habe herausgefunden, daß die menschliche Natur bitter ist, verschlungene Wurzeln aus Wermut und Galle, ein lebendig Begrabenes, lebendes Totes, das das Grab immer noch fürchtet. Nachdem ich einen Teil von mir getötet habe, fürchte ich es weniger als jene, die ihre Morde mit unbewußten Händen begehen, den täglichen Selbstmord, der allen anderen Verbrechen vorausgeht. Liebe zum Geld. Furcht vor dem Tod. Zwillingsmotoren der menschlichen Rasse. Ist es also töricht, nach Flügeln zu suchen? Unmenschlich sogar? Aber ich träume vom Fliegen, nicht um wie die Engel zu sein, sondern um mich über die Kleinheit von allem zu erheben. Die Kleinheit, die ich bin. Gegen den täglichen Tod die Ikonographie von Flügeln.

»Sie stirbt, Händel.« Der Tod meiner Mutter, der zerbrechliche, kämpferische Körper war zu einer winterlichen Hülse geworden.
Wir standen um ihr Bett herum, Vater rechts, ich selbst links, ihre Schwester am Fußende, mein Bruder unruhig in einem verblichenen Sessel. Die Uhr tickte die Minuten metronomisch fort. Die Pflegerin befragte ihre Armbanduhr. Die Toten sind nicht pünktlich. Meine Mutter, die um 7 wach wurde, um 9 frühstückte, bis zum Mittagessen Briefe schrieb, bis um 2.30 ein Nickerchen machte, mich um 3 abholte, mich um 4 wieder ablieferte, bis um 5 Anweisungen an den Haushalt erteilte, las, badete, sich zum Dinner umkleidete, eben dieses Dinner aß und um Punkt 11 die Augen zumachte, hatte die Kalkulation ihres Arztes um drei Tage überdauert. Drei Tage lang hatte ihre Familie sich auf diese Weise versammelt, hatte abwechselnd gegessen, auf Klappbetten geschlafen, nicht gesprochen, sondern Blicke miteinander getauscht, die das heimliche, schuldbewußte Signal enthielten: »Wird diese Zeit denn nie vorbeigehen?«

Ihr Wille war nicht mehr, nur das Tier war geblieben, das Tier, das um jeden Preis am Leben festhielt. Sie, wir alle, würden uns wünschen, in Würde zu sterben, das Unvermeidliche gelassen zu akzeptieren. Wir rechnen nicht damit, daß der Körper, den wir gezähmt haben, sich in ein wildes Tier verwandelt. Ihre Hände rissen am Bettzeug, ihr Gesicht war schmerzverzerrt, sie warf sich gequält hin und her, als ihre Systeme immer mehr versagten und ihre Organe der Kommandokette nicht mehr gehorchten. Sie war voll von Flüssigkeiten, die nicht abgesaugt wurden und nicht absaugbar waren. Wir hatten die Schläuche entfernt, die ihr ebensoviel Schmerzen bereiteten wie sie ihr Erleichterung brachten. Wir hatten sie nach Hause geholt, weg von den Bettpfannen aus rostfreiem Edelstahl und den Rollenwagen, auf denen die Medikamente schepperten. Weg von der Sterbestation und ihren gefühllosen Banalitäten. Da der Tod im Fernsehen so gerne benutzt wird, um auf die Tränendrüse zu drücken, spielen die Lebenden jetzt ihre Seifenopernrollen. Es stimmt, daß der Tod eine Situation ist, in der wir verzweifelt ein Drehbuch brauchen. Die meisten von uns sind sprachlos vor Gefühlen, von denen niemand uns sagte, daß wir sie empfinden würden. Besser sprachlos sein als Gefühle mit Platitüden zu chloroformieren, sie mit Sentimentalitäten sicher zu machen. Schreien ist auf der Sterbestation nicht erlaubt, außer es geschieht im Fernsehen. Jene, die dabei sind, ihre Lieben zu verlieren, müssen *sotto voce* am Bett sitzen und zusehen, wie ein amerikanischer Schmierenschauspieler Kummer heuchelt. Wenn sie Glück haben, gibt es eine Comic-Serie, dann können alle so tun, als würden sie lachen. Fernsehen ist Pflicht, man kann höchstens die Vorhänge um das eigene Bett herum zuziehen oder für ein Einzelzimmer zahlen.

Natürlich zahlten wir für ein Einzelzimmer, aber die Wände waren zu dünn.

Dünn… die dünnen Laken auf der dünnen Matratze. Die dünne Decke, die über den Körper meiner Mutter gebreitet war, Haut und Knochen. Die dünnen Wände, die den Tod anderer nicht fernhalten konnten; der Tod sickerte durch die gepolsterte Trennwand, verunreinigte das Wasser, das mit Schnittblumen gefüllt war.

Dünne Suppe, die durch einen dünnen Schlauch in ihren Hals rinnt, ein dünnerer Schlauch in ihren Nieren, der die Flüssigkeit ablaufen läßt. Papierkarten mit »Baldige Genesung«, importierte weiche Früchte ohne jeden Geschmack. Sie allein in einem schmalen Bett.

Warum ihre letzten Tage verwässern? Sie ausdünnen, damit sie dem ähneln, was danach kommt. Warum den Tod sterilisieren, in der Hoffnung, ihn sauber und akzeptabel zu machen, wenn er das ist, was er immer war, wütend, schmutzig, voller Zweifel und Ängste, aber nicht hoffnungslos, nicht sinnlos, er ist ein Vorkommnis des Lebens.

Ich zwang meinen Vater, sie nach Hause zu bringen. Am Tag, an dem er hinfuhr, um sie im Krankenwagen zu holen, lief ich zum Markt und kaufte ganze Arme voller Lilien und Rosen und altmodischer Gartenwicken, deren Duft ihr Zimmer füllte und sich in der schweren roten Steppdecke über ihren besten Leinenlaken festsetzte. Ich wußte, daß sie die Laken ruinieren würde, die Frau meines Bruders war verärgert, sie waren etwas Besonderes, unmöglich, so etwas heutzutage noch zu finden. Sie waren Teil der Aussteuer meiner Mutter gewesen. Die Frau meines Bruders hatte gedacht, sie mitnehmen zu können.

Meine Mutter starb, erschöpft, ein Wrack, am Morgen des

vierten Tages, als nur mein Vater anwesend war. Ich kam mit einer Tasse Kaffee für ihn herein, und er streichelte ihren Kopf und sagte: »Kathleen, Kathleen.« Er sah mich an und sagte: »Warum tut Gott das?«
Eigentlich müßte ich die Antwort wissen, nicht wahr? Ein Priester, ein Arzt, da sollte man doch meinen, daß ich in der Lage wäre, etwas Behutsames und Tröstliches zu sagen. Der Priester tut das jeden Tag, schafft es, seinen kleinen Vortrag über den Willen Gottes abzuspulen, der Arzt ist weniger sicher und erzählt Ihnen in Babysprache irgend etwas über das Herz. Es gibt keine Antwort, weil es keine Frage gibt. Mein Vater sagt: »Weine für mich, weine für uns, zerbrechliche Wesen aus Geist und Lehm.«

»Der König fragte den Kuschiter: Geht es dem Jungen, Abschalom, gut? Der Kuschiter antwortete: Wie dem jungen Mann möge es allen Feinden meines Herrn, des Königs, ergehen, allen, die sich in böser Absicht gegen dich erhoben haben. Da zuckte der König zusammen, stieg in den oberen Raum des Tores hinauf und weinte. Während er hinaufging, rief er: Mein Sohn Abschalom, mein Sohn, mein Sohn Abschalom! Wäre ich doch an deiner Stelle gestorben, Abschalom, mein Sohn, mein Sohn!« (2 Samuel, 18,32-19,1).

Ich hatte sie gewaschen; ihre Haut ein zartes Todesblau, die Gelenke jetzt nicht geschwollen, alles Ruhe, kein Problem, die mit stählerner Feder geschriebenen Linien zu lesen, die sie mit zarter Kalligraphie überzogen. Das Buch meiner Mutter ausgelesen und zugeschlagen.
Kummer waren die Vorhänge des Zimmers, Kummer der Teppich auf dem Boden. Kummer verglaste die Fenster und verbrannte in den soliden Kerzen, die zu ihrem Kopf und

ihren Füßen aufgestellt waren. Kummer in unseren Mündern und Kieselsteine als Nahrung.

Wir konnten einander nicht trösten. Jeder zum Schutz vor dem Licht in sein eigenes Leichentuch gehüllt. Jeder voller Angst vor der Entdeckung. Kummer saß auf unseren Schultern und flüsterte. »Hätte ich nur…« Und dann die Strafe, denn wir hatten ja nicht. Hatten nicht die Hand ausgestreckt, hatten nicht die ersehnten Worte gesagt, waren nicht dagewesen an jenem Tag, hatten nicht geweint, als sie weinte, oder gelacht, als sie lachte. Im Leben von ihr getrennt, sehnten wir uns im Tod verzweifelt nach ihr. Wir hatten vierzig Jahre Zeit gehabt, die Dinge zu sagen, die jetzt so dringend schienen.

Soll ich mich neben dich legen und dir sagen, was es war? Es spielt keine Rolle. Mir selbst auf diese Weise Vorwürfe zu machen, gibt mir etwas, was ich überwinden muß, etwas, was leichter ist als ihr Tod, den ich nie überwinden werde. Überwinden – als wäre er ein Felsbrocken auf meinem Weg. Er ist ein Vorkommnis des Lebens, und insofern ich ein Leben habe, nehme ich dieses Vorkommnis mit mir. Ihr Tod in meinen Satteltaschen. Das Buch von meiner Mutter.

In der antiseptischen Welt versuchen wir, uns von schwierigen Dingen zu reinigen. Grübele nicht zu lange darüber nach, mach das Licht aus und geh nach Hause. Aber das hier ist Zuhause. Ich muß mir selbst ein Zuhause sein. Ich bin der Ort, an den ich zurückkomme, und ich kann die schwierigen Dinge nicht immer nur in Koffern verstecken. Bald wird das Haus voller Koffer sein, und ich werde hoch oben auf ihnen hocken, das Telefon in der Hand, und sagen: »Ja, mir geht es gut, natürlich geht es mir gut, alles in bester Ordnung.« Die Koffer beben.

Ich habe ein eindrucksvolles Haus, aber es ist kein Zuhause. Ich bin mein Zuhause. Meine Adern, mein Bauch, meine Knochen. Mein Geist, das seltsame Dachzimmer, in dem alles verstaut wird. Aber ich will kein Mann mit nur einem Stockwerk sein. Ich wäre lieber ein Märchen aus tausendundeiner Nacht, tausendundein Zimmer zu meiner Verfügung, Orte, die man aufsuchen kann, grüne Wälder, ja, aber auch ein Blaubartzimmer, dessen Schlüssel nichts Verbotenes ist. Nicht nur Licht, sondern auch Dunkelheit. Oder meine ich Dunkelheit, eine andere Art von Licht? Luzifer würde das sagen, und ich habe eine Schwäche für gefallene Engel.

Natürlich habe ich das; der Priester liebt die Sünde. Keine Sünde, kein Priester. Der Arzt braucht die Verletzung. Gefallene Kreaturen laben sich an der Schwerkraft; das, was uns herabzieht, ist der Sporn, der uns erhebt. Materialisten und Spiritualisten scheinen mir gleichermaßen am springenden Punkt vorbeizureden; so lange wir menschlich sind, sind wir beides. Nach dem Tod wird die eine oder die andere Seite recht haben, aber gegenwärtig – und die Gegenwart ist alles, was wir haben –, sind wir beides.

Bin ich ein Zentaur? Halb Mensch, halb Tier, Pferdeflanken und Hufe aus Perlmutt, den Oberkörper aufgebäumt, um den Bogen zu spannen? Der Zentaur, Symbol der wahren Natur der Menschlichkeit, verunstaltet durch die wilden Leidenschaften des Tiers. Und doch war es ein Zentaur, Cheiron, ein Sohn Saturns, der Äskulap in der Kunst der Medizin unterwies. Seitdem ist die Medizin zur Wissenschaft geworden und wir haben aufgehört, Pferde um Rat zu fragen.

Bin ich ein Zentaur? Hufe, die durch den Wald donnern/donnern/donnern/donnern, und ein gezückter Penis. Ein gezückter Penis und Gott in meiner Brust. Ist das das Dilemma, die tragische Kombination? Die Griechen hielten es so, wenn auch aus Gründen, die sich subtil von unseren unterscheiden, wo eine körperfeindliche, frauenhassende Kirche es für opportun hielt, alles, was Sünde ist, in die Exzesse des Fleisches zu packen, und alles, was gut ist, in die Mäßigung des Geistes. Seht noch einmal hin.

Ist Begierde Übermaß an Gefühl oder Mangel daran? Der Vielfraß ist kein Feinschmecker. Der Alkoholiker liebt guten Wein ebensowenig wie ein Frauenheld Frauen liebt. Don Giovanni; der gezückte Penis wird bis zur Taubheit eingesetzt. Er könnte ihn genausogut in ein Loch in der Wand stecken, bei dem bißchen Vergnügen, das er ihm verschafft. Sex ist für ihn kein Vergnügen, nur Macht und Gewalt erfreuen ihn, und das ist nicht das Mal des Tieres, es ist das Mal des Menschen.

Wenn ich sage, daß es mir an Gefühlen fehlt, wissen Sie, daß ich damit meine, daß mir die Fähigkeit fehlt zu fühlen, und das ist ein geistiges und kein körperliches Versagen. Ich wäre froh, ich besäße den Überschwang Mozarts, der sich jeden Tag in neuen Akkorden der Schönheit ergoß, Überschwang des Geistes, Davids Tanz vor der Bundeslade, der seiner Frau und seinem Volk peinlich war, den Gott Israels jedoch erfreute, der nicht kleinlich ist und Kleinlichkeit in anderen haßt.

Falls ich einen Beweis dafür brauchte, daß sexuelle Sünden ein Versagen des Gefühls sind und daß es dieses Versagen und dieses Versagen allein ist, das sie sowohl sündhaft wie auch strafbar macht, kann ich die Geschichte von David und Bathseba lesen, vielleicht der berühmteste und mißverstandendste Ehebruch der Welt.

Es geschah an einem späten Nachmittag, als David sich von seinem Lager erhob und auf dem Dach seines Hauses umherging, als er von dort eine Frau sah, die badete, und die Frau war sehr schön. Und David sandte aus und erkundigte sich nach dieser Frau und man sagte ihm: Ist dies nicht Bathseba, die Tochter Eliams, die Frau des Hethiters Uria? Darauf sandte David Boten zu ihr und ließ sie holen und sie kam zu ihm, und er legte sich zu ihr. Dann kehrte sie in ihr Haus zurück und die Frau empfing und sandte aus, David zu sagen: Ich trage ein Kind.
Darauf sandte David einen Boten zu Joab: Schick Uria zu mir, den Hethiter! Dann sagte David zu Uria: Geh in dein Haus hinab, und wasch dir die Füße! Und Uria verließ das Haus des Königs, und es wurde ihm ein Geschenk des Königs nachgetragen. Uria aber legte sich am Tor des Königshauses bei den Knechten seines Herrn nieder und ging nicht in sein Haus hinab.
David sagte: Bist du nicht von einer Reise zurückgekehrt? Warum bist du nicht in dein Haus hinuntergegangen? Uria sagte zu David: Die Lade und Israel und Juda wohnen in Hütten, und mein Herr Joab und die Knechte meines Herrn lagern auf freiem Feld; da soll ich in mein Haus gehen, um zu essen und zu trinken und bei meiner Frau zu liegen? So wahr du lebst und so wahr deine Seele lebt, das werde ich nicht tun. Darauf sagte David zu Uria: Bleib auch heute noch hier; und morgen werde ich dich fortgehen lassen. So blieb Uria an diesem Tag und den nächsten in Jerusalem. Und David lud ihn ein, bei ihm zu essen und zu trinken, und machte ihn betrunken; am Abend aber ging Uria weg, um sich wieder auf seinem Lager bei den Knechten seines Herrn niederzulegen; er ging nicht in sein Haus hinab.
Am anderen Morgen schrieb David einen Brief an Joab und

ließ ihn durch Uria überbringen: Stellt Uria nach vorn, wo der Kampf am heftigsten ist, dann zieht euch von ihm zurück, so daß er getroffen wird und den Tod findet. Und als Joab die Stadt belagerte, wies er Uria einen Platz zu, an dem er besonders tüchtige Krieger wußte, und viele der Knechte Davids fielen. Auch Uria der Hethiter fand den Tod.

Als die Frau Urias hörte, daß ihr Mann Uria tot war, hielt sie für ihren Gemahl die Totenklage. Und als die Trauerzeit vorüber war, ließ David sie zu sich in sein Haus holen und sie wurde seine Frau und gebar ihm einen Sohn. Dem Herrn aber mißfiel, was David getan hatte.

Und der Herr schickte den Nathan zu David. Er kam zu ihm und sagte: In einer Stadt lebten einst zwei Männer, der eine war reich, der andere arm. Der Reiche besaß sehr viele Schafe und Rinder, der Arme aber besaß nichts außer einem einzigen kleinen Lamm, das er gekauft hatte. Und er zog es auf, und es wuchs auf bei ihm und seinen Kindern; es aß von seinem Stück Brot und trank aus seinem Becher und lag in seinem Schoß und war wie eine Tochter für ihn. Da kam ein Reisender zu dem reichen Mann, und er wollte keines von seinen Schafen oder Rindern nehmen, um das Gastmahl zu bereiten. Sondern er nahm das Lamm des Armen und bereitete es für den Mann zu, der zu ihm gekommen war.

Da geriet David in heftigen Zorn über den Mann, und er sagte zu Nathan: So wahr der Herr lebt: Der Mann, der das getan hat, verdient zu sterben und er soll das Lamm vierfach ersetzen, weil er das getan und weil er kein Mitleid gehabt hat.

Nathan sagte zu David: Du selbst bist der Mann.

(2 Samuel, 11 und 12, 1-7).

»Weil er kein Mitleid gehabt hat.« Die strafbare Sünde ist nicht die Lust, nicht einmal der Ehebruch, die Sünde hat nicht das Geringste mit Sex zu tun. Es ist der Mangel an Gefühl. Nicht ein Übermaß an Leidenschaft, sondern ein Mangel an Mitleiden.

Indessen schlug ich meinem Bischof einmal diese Interpretation vor. Er beschuldigte mich, ein Kommunist zu sein, ein Ketzer, ein Lüstling und ein Emanzenfreund, und ich stellte mir für mich eine Hölle vor, in der die roten Flammen mit weißen Büstenhaltern geschürt wurden. Ich weiß noch, daß er Goldfische hielt, und als er starb, hinterließ er sein ganzes Vermögen ihrem Unterhalt und Wohlbefinden. Wir lebten damals in Sao Paulo, und er hatte einen verzierten Spruch über seiner Vorratskammer hängen: »Denn die Armen habt ihr immer bei euch. (Matt. 26,11)«
Ganz besonders mißfiel ihm die Wunderbare Brotvermehrung und die Speisung der Fünftausend, obwohl ich nie dahintergekommen bin, ob aus Angst um seine Vorratskammer oder aus Rücksichtnahme auf seine Goldfische. Ich weiß jedoch, daß es, wenn die Armen vor der Kirchentür zusammenbrachen, weder Brot noch Fisch gab, sie wiederzubeleben. Aber der Bischof war ein spiritueller Mann und kein Zentaur wie ich.
D. H. Lawrence beschrieb sich selbst einmal als Zentaur, außer daß er seine unteren Regionen durcheinanderbrachte und behauptete, den Verstand eines Dichters und die Eier eines Bullen zu haben. Ein weniger bullenähnlicher Mann ist nur schwer vorstellbar, außer wir nehmen Toulouse-Lautrec dazu. Normalerweise kann ich D. H. Lawrence seine Patzer verzeihen, seien sie groß oder klein, die Sache mit seinen Eiern ist ein eher kleiner, aber seine Imago-

Mythologie ist mangelhaft. In Lawrences Händen wird der Zentaur mit seinem gezückten Penis und Gott in seiner Brust zum Mann-Tier mit Gott in seinem Penis und einer, wenn man so will, gezückten Brust. Goldkettchen-Mann trifft Göttlichen Phallus. Wenn ich mich auf den Straßen umsehe, sehe ich, daß das ein Problem ist. Ich will kein Pedant sein, aber ein Phallus ist doch gewiß nur dann göttlich, wenn er einem Gott umgegürtet ist, oder? Macht der Gott den Phallus, oder macht der Phallus den Gott?

Vom Himmel das Speerenlicht, vertikal in seiner Halterung. Das gut gezielte Licht und das dunkle Herz. Das Licht am Herzen ruhend. Lichtchirurgie bei Herzstillstand. Die Wirkung von Licht auf das Herz ist einfach; die Aortaventile öffnen sich wie Trompeten, eine eherne Euphonie hoher Cs treibt das Blut durch Tunnel, roter Ansturm der Wonne, der Erregung, Energie der Gefühle, die die Netzhaut aus ihrer wolkigen Illusion herausfokussieren. Blut hinter den Augen; geheiligte Wäsche, die die verschwommene Sicht der halbherzigen Welt von ihrem Dunstfilm befreit.
Licht. Eine elektromagnetische Strahlung, die visuelle Empfindungen hervorruft.
Herz. Das Organ, das das Blut zirkulieren läßt.
Sonst noch was?
Das Herz in seiner dunklen Höhle erkennt das Licht. Erkennt das Licht und ringt nach langem Winterschlaf darum. Das Herz im Winterschlaf, nicht wach, nicht schlafend, sondern außerhalb des Lichts verharrend, träumt davon. Warum mich vor dem abschirmen, was ich ersehne? Warum fürchte ich, was ich liebe?
Unter der Tür kann ich das gelbe Band sehen, das eine zu

Gold erstarrte Midas-Welt ankündigt. Nicht starres Metall, sondern vibrierendes Licht, ungefiltert, ungetrübt, ungezügelt. Ich fürchte es, fürchte mich, die Tür zu öffnen, meine Brille abzunehmen und mich ungeschützt dem Licht hinzugeben. Es gibt kein unabwendbares Schicksal, entweder ich tue es oder ich tue es nicht.

Könnte ich ein leichtherziger Mann sein?

Kern zu Kern. Mark zu Mark. Licht zu Licht. Ich bin aus Licht gemacht, leerer Raum und Lichtpunkte, die atomische Zusammensetzung des scheinbar Soliden. Warum fühle ich mich mit dem Scheinbaren wohler als mit dem Wirklichen? Der Fälschung von Sofas und Aktien und Anteilen? Dem Maß des kultivierten Menschen. Nicht zu viel, nicht zu viel, bloß nicht zu viel. Viel. Und wenn das nicht genug ist, mehr, mehr Leben in einer Zeit ohne Grenzen.

Ich, Händel, Arzt, Priester, Besserwisser der Gesellschaft, Narr, finde mich in diesem anonymen Zug wieder, der in Richtung Meer ächzt. Ich habe Geld, einen Paß, Gepäck, einen warmen Mantel. Wird das genug sein? Genug Haut, mich darin einzuhüllen, während ich abwerfe, was mein Leben war?

Mein Leben. Was eine Ode an die Vernunft hätte sein sollen, ist zu ein paar feszenninischen Versen geworden…

Wie nennt man einen Arzt, der die falsche Brust abnimmt?

Ich weiß es nicht. Wie nennt man einen Arzt, der die falsche Brust abnimmt?

Einen Chirurgen.

Natürlich gab es eine Untersuchung. Die betreffende Dame erholt sich noch von ihrer zweiten Operation, dieses Mal, um die rechte Brust (in Wahrheit die linke) abzunehmen. Ich hätte die Operation erst gar nicht durchführen sollen, es war ein Notfall, der eigentliche Chirurg war krank geworden, außer mir war niemand da, und ich bin der Beste auf meinem Gebiet. Den Besten fehlt die Überzeugung… und den Schlimmsten? Was meinen Sie, was die Schlimmsten getan hätten? Die andere Brust auch abgenommen, auf der Stelle, unter der Narkose, und den Schlamassel als Komplikation bezeichnet? Nein, das würden sie doch nicht tun, oder?

Ich hatte mich damit abgefunden, aus der Ärztekammer ausgeschlossen zu werden. Ich, Händel, nicht Arzt, nicht Priester, Gespött der Gesellschaft, Narr. Ist mein Ruf ihre Brust wert? Wenn ihr beides auf die Waagschale legt, werdet ihr mich für zu leicht befinden? Ihre Brust, die jeder Mann für einen Fünfer betatschen konnte, soll mehr wert sein als dreißig Jahre meines Lebens? Sie war eine Prostituierte. Eine Prostituierte. Und warum kam sie zu der Ehre, die zweifelhaften Zuwendungen des exklusivsten Brustkrebsspezialisten von ganz Großbritannien zu genießen? Warum? Er arbeitet für eine gemeinnützige Stiftung, das tut er, dieser Händel, ein kleines, mittelloses Krankenhaus für Niemande, sein Tribut, einen Tag im Monat.

Was halten Sie von der folgenden Argumentation? Sie stammt von meinem Anwalt. Als er den Fall geschildert bekam, sagte er: »Sie können wirklich von Glück reden, Mann. Was, wenn sie eine Ihrer Privatpatientinnen gewesen wäre?«

»Was würde das für einen Unterschied machen?«

»Sie ist eine Nutte. Sie werden schon nicht wegen der Titte einer Nutte ausgeschlosssen werden. Vielleicht schaffen wir es sogar, die Presse auf Schadensersatz zu verklagen. Kopf hoch.«

Natürlich. Ich hätte mir keine Sorgen zu machen brauchen.

Daß sie am Boden lag und ich sie noch tiefer nach unten stieß, ist kein Grund zur Sorge. Sie ist eine Stricherin. Ich bin ein Ritter. Sir Händel. Mein Anwalt ist auch ein Ritter. Sir Claude. Zwei Ritter, die jedoch keine Damen mehr aus schier unerreichbaren Türmen retten, nein, heutzutage retten wir uns selbst und werden dafür bezahlt. Sir Claude ist sehr teuer. Er hat in vierzehn Tagen mehr an ihrer Brust verdient als sie im Lauf ihrer ganzen Karriere.

»Was war sie?« sagte er über seinem Cappuccino. »Zweiundfünfzig? Dreiundfünfzig?«

Ich nickte.

»Ha ha, ein bißchen spät, um Schadenersatz zu verlangen, was? Kann kein besonderer Aktivposten gewesen sein, was Sie ihr da abgeschnitten haben, oder?«

»Nein, Claude, es war keine berauschende Brust.«

»Na also, da sehen Sie. Kopf hoch.«

Scham. Ungewöhnlich für einen Katholiken, Scham zu empfinden. Unser gewöhnliches Ticket heißt Schuld. Schuld, die man beichtet, Schuld, die man sühnt, Schuld, weg und fort damit. Der Priester versteht das. Scham entspringt einem älteren und anderen moralischen Verständnis, demzufolge der Übeltäter nicht Strafe fürchtet, weder in dieser Welt noch in der nächsten, sondern das Schrumpfen des Ich, den Verlust, den jede kleine, gemeine, dumme oder schmutzige Tat der Seele zufügt. Wenn ich einen anderen betrüge, betrüge ich mich selbst um die Person, die ich sein könnte. Wenn ich einen anderen verletze, werde ich irgendwann feststellen, daß der Schnitt auf mein eigenes Herz zurückfällt. Es gibt keine angemessene Beichte, nur den Willen, nicht noch einmal so bereitwillig zu versagen, vielleicht, weil Versagen zwar vergeben werden kann, nicht jedoch entschuldigt.

Einen großen Teil meines Lebens war ich kein mitfühlender Mann. Das furchtbare Gewicht der Nöte anderer Menschen, der Bürden anderer Menschen, in mir, zwirbelte sich zu einem Tau, das aus Mitleid, Wut und Hilflosigkeit geflochten war. Ich fand und finde es immer noch schwierig, das Los der Menschheit zu betrachten. Ich habe Mitleid und zwinge mich, die Fähigkeiten und die Position, die ich habe, dazu einzusetzen, zu verbessern, was ich kann. Aber ich kann die Schäbigkeit des Ganzen nicht verzeihen. Ich kann nicht akzeptieren, daß bessere Nahrung, bessere Bildung, bessere Stunden, bessere Tage, was immer diese Dinge den Eiferern bedeuten, einen Unterschied ausmachen würden. Die meisten meiner Bekannten sind wohlgenährt, wohlgebildet, lieben ihre Arbeit und haben ihre Freizeit. Ich würde meine Abende lieber mit einem tropfenden Wasserhahn verbringen.

Es gibt Ausnahmen, aber Ausnahmen gibt es in jeder Situation, jeder Klasse, und ich meine nicht nur diese widerlichen viktorianischen Super-Vorbilder wie Little Nell und Little Dorrit, die mir beide auf der Stelle verziehen hätten, wenn ich ihnen die eine oder die andere oder sogar beide Brüste abgenommen hätte, und im Fall von Little Nell sogar ohne Betäubung. Irgendwo muß es eine schreckliche Hölle für Schurken und Folterknechte geben, eine Hölle, an die nicht einmal Dante gedacht hat, eine Hölle, in der die beiden Littles sich mit Puccinis Mimi und Madam Butterfly zusammentun, Donna Anna in der Ecke, während die Heilige Agatha über alles wacht, und böse Schurken in flennende Tränenbündel verwandeln, einfach indem sie das Märtyrertum bis zum bitteren Ende treiben; eine Unmenschlichkeit, die weit über die der Rohlinge hinausgeht.

Bin ich ein Rohling? Die Zeitungen sind dieser Meinung: GEFÜHLLOSER ARZT IN BRUST-FARCE VERWICKELT.

So viele Jahre her, wenn ich jetzt die Finger ausstrecke, werde ich sie dann wieder berühren? Blutbefleckte Finger, der Mann hinter der Maske atmet sterilisierte Luft, sein Mund ist bedeckt, so daß er dich, wenn er sich über dich beugt, nicht infiziert. Seine Lippen schweben über deiner Wange, aber er wird dich nicht küssen. Deine Augen waren geschlossen in Erwartung seines Kusses. Er richtete sich wieder auf.
Die Frau auf der weißen Marmorplatte, die Frau auf dem gefrorenen Boden. Die Frau, die ihm ihre Brüste anvertraute, die seine langen Finger nahm und sie auf ihre Brust legte, acht kühle Messer auf ihren warmen Brüsten. Es tut mir leid. Es tut mir leid. Es tut mir leid.
»Hör auf, dich zu entschuldigen, Händel. Du mußt nicht mit mir schlafen.«
Unter Vollnarkose kann der Patient alles hören.

Der Mann im Zug war ohnmächtig geworden. Das Licht traf seine Wangen, weckte ihn jedoch nicht auf. Er hörte Stimmen aus weiter Ferne, die riefen, riefen durch die dicke Luft…
»Wenn du groß bist, Händel, mußt du in der Welt Gutes tun.«
»Sünden des Fleisches oder Sünden des Gewissens?«
»Hast du in dieser Frau ejakuliert?«
»Du mußt nicht mit mir schlafen.«
Die Stimmen umwickelten seine Hände und Füße mit goldenen Bandagen. Er wurde in der toten Luft mumifiziert, er mußte atmen, er mußte atmen, aber die Tücher waren

an seine Nasenlöcher gepreßt und in Honig getränkt. Honigsüße Worte, hatte er sie nicht gesprochen? Der rationale Mann mit der musikalischen Stimme. »Kein Grund zur Beunruhigung. Kein Grund zur Sorge. Ziehen Sie sich bitte wieder an.«

Sein Fleisch, nackt vor ihrem Spiegel, die Jungs, die darauf warteten, in den Kabinen kastriert zu werden.

Das Fleisch eines anderen Menschen, nackt vor ihm, die straffe braune Brustwarze unter seinem wirbelnden Finger. Das Licht in Gitterstäben um seinen Körper herum. Er konnte nicht dazwischen hindurchschlüpfen. Das Licht hatte ihn umzingelt. Er mußte antworten, nicht mit vergoldeten Lippen, sondern mit Flammenzungen.

SAPPHO

DOLL SNEERPIECE WAR EINE VERMÖGENDE FRAU. VERMÖgend in ihrem Kleid. Vermögend auf den vergoldeten Rädern ihrer Kutsche. Vermögend in den Wandbehängen, Draperien, Töpfen und Porzellanwaren aus dem Inneren der Ewigwährenden Mauer. Ihr Porzellan kam über Holland, in den privaten Fässern eines Liebhabers, der kaiserlich war. So hatte sie, was der König von England nicht hatte; Porzellan. Aber an diesem Abend, im feuchtdunstigen Winter und den holzkohlegeschwärzten Straßen, waren es nicht die winzigen Schalen und Teetassen, für die sie ihren gelben Possenreißer im Stillen segnete. Als Pfand der Liebe, halb im Ernst, halb im Scherz, hatte er ihr einen magischen Gegenstand geschenkt, exquisit, transparent, stark, verziert mit lüsternen Liebenden in blauer Reliefarbeit. Diesen trug sie an seinem Ledergurt, und er tröstete sie. Jede verirrte Hand würde ihre Erwartung erfüllt finden. Sie rückte ihn zurecht, als sie durch die Tür des »Cock and Gun« rauschte.

(Sappho schrieb an den Rand der Seite: »Wo bekomme ich so ein Ding her?«)

Der strohbestreute Boden. Die durchgesessenen Bänke. Das Rauchfeuer, über dem das Schwein knusprig wurde. Wo war Ruggiero?

Ein Junge hatte einen Seemann wundervoll aufgeknöpft, und zu ihrer Überraschung spürte Doll ihr Porzellan anschwellen, sie befühlte es. Ein Mann lächelte ihr zu und deutete auf die Hinterzimmer. Sie schüttelte den Kopf. Wo war Ruggiero? Sie drängte sich zwischen ein paar Petticoats hindurch, gelöst von beiden Hüften, sah sie…? Sah sie…? Als sie das Feuer erreichte, war der Mann mit der Zange an den Brustwarzen seines Geliebten nicht ihr Liebster. Sie hatte sich geirrt. Wo war Ruggiero? Sie trat einen Schritt zurück und erwog die Jagd. Warum diese Hatz zu den Hügeln, wo doch jeder Mann jedes Tal genießen konnte, das sein Herz begehrte?

Sie trank. Sie wartete. Sie war hungrig, konnte aber nicht essen. Die Männer, die »Pißt das Feuer aus« spielten, hatten das Schwein angepißt. Es dampfte nun in Ammonniakwolken.

Sie seufzte. Sie wartete. Alles aus Liebe? Wo war Ruggiero? Hatte sie ihre unerfahrenen Knaben nicht roh und ungeschliffen aus dem Mutterleib gehabt? Hatte sie sie nicht gelehrt, mit den Händen nach Honigwaben zu tauchen? Hatte sie sie nicht in ihren Talaren und Baretts genommen und sie dazu verlockt, das abgesteckte Geviert zugunsten der Vergnügungen des Kompaß beiseite zu schieben? Sie hatte ihnen gezeigt, wie man einen Punkt nimmt und einen Kreis darum zieht. Sie war für ihre unentdeckten Küsten ein wahrer Kolumbus gewesen. Sie hatte sie kartographiert, diese gelehrten Wilden, ganz gleich wie simpel das Werkzeug. Sie waren in ihrem kleinen Buch unter ihren individuellen Koordinaten verzeichnet. Sie liebte es, sich anhand seiner Dimensionen an einen Mann zu erinnern. Nicht nur anhand der Länge, sondern auch der Breite und der zurückgelegten Entfernung. Sie war eine wohlwollende und gefällige Doll gewesen. Wissenschaftlich, natürlich, und rational in all ihrem Trachten, aber mit jener Liebe zu Musik und Dichtung, an der es Newton, wie sie fühlte, mangelte. Er war zu ihr gekommen, als sie ihr Geschäft ganz zu Anfang annonciert hatte, und er hatte oft einen Apfel mitgebracht, den er nie aß. Er sagte, er sei ihm auf den Kopf gefallen, und er betrachtete ihn mit all der Verwunderung, mit der ein Wahrsager in seine Kugel blickt. Armer Mann, sehr oft lenkte sie ihn ab, aber es war der Apfel, zu dem er immer wieder zurückkehrte.

Er hatte gesagt: »Er ist mir auf den Kopf gefallen. Warum?«

»Apfelmaden« sagte Doll.

Sie war ihm immer noch zärtlich zugetan. Sie war in ihrer Arbeit zärtlich, aber in der Liebe? Nie Nie Nie. Trotzdem mochte sie die Männer, die närrischen, jungenhaften, laut heraustrompetenden Männer. Was hatte ihr Freund Jack Cut, der Schlachter, noch einmal gesagt? »Ein Schwein und ein Mann, beide müssen Lenden haben.«

Ein Stutzer ließ sich neben sie fallen und bot ihr eine Schweinshaxe an. Eine Schweinshaxe war nicht das, was sie wollte…

Die Zeit verging. Sollte die Zeit vergehen, sie würde sie nicht zurückhalten, die Zeit hatte sie schon viel zuviel zurückgehalten. Sie war doppelt so alt wie Ruggiero. Die Zeit war vergangen und hatte sie in ihrem Gefolge mit sich genommen.

Verloren im Zifferblatt der Uhr entdeckte sie die großgewachsene Frau mit den breiten Schultern, die eine fröhliche Gefährtin am Arm hatte, nicht sofort. Sie standen in der Tür, die Frau plinkerte, ein wenig nervös, den Männern zu. Es war das Gefühl, beobachtet zu werden, das Doll von ihren Bechern aufblicken ließ, sie blickte auf. Sie kannte die gerade Nase, die aus seinem Gesicht einen Kaiser machte. Sie kannte die klaren Linien aus Porphyr, seine blasse

Haut, purpurn an den Schläfenadern. Sie kannte die Drehung seines Arms und seine beweglichen Finger. Sie kannte seinen aufrechten Rücken und die lotrechte Linie seines Rückgrats. Sie kannte, obwohl sie es nie kennengelernt hatte, das köstliche Pfundgewicht seines blasseren Fleisches.
Ihre Lippen waren fettig von der Schweinshaxe.
Sie stand auf und ging zu der Frau, die errötete und sich hinter ihrem Fächer leicht verneigte.
»Soll sie sich ruhig hinter allen Fächern des Orients verstecken«, dachte Doll, deren eigener leuchtender Kopf begonnen hatte, im Osten aufzugehen.
Sie reichte Ruggiero ihren Arm und geleitete sie zu einem dunklen Sitz, wo sie aus ihrer unteren Tasche jenen gebundenen Band hervorzog, *Das dichterische Werk Sapphos*.

Die Weise Sappho? Bin ich weise, das Bild und nicht das Idol zu lieben?
Öffne das Buch. Was steht darin geschrieben?
Die Griechen, mit ihrem wachen künstlerischen Instinkt, stellten ins Gemach der Braut die Statue von Hermes oder Apoll, auf daß sie Kinder gebären möge, ebenso wundervoll wie die Kunstwerke, auf die ihr Blick in ihrer Verzückung oder in ihrem Schmerz fiel. Sie wußten, daß das Leben aus der Kunst nicht nur Spiritualität gewinnt, Tiefe der Gedanken und der Gefühle, Seelentumult oder Seelenfrieden, sondern daß sie sich an den Linien und Farben der Kunst formen und die Würde Phidias' ebenso reproduzieren kann wie die Anmut Praxiteles'. Von daher ihre Abneigung gegen den Realismus. Sie lehnten ihn aus rein gesellschaftlichen Gründen ab. Sie spürten, daß er die Menschen unweigerlich häßlich machte, und sie hatten völlig recht.

Das Bild und nicht das Idol. Das Bild gestempelt auf die Netzhaut, wiederholt hinter den Lidern, verstaut im Rautenhirn, dem Körper in Injektionen der Emotion zurückgegeben. Die Macht des Bildes durch das nie vergessende Gehirn.

Habe ich dich gesehen, Sophia, auf einem Sims in der Nacht? Weißgeflügelt in Wellen der Schönheit, die über meinem Kopf zusammenschlugen? Wellen der Tag-und-Nachtgleiche, die den Mond mit Fäusten bearbeiten. Das Meer im Hafenring und der Mond auf den Tauen der Boote. Habe ich dich noch einmal gesehen, oder leide ich unter Pigmentose der Netzhaut? Ich sah deine Farben in prismatischem Weiß, ein durchsichtiger Engel in schlecht sitzenden Kleidern.

Was sah ich, als ich dich ansah? Ein Arrangement von Molekülen, beeinflußt vom Licht? Eine mir eigene Vision? Eine Vision von dir? Du, wie du wirklich bist, unbeeinträchtigt von der Dunkelheit, herausgelöst aus dem Netz, das dich einfing. Sowohl Gladiatoren wie auch Spinnen benutzen Netze, aber keiner der beiden behauptet, daß sie dies aus Gründen der Sicherheit tun. Wer hat dich belogen und gefesselt? Wer nannte seine Maschen zu deinem eigenen Besten? Netzfängerische Bosheit der Unfreien gegenüber den Fliegenden?

Es war vor langer Zeit. Ich fing sie, als sie in wirbelnden Rädern des Schmerzes fiel. Fing den Körper niedergedrückt vom Kummer. Sie fiel aus der Vergangenheit durch eine wesenlose Gegenwart hinein in die Zukunft ihrer Liebe. Ihrer Liebe, die, wie die Nächstenliebe, nicht zuhause beginnt.

Folgendes ereignete sich: Es war der Morgen des ersten Weihnachtstages vor drei Jahren, ein Weihnachten tiefen Schnees, der zu hohen Bänken aufgeschichtet war. Ich war bei Freunden gewesen, hatte sie jedoch ihren warmen Schwelgereien überlassen, um mich unten auf den Straßen zu einem eisigen Flüchtling zu machen. Ich war allein, bis auf den mageren Hund, der nach einem Knochen wühlte. Allein bis auf die Straßenkatze, schwarz auf der glasigen Mauer. Allein zwischen den frostgeschmiedeten Sternen.

War ich allein? Ich sah gerade noch rechtzeitig hoch, um sie von dem stillen Dach in die bewegte Luft fallen zu sehen, Nackt, ohne Geräusch, durch die stille Luft. Ich lief zu der Stelle, an der sie aufgeschlagen war, und fand sie, höher als mein Kopf, bewußtlos auf einem weißen Altar, der vom frischgefallenen Schnee noch weich war. Sie blutete aus dem Mund.

Ich deckte sie mit meinem Mantel zu und versuchte, den dunklen verrammelten Türen des Hauses eine Reaktion zu entlocken. Wie viele Jahre vergingen, bevor ein Licht den Korridor füllte und eine zornige Stimme mir mit der Polizei drohte?

Die Polizei kam. Laute Streifenwagen, die in obszönen Kreisen um ihren Körper schlichen, mit offenen Türen, blinkendem Rotlicht, während das Stakkato der Funkgeräte durch die Familientränen schnitt. Der Krankenwagen, weiß, steril, solide. Die grimmigen Männer vom Weihnachtsdienst, einer an jedem Ende der zerbrechlichen Bahre. Decken jetzt über ihr. Ihr Körper ein schmales Bündel aus roten Decken, rot, um das Blut und den Korkenzieher ihres Beins zu verbergen.

Ich schlüpfte davon, aber nicht, bevor ich ihre Hände gehalten, nicht, bevor ich sie geküßt hatte. Ich sagte: »Ich

werde zurückkommen.« Ich sagte: »Mach die Augen auf, würdest du bitte die Augen aufmachen?« und all dies sagte und tat ich in den schrecklichen Minuten, in denen die Familie im langen Korridor hin und her lief und die Polizei alarmierte.
Ich dachte, sie würde sterben. Ich legte meine Wange an ihre Lippen und fühlte keinen Atem. Ich küßte sie mit meinem Leben, Leben zu Leben, Wärme genug, um ihre Hand von den kalten Toren zu lösen, die sich langsam auf ihr letztes Grundstück öffneten. Ich sagte: »Ich werde zurückkommen.«

Ich kam zurück, aber sie war nicht mehr da. Das Haus war dunkel und verriegelt. Ich kam zurück, nicht einmal, sondern viele Male, zu den ausdruckslosen Mauern und den abweisenden Türen. Nichts, was mich leitete, bis auf den Zettel aus ihrer Hand. »Aber wenn etwas nichts kann als leben, bleibt ihm Sterben allein.«
Sie war nicht gestorben. Seltsames Wunder, das sie rettete. Wunder des weichen Schnees, der ihren Sturz dämpfte. Wunder des kalten Schnees, der das Blut stillte. Das gleichgültige Wetter und meine fieberhaften Hände. Ein Zufall aus Jahreszeit und Passantin. Ein glückliches Zusammentreffen? Ein ganz gewöhnliches Wunder? Es spielt keine Rolle, was eine Rolle spielt, ist ihr Leben. Ihr Leben, das ihr mehr bedeutete als Fleisch und Blut, ihr mehr bedeutete als eine Zauberpuppe, konnte sich nicht in der kalten Nachtluft auflösen. Sie hatte einen Geist, und er lebte. Ich wußte nicht, was es war, was sie auf das Dach getrieben und herabgestürzt hatte. Ich weiß aus eigener Erfahrung, daß ein Selbstmord nicht das ist, was er zu sein scheint. Zu leicht, zu versuchen, das fragmentierte Leben zusammen-

zusetzen. Der Geist so sehr in Stücke gerissen, daß der Körper folgt. Die Risse und Höhlungen des Herzens reagieren nicht auf rationale Meßmethoden. Wenn die Instrumente versagen, gibt der Arzt dem Patienten die Schuld. Er sagt, er kann nichts finden.

Der Arzt sagte, er könne nichts finden. Sie war gesund, sie hatte Arbeit, sie kam aus einer guten Familie. Ihr Herzschlag war normal. War er das? Nun ja, vielleicht eine Spur zu schnell.

Herzattacke. Hatte ihr Herz sie attackiert? Ihr Herz, von früher Kindheit an in Gehorsamkeitsklassen gedrillt? Ihr Herz, in der Öffentlichkeit brav mit einem Maulkorb versehen, darauf getrimmt, schön in Reih und Glied zu bleiben. Ihr Herz, das die Zehn Gebote kannte und hundert weitere befolgte. Ihr diszipliniertes, störrisches Herz, das kam, wenn es gerufen wurde und nie an seiner Leine zerrte. Ihr Herz, das insgeheim an den Knochen seines Körpers fraß. Ihr Herz, so lange ausgehungert, daß es sie nun verzehrte. Ihr Herz überschlug sich.

Ich sah, wie ihr Herz sich in der Purzelbäume schlagenden Luft überschlug.

Ich sah ihr Herz seine Grenzen mißachten und springen.

Es war ihr Herz, auf das ich mit beiden Fäusten einschlug, meine Knie zu beiden Seiten ihres Körpers, mein Mund, der schrie: »Lebe! Lebe!«

Sie schlug die Augen auf. Sie lebte tatsächlich. Das Bewußtsein kehrte in den beschleunigten Körper zurück. Den Körper, der in den wirbelnden Sekunden beschlossen hatte, seine Aufgabe zu vollenden. Den Körper, der durch die Schwerkraft gereist war, durch das Licht, durch seine eigene Mission des inneren Raums. Sein Anzug zu dünn für die

Jahre, die in den verbleibenden Sekunden dagegen andrängten. Es ist durchaus üblich, daß Menschen ihre Vergangenheit an sich vorbeiziehen sehen, die Bilder, die im niemals vergessenden Gehirn gespeichert sind. Durchaus üblich, daß sie feststellen, daß es, während alle materiellen Dinge davongleiten, das Bild ist, das bleibt, das Bild, das letzten Endes siegte. Jene Bilder und Eindrücke, seit langem von ihrer Quelle abgeschnitten, aber immer noch da, so lebendig wie eh und je, Lebendigkeit des Geistes gegen das sterbende Leben.

Sie sah ihre Vergangenheit zu einem einzigen Farbstrich zusammengepreßt, und es war die Farbe, die eine Brücke für sie bildete, nicht aus der Zeit heraus, sondern durch sie hindurch. Sie fiel nicht, sie überquerte sich selbst, und im Augenblick der Überquerung war sie frei.

Frei. Frei von dem Felsen, auf dem sie gestrandet war. Dem felsigen Ort aus Disteln und Salz. Dem Herzen, das so oft zurückgestoßen wurde, daß es sein einziges Zuhause in der Isolation findet. Dem isolierten Herzen, das, indem es sich vor Schmerzen schützt, so viel Schönheit verliert und sein Überleben um den Preis seines Lebens erkauft.

Besser vorwärts zu gehen als den Rückzug anzutreten. Besser den Schmerz zu bekämpfen als vor ihm zu fliehen. Sie erkannte dies erst in der schnellen Sekunde ihres Falls, und während sie fiel, betete sie um Flügel. Sie betete nicht aus Selbstmitleid oder Bedauern, sondern aus Erkennen. Sie mußte nicht sterben. Sie konnte kämpfen. Zu spät? Nein. Nicht für sie. Für sie war es nicht zu spät.

Viele Male kam ich zurück, aber erst in jener einen Nacht, Jahre später, wurde gefunden, was verloren war.

Ich gehe gerne nachts spazieren, es ist eine Gewohnheit von

mir, ich gehe nachts spazieren, um mich von zuviel Tag zu befreien. Zuviel Tageslicht, das vorgibt, die Dinge so zu zeigen, wie sie wirklich sind. Es gibt kein natürliches Licht. Als ich wieder an jenem Haus vorbeikam, das jetzt von einem Kran bedroht wurde, sah ich hinauf zu der Stelle, wo die Brüstung die Platanen traf. Sie war da. Da auf dem Sims, da mit nackten Füßen, auf sich selbst balancierend. Ich hätte Angst haben müssen, weil die Geschichte immer sich selbst wiederholt. Die Vergangenheit gehüllt in ein neues Hochzeitstuch und mit der Zukunft verheiratet. Ich hätte Angst haben sollen, ich hätte mit den Armen fuchteln und schreien sollen, statt in stillem Staunen über ihrer Anmut zu verharren. Ich wußte, daß sie nicht fallen würde. Ich wußte, daß sie einen anderen Grund hatte, das Risiko einzugehen. Ich wußte, daß sie mich gesehen hatte, obwohl ich ihr Gesicht nicht sehen konnte.

Leg dich neben mich. Laß mich das Muster deiner Poren sehen. Laß mich das Netz der Narben sehen, die die Krallen deiner Familie hinterlassen haben, und du ihr Möbelstück. Laß mich die Wunden sehen, die sie leugneten. Das Schlachtfeld des Familienlebens, das dein Körper ist. Laß mich die geschundenen roten Linien sehen, die ihr Lager signalisieren. Laß mich die aufgewühlte Stelle sehen, wo sie verschwunden sind. Leg dich neben mich und laß das Sehen die Heilung sein. Kein Grund, sich zu verstecken. Wir brauchen weder Dunkelheit noch Licht. Laß mich dich so sehen, wie du bist.

»Kenne ich Sie?« Sir Jacks Frage.

»Ich bin gekommen, um Ihre Tochter zu besuchen.«

»Sie ist weg.«

Das war am nächsten Tag, so früh, wie ich anständigerweise auftauchen konnte, nicht früh genug, sie zu erwischen. Es gab einen Hinweis, und ich folgte ihm. Folgte ihm zum Bahnhof und zum Frühzug. Folgte der Spur der Farbe, die den Schnee zu einem purpurnen Band machte. Sie ribbelte sich selbst auf. Sie lockerte all die grauen Jahre zu einer einzigen leuchtenden Linie.

Stück für Stück werden die Fragmente zurückgegeben; der Körper, die Arbeit, die Liebe, das Leben. Was kann über mich bekannt sein? Was ich sage? Was ich tue? Was ich geschrieben habe? Und was davon ist wahr? Das heißt, was davon ist wahrer? Die Erinnerung. Meine lizensierten Erfindungen. Nicht alle Fragmente kehren zurück.

Ich bin keine Freudianerin. Das, woran man sich erinnert, ist kein in Stein gehauenes Schriftstück, sondern eine Metapher. Von meta = über-, nach-. Pherein = tragen. Das, was über die Buchstäblichkeit des Lebens hinausgetragen wird. Eine Denkweise, die die Probleme der Schwerkraft umgeht. Das Wort wird mich nicht im Stich lassen. Das einzelne Wort, das mich von all den unausgesprochenen Gewichten befreien kann.

Das geflügelte Wort. Das merkurische Wort. Das Wort, das sowohl Motte wie auch Licht ist. Das Wort, das sich über sich selbst erhebt. Das Wort, das es selbst ist und mehr. Das assoziative Wort, leicht vor Bedeutungen. Das Wort, nicht unnetzt von Bedeutung. Das exakte Wort weit. Das Wort weder Hure noch Zönobit. Das Wort ungelogen.
Soll ich mein Alphabet benutzen, um die Tage zu entwirren? Nicht um sie A, B, C zu etikettieren, noch um meine

Buchstaben zu einer noch geheimnisvolleren Täuschung zu machen. Zwei Dinge unterscheiden den Menschen bezeichnenderweise von den anderen Tieren; ein Interesse an der Vergangenheit und die Möglichkeit der Sprache. Beide zusammen ergeben ein Drittes: die Kunst. Die unsichtbare Stadt, nicht daraufhin kalkuliert, zu existieren. Jenseits der luftigen Anmaßungen des rein Zeremoniellen, lange nach den dramatischen Ränken des politischen Lebens, ob es Ihnen paßt oder nicht, bleibt sie bestehen. Vergangene Zeit, ewig gegenwärtig und unzerstört.
Und jetzt? Ja, und jetzt? Immer noch fordere ich die Fragmente heraus, die ich bin.

Hebe den Kopf. Hundert Billionen Sterne in unserer Galaxis, der Milchstraße. Um mich unbekümmert, diese Kühnheit der Sterne, Lichtgaben, zweitausend Jahre alt. Falls sie für mich überhaupt etwas sind, so Juwelen für mein Leichentuch. Ich kann sie nicht kennen. Ich kann nicht einmal mich selbst kennen. Pascals Grauen ist auch meines: »Le silence éternel de ces espaces infinis m'effraie.« Was kann die Ungerechtigkeit zwischen jenem riesigen Raum, der nie endet, und meinem begrenzten Leben ausgleichen? Vielleicht dies: Das Herzland meines Körpers ist nicht die Ausdehnung meines Königreiches, ich habe in mir Räume, ebenso gewaltig, wenn ich sie nur in Anspruch nehmen könnte. Beweis? Welchen Beweis habe ich dafür – Nicht Gott, der, falls wahr, ein Apriori ist und kein Beweis sein kann, sondern die Kunst, die sich nie mit den Tatsächlichkeiten des Lebens abgibt, es weder als das schildert, wofür wir es halten, noch es so ausdrückt, wie wir hoffen, daß es ist, und doch dazu wird. Nicht Repräsentationen, sondern Erfindungen, die die zentralen Kräfte der Welt in sich tragen, und nicht nur der Welt. Die Kunst treibt die Sterne zusammen.

Wie kann ich mich der Bedeutung meiner Tage annähern? Ich werde sie mit dem Lasso des wirbelnden Wortes an mich heranziehen. Des Wortes, das ich still an meiner Seite trage, des Wortes, das ich auswerfe, energisch, präzise, des Wortes, das die Zeit einfängt, bevor die Zeit mich einfängt. Reite neben mir, so vieles, was die Zeit erlaubt, soviel Schönheit und Liebe. Die Wüste, die wir durchqueren, erblüht. Zeit, die Aussicht in uns aufzunehmen. Bin ich nur ein Bildsucher? Augen, die lächeln und vorübergehen. Was soll ich aus dem machen, was ich finde? Was springt dabei für mich heraus? Die Herrlichkeit und die Kürze, die Bemühung, zu berühren und zu sehen, die Bemühung zu verstehen.

Die Rettung, falls sie überhaupt kommt, wird bewußt sein. Unwissenheit ist nicht der Weg zur Weisheit. Ernsthaftigkeit der Gefühle wird nicht genug sein. Das Wort wird mich entlarven; ich spreche, also bin ich. Um der stummen Beredsamkeit der geschaffenen Welt gewachsen zu sein, mußte ich sprechen lernen. Die Sprache, die sie beschreibt, wird zu mir. Vorsicht also vor dem, was ich werde, an meinen Worten sollst du mich erkennen. Da das Wort durch die Zeit weitergereicht wurde, kehrte die Zeit durch das Wort zurück.

Sie ist nicht natürlich, die Sprache, nichts Natürliches in ihr enthalten, warum also so tun als ob? Es gibt kein natürliches Licht. Das Licht, bei dem ich lese, ist künstlich. Die Seite beleuchtet sich selbst.

Meine Gerümpelkammer ist vollgestopft mit Büchern, nicht ungelesen, ungeschrieben. Erfahrung unübersetzt in Bedeutung. Tage, verrottet, weil nie verwandelt. Was soll ich schreiben? Nicht meine Memoiren. Bringt die Toten hervor, Bringt die Toten hervor. Das bißchen Licht, das ich hatte, flackert und verlöscht. Es liegt nicht nur daran, daß ich lügen würde, sondern daß ich nicht in der Lage wäre, die Wahrheit zu sagen. Es wird mir nicht gelingen, mich zu erinnern, selbst wenn Objekte vor mir liegen, ich werde für jedes einzelne davon eine verschwommene Geschichte erfinden müssen. Was könnte schlimmer sein als eine ehrliche Lüge?

Ich weiß, daß der direkteste Weg zu meinen Gefühlen über die unwahrscheinlichste Route führt. Nicht Aufrichtigkeit der Gefühle, sondern Aufrichtigkeit der Form wird mich dorthin führen. Denn siehst du, ich muß mich vor der Seichtigkeit hüten, einem Klischee der Reaktion, nicht meiner, sondern der aller anderen, fühle ich wirklich so? Wie soll ich wissen, ob diese Zeilen meine eigenen sind und nicht ein geborgter Text? Wie soll ich das wissen? Indem ich ihnen eine Struktur gebe, die sie formalisiert, sie aus dem Bad der Rücksichtnahme auf mich selbst herausholt. Von mir, aber nicht ich, mein Eigenes fern gemacht, aus mir herausgelöst durch Muster und Formen, auf Distanz gezwungen durch die Sprache, die sie zurückgeben wird. Sobald ich die richtigen Worte gefunden habe, werde ich das Gefühl nie wieder verlieren.

Es wird nicht genug sein zu sagen, daß ich dich liebe. Ich weiß, das hörst du nicht zum ersten Mal.

Ich liebe dich. Vor zweitausendsechshundert Jahren waren diese Worte noch nicht abgenutzt. Sind sie es jetzt? Vielleicht, aber nicht durch Wiederholung, sondern durch Überlastung. Es gibt andere Möglichkeiten zu sagen, was ich meine… Andere Worte, die dem Gewicht angemessen sind. Andere Worte, die mich auf eine Ehrlichkeit festnageln, die mir vielleicht nicht gefällt. So vieles kann in »Ich liebe dich« versteckt werden. Ich kann mich in dieser sentimentalen Wolke verstecken. Ich werde mich nicht verstecken. Hier…

Ihr Gesicht ist nachdenklich, eingerahmt vom Schatten ihrer Haare, darin verborgen, die Haare davor, wie ein Schleier. In den Augenlidern und den Lippen liegt etwas Sinnliches. Die Haut hat einen Perlenschimmer. Sie ist eine Substanz des Meeres. Das Meer tief um sie herum, nicht nur in ihren Augen, die grün sind, sondern in den bewegten Konturen ihres Gesichts.

Ihr Kopf ist stark, aber nicht grob. Feine Filamente aus Knochen, weiß eingelegt, haben den klaren Käfig ihres Schädels gebaut. Spüre der Linie nach. Der Linie, die ihre Festigkeit durch die Zartheit einer meerumspülten Muschel Lügen straft. Sie ist glatt. Der schwere Kopf ist glatt.

Hebe ihr Gesicht ans Licht. Was kann ich im Scharfsinn ihres Mundes lesen? Des geteilten Ortes, wo ihr Geist atmet. Es ist meine Zukunft, die sie auf den Lippen trägt. Verrate sie mir… Ihr Mund auf meinem.

Ihre Wangenknochen sind hoch. Zwillingstürme der Rastlosigkeit. Rastlos wenn sie lächelt, bewaffnet, wenn sie es nicht tut. In ihrem Gesicht die Bewegung ihrer Tage.

Ihr Hals schneidet mich.

Neugier und Sehnsucht nach Schönheit im gleichen Maß. Dies sind die Fackeln, die ihr Gesicht erhellen. Sie ist ein Licht, bei dem man sehen kann, wenn auch nicht aus Bäumen und Holz, Holz mit der Gabe zu brennen; das Licht, das sie verzehrt, ist ihr eigenes.

Auf ihrem Gesicht ist das Spiel des Lichts theatralisch. Verzückte Effekte, Konzentration, die Wölbung ihrer Augenbrauen, das Rollenspiel ihrer Haare. Hier sind in subtilen Stadien die Nuancen der Natur und die Verfeinerungen der Kunst. Was für ein Kunstwerk sie ist, gleichzeitig originell und altbekannt. Ihr applaudieren? Ich werde es tun, und mehr, ich werde ihr eine Schönheit bieten, die ihrer eigenen entspricht. Ein Geschenk, das verbrennt: Das Wort.

Was kommt zuerst? Der Dichter oder die Muse?

Für Sappho (Lesbe, ca. 600 v.Chr. Beruf: Dichterin), immer sie selbst, Dichterin und Muse. Schriftstellerin und Wort. Seltsam also, daß das, was von ihrer Schönheit übrig ist, unter dem Gemeinplatz von Fakten begraben sein soll. Und von Nicht-Fakten. Die Suche nach der Wahrheit ist besudelt von gewollten Falschheiten. Der Biograph, die Hand auf dem Herzen, tut der Vergangenheit Gewalt an. Der Biograph, Grabräuber und Leichendieb, handelt mit sensationellem Staub, während der lebende Geist davonschlüpft. Der Biograph, Inventar aus Töpfen und Pfannen, Daten und Orten, Auktionshaus und Beinhaus in einem Raum.

So wenig von ihr bleibt. Was von ihr bleibt, ist skandalös. Die neckenden Knochen, die schockieren und entzücken. Und doch ist sicher, daß, wenn jede einzelne Zeile von ihr noch existierte, die Biographen sich nicht um ihre Metrik oder ihre Reime kümmern würden. Aus dem brennenden Buch dränge eine brennende Frage. Nicht Sophokles, sondern Savonarola, mit seinem wutverzerrten Gesicht…
Was tun Lesben im Bett?

»Sag es ihnen«, sagte Sophia, die Neunte Muse.
Es ihnen sagen?
»So etwas wie Autobiographie gibt es nicht, es gibt nur Kunst und Lügen.«

Hereinspaziert! Hereinspaziert! Kunst für jedermann, zwei Pence pro Blick. Keine Vorkenntnisse erforderlich. Jeder Mann sein eigener Kenner.
Populäre Kultur, das ist Kunst, nicht wahr? Subjektiv, romantisch, demokratisch, zugänglich, gute Besprechungen in der Qualitätspresse. Wenn die nichts davon halten, muß etwas damit nicht in Ordnung sein. Ist da was faul dran? Worum geht es überhaupt? Wo soll ich es hinstecken?
Immer nur rein damit. Immer nur rein damit, wie es in den Seitenstraßen heißt, für einen Samstagabendzehner. So wenig Zeit. Immer nur rein damit.
Uhrenkultur. Stopft mich, bis ich platze, und macht eine Collage aus dem Püree. Kunst? Seid nicht albern. Das kontemplative Leben? Ich bin zum Lunch verabredet. Wie lange wird es dauern?
Das Lunch? Ewig. Ewiglich beim Lunch. Kauen uns wie die Ochsen durch den Tag, fragen uns, warum alles Fleisch Gras ist.

Die Zeit, die dich quält, quält mich. Die Zeit mit ihrem schiefen Grinsen, der Sense nachgebildet, die sie trägt. Die Zeit, die durch das Fenster späht und ihre Klinge unter der Tür durchschiebt. Die Zeit, die wartet, wenn wir eintreffen. Die Zeit, die voller Umsicht die Uhr aufgezogen hat.

Der große, kapuzentragende Mann, der mit mir spielte, als ich noch ein Kind war. Er, der mit seiner Sense wilde

Blumen schnitt und mir daraus eine Kette machte, die ich nicht wieder abnehmen wollte. Ich ging mit ihm, Hand in Hand, kindgekrönt von seinen seltsamen Blumen. Es war leicht, neben ihm zu gehen, solange seine Schritte den meinen angepaßt waren. Ich sah sein Gesicht nie, nur seine Hände, und die langen Tage jongliert.

Wann fing er an, ungeduldig zu werden? Darauf zu bestehen, daß wir uns beeilten, und noch mehr beeilten, obwohl von keinem Ziel vorwärtsgetrieben? Ich mußte nirgendwohin. Warum lullte die Sonne ihn nicht ein, wie sie es einst getan hatte? Die stillen Tage und das leuchtende Wasser. Die Nachmittage, die Jahre dauerten. War das nicht er, der dunkle Schatten am Ufer, ungeweckt und nicht zu wecken? Er war taub in jenen Tagen, und produzierte für jede lange und gehaßte Stunde eine weitere, einen weichgenähten Ball, der mir zugeworfen wurde. Aber ich war glücklich und vergaß. Wann fing er an, ungeduldig zu werden?

Die kleine Kette aus wilden Blumen, saftige Stiele und Sonnenköpfe, versteinert. Ich war fest an ihn gebunden. Ich bin sein Lehnsmann. Jährlich verlangt er nun seinen feudalen Tribut, und ich verwelke zusehends. Jedes Jahr gibt es weniger und weniger, was er verlangen könnte, aber er verlangt es, egal wie mager die Ernte ausgefallen ist.

Ich habe sein Gesicht aus der Nähe gesehen, das seltsame, schiefe Grinsen, das sich mir unbewegt zuwendet, obwohl wir uns mit jedem Tag schneller bewegen. Es gibt andere, wir alle, das Strafbataillon auf dem Holzkohlenhügel, verstrickt im danse macabre.

Versuche ich, ihn mit Perücken, Tönungen, Lotionen, gruseligen Operationen und Lammfellen für mein Hammelfleisch zu täuschen? Hier bin ich, tanze in einer geborgten Haut auf meinen Hinterbeinen. Muß mit den Zeiten Schritt

halten. Muß mit der Zeit Schritt halten. Wann fing er an, ungeduldig zu werden?
Zu schnell. Schleudere die Tanzschuhe fort und krieche auf allen Vieren. Zieh mich, und wie er mich zieht, ja, er kennt die Kreatur, die ich bin. Ihn bitten? Er ist immer noch taub. Ungeachtet dessen schreie ich auf.
Und weiter geht's, der verschwimmende Körper und die betrogene Seele. Warum hat niemand mir gesagt, daß ich Vorsorge treffen soll? Alles, was ich habe, war äußerer Schein. Alles, was ich habe, gehört der Zeit. Kunst? Sei nicht albern. Das kontemplative Leben? Wo soll ich eins herbekommen? Was also ist mit meiner Seele, während die Zeit mich weiterzieht. Was also ist mit meiner Seele?

Flüstere meiner Seele ihre Trennung zu. Meiner Seele im Buntglasfenster, das seine Rot- und Grüntöne auf dem Steinfußboden ausbreitet. Meiner Seele, die von den hohen Orten davonfliegen würde, wenn sie sie erklettern könnte. Meiner Seele, die in der Nacht mit mir wacht, wenn der Stuhl, auf dem ich sitze, Nacht ist, und der Tisch, von dem ich esse, Nacht ist, und das Bett, in dem ich schlafe, Nacht um Nacht ist. Meiner Seele, die eine Laterne vor mein Gesicht hält, wenn alle andere Hoffnung geschwunden ist.
Ich hoffe. Und die Hoffnung, die in mir ist, ist von der Seele, ist für die Seele. Nicht das gegenwärtige, tatsächliche, oberflächliche Leben, sondern die reale solide Welt der Bilder. Ich hoffe, daß die reale solide Welt der Bilder obsiegen wird.

Flüstere meiner Seele zu. Es ist so flüchtig, das Leben, und die Ideen, die es formen, sind Geist, nicht Fleisch, und die Bilder, die es überdauern, sind Geist nicht Fleisch. Das

Beste an mir ist nicht mein Körper. Das Beste an mir ist nicht das Gerüst aus Knochen, hautgeschmückt, das sich an der zarten Landschaft erfreut, in der die Bäume sich schräg aus dem Hügel neigen. Olivenbäume, Stämme verdreht wie Seile, dicke Kabel aus Rinde, die die zarten Blätter aus der guten Erde nähren. Oliven, Trauben, das Land, die Sonne, die den Blätterbaldachin mit feinen Nadeln aus Licht durchteilt. Auf meinem Körper die Akupunktur der Sonne…

Sie heilt mich, zwingt rote Fluten der Energie durch die verschlossenen Schleusentore. Die Sonne auf meinem Rückgrat bringt Farben in meine Augen, blau und blutzinnober. Meine Rippen sind die Rippen der Felsen, die den karamelfarbenen Boden untermauern. All das bin ich, aber es gibt noch mehr. Warum die Seele vom Körper trennen, und dann die Seele von sich selbst?

Liebe mich Sophia, diese Handzeichnung meiner selbst, der Umriß erzählt in Blut. Nimm meine Hand, was liest du in ihr? Die Chronik eines langen Lebens und all die vergessenen Verluste. Aber was bleibt, wenn die Geschichte erzählt ist? Was wird dich zu mir zurückbringen, wenn du weißt, was als nächstes geschieht? Nur die Worte, die geschwungene Schönheit im Flug, das Lasso, gleichzeitig fest und luftgetragen. Die Worte an und für sich selbst, sich selbst enthüllend. Worte jenseits der Semantik. Worte gemacht aus Handlung. Das illuminierte Manuskript, das sich selbst erhellt.

Lies mich. Lies mich jetzt. Worte in deinem Mund, die deine Eingeweide verändern werden. Worte, aus denen du entstehen wirst. Rezitiere mich, bis du mich auswendig kannst. Hebe einen Hautlappen an, und das Wort singt.

Auf dem Operationstisch singt das Wort. Im Grab drücken die Worte die Erde hoch. Asche zu Asche, Staub zu Staub, das lebendige Wort.

Flüstere meiner Seele zu. Habe ich eine? Es gibt keine andere Erklärung für das Sehnen, das ich fühle. Sehnen: Verlangen empfinden nach… Empfinden mit… auch eine Spur Kummer, auch eine Spur Verlust eingeschlossen in das veränderliche Wort.

Was ist es, wonach ich mich sehne? Was ist es, was ich glaube, verloren zu haben. Hebe den Kopf. Zehn Billionen Sterne und dieser blaue Planet. Einst war die Welt ein begrenzter Ort, umgrenzt von tatsächlichen Kristallwänden und einem materiellen Firmament. Das Stellatum, das Dach der Sterne, Schutz für diesen kleinen, besonderen Raum. Sieh es in den Fresken des Camposanto von Pisa. Das gemalte Spielzeug, gehalten in den Händen des Geistes, Logos, durch den Gott alle Dinge machte und das Nichts sprechen lehrte.

Ich weiß, daß es für uns, die wir in der Dunkelheit unzähliger Sonnen leben, keine derartigen Gewißheiten gibt. Hebe den Kopf. Der schwarze Himmel wird größer. Was bin ich in all dem?

Ich verlange keinen Trost. Ich tue nicht so als ob. Ich verlange keinen Trost, aber erzähle mir keine Lügen. Warum sollte ich mit dem neuen Brutalismus des Universums leben, wenn es nicht wahr ist? Warum sollte ich akzeptieren, daß es entweder das gibt, was materiell ist, oder nichts? Wenn das wahr wäre, wäre ich damit zufrieden, in dem mir Begrenzten zu suchen und zu sammeln, wie die Tiere es sind. Tiere haben keinen Begriff von Dingen, die außerhalb ihrer eigenen Welten liegen. Sie träumen nicht von Fremdheit. Gib einem Tier genug zu essen und eine ihm angemessene Wohnstatt, und es lebt sein Leben zufrieden, sei es kurz oder lang. Es hat kein Gefühl für den Tod. Es blickt nicht zu den Sternen auf.

Einmal zeigte ich meiner Katze den Mond. Meiner Katze den Mond in einem Tümpel aus kaum bewegtem Wasser. Meine Katze steckte die Pfote in das Gekräusel, und ging, da sie nichts fand, davon. Später fing sie eine Maus und brachte sie mir, die ich immer noch in Gedanken verloren am Tümpel saß. Die Maus und der Mond. Keine Frage für die Katze, welches von beiden größer ist. Für sich selbst hat die Katze recht. Aber für mich?

Ich kann nicht akzeptieren, daß das Sehnen, das ich fühle, auf Güter und Geld gerichtet sein soll. Ich mag diese Dinge wünschen, aber ich sehne mich nicht nach ihnen. Erlange sie, und sie befriedigen nicht den offenen Raum, der unausgefüllt ist. Ist es ein Raum, den ich füllen will? Es ist nicht so sehr etwas, was fehlt, als etwas, was nicht gefunden wurde. Vielleicht etwas, was nicht erinnert wird. Plato verstand es als die Sehnsucht nach jener Zeit, vor der Geburt, als die Seele frei war von vulgären Bedürfnissen und körperlichen Einschränkungen. Für Plato bestand die Pflicht des Menschen in der Pflicht, sich zu erinnern. Sich an alles zu erinnern, was wir angesichts des wenigen sind, das wir zu sein scheinen. Entwicklung der Seele für die Seele.

Es ist nicht leicht, da es so viele falsche Götter gibt, von denen jeder sagt: »Sieh Mich an.« Götter des Geldes, Götter des Ruhms, Götter des Neids, Götter der Verzweiflung. All die unverfrorenen Götter der materiellen Welt, die sich in Brokat hüllen und behaupten, wie Gold zu glänzen. Es

wäre logisch anzunehmen, daß es, wenn diese Welt alles in allem ist, genug wäre, sie alles in allem zu besitzen. Der wohlhabendste Mann wäre der zufriedenste Mann. Wahr? Die berühmteste Frau wäre die glücklichste Frau. Wahr? Je mehr ich habe, desto besser werde ich sein. Wahr?
Tröste mich wie ein Medici-Papst mit allen materiellen Gütern. Laß mich von Goldtellern schmausen. Behänge meinen Körper mit in Schweiß geschürften Juwelen. Laß mich in Palästen von solcher Pracht leben, daß der Himmel errötet. Wenn das materielle Leben alles ist, dann laß es alles sein. Laß nichts aus. Bring mir alles, was es gibt, um die Leere zu stopfen. Ich werde Midas sein, umgeben von einer Palilogie aus Gold. Fortschritt. Fortschritt… könnte die Vergangenheit es besser gewußt haben? Lüsterne Mönche, rattengenährte Nonnen, die furchtbare Macht der Kirche im Gestank des Weihrauchs, der den Geruch nie so ganz überdecken konnte. Die Lepraklappern und die Entstellungen der unterernährten menschlichen Gestalt. All das, und dennoch der Geist. Die wilden Exzesse des Geistes, die die Beschränkungen des Körpers verhöhnten. Kein Zweifel am Unterschied zwischen dem tatsächlichen Leben und der realen soliden Welt der Bilder.

Und jetzt? Kein Gold. Auch kein Geist. Eine moderne Verkommenheit, die in der Geschichte neu ist. Besser ein Bettler am Ganges zu sein, als gebrochen auf dem vergoldeten Rad des Westens.

Flüstere meiner Seele zu. Wir haben einen langen Weg hinter uns. Das haben wir. Ist die zurückgelegte Strecke wichtiger als die Verfassung der Reisenden bei Ankunft? Ich bin so schnell so weit gekommen, daß ich keine Zeit hatte zu

fragen, ob dies der Ort ist, an dem ich sein will oder nicht. Und man wird mir keine Wahl lassen. Sobald ich genug gelernt habe, um Fragen stellen zu können, heißt es, alles einsteigen, und schon geht's weiter. Die Gesellschaft auf Weltreise. Und ist es nicht erstaunlich, wie alles, wo es uns auch hin verschlägt, anfängt, wie alles auszusehen, wo wir schon gewesen sind? Der Schock des Neuen? Vergiß es.
Vergiß es. Dies ist die Zeit, sich zu erinnern. Die Zeit kann rückwärts reisen. Die Zeit kann stillstehen. Kein Grund, sich auf der Straße des Fortschritts vorwärts schubsen zu lassen. Für Fortschritt lies »Technologie«. Dieselbe alte materielle Welt, diesmal in einem Raumanzug, der aus DNA gemacht ist. Wie man die Zeit mittels der Techno-Methode bekämpft. Herztransplantation. Neue Geliebte. Neues Auto. Die Bombe, immer größer, immer besser. Das Gen der Vergreisung finden und ausrotten. Bis es soweit ist, Gesichtslifting. Gameboys für die Kids. Virtual-Reality-Welten für die Erwachsenen. Eßt mehr bestrahlte Nahrungsmittel. Sie fühlen sich krank? Strahlentherapie, Chemotherapie, Gedärme raus, Brüste ab, wir haben einen Roboter, der sich um Sie kümmern wird. Ihnen gehen die Haare aus? Täuschend echte Perücken, gefolgt von einem Tag auf unserer Haartransplantationsfarm. Angst vor dem Tod? Hüpfen Sie in die Tiefkühltruhe. Wir tauen Sie auf, sobald wir es können. Angst vor dem Tod? Weltneuheit! Computerkontrollierte Särge. Selbstreinigend.
Das Reich Gottes ist mitten unter euch.

Es war vor langer Zeit. Die Fische blau und grün im malvenfarbenen Meer. Das Meer in klaren Farben am Rumpf. Die dunklen Schiffe, die das farbenprächtige Meer durchteilten. Das dunkle Meer, unbewegt, über einem sinkenden Segel.

Der frühe Morgen ist kühl. Die Sonne, noch gelb, noch blaß, nicht orange vor Hitze. Der Ball der Sonne wird golden pigmentiert; gelborange und rot durch den sich vertiefenden Tag. Kaufe von mir in Feuer geläutertes Gold und in Sand gewaschene Kleider. Sie war weiß mit der Sonne an ihrem Kopf. Ihre Fußabdrücke hinterließen keine Spur. Auf dieser Insel, wo die Visionen sind, der Geist sauber geschrubbt von der gleißenden Sonne, pflückt sie Rosen und wirft sie dem Mond zu. Weiß zu weiß, Farbe verschüttet, blanchierte Blüten vom goldenen Tag. Der Tag verblaßt und sie ebenfalls. Was bleibt? Nicht die Zeit in Körnern unter ihren Füßen. Die Welt rollt sich zusammen wie eine Schriftrolle. Am Anfang war das Wort. Und am Ende?

Lies mich. Lies mich jetzt. Folge den Linien, die dich durch die Höhle fädeln. Rückwärts, vorwärts, die Bedeutungslosigkeit der Zeit für alles, was nicht zeitgebunden ist. Alle Kunst gehört derselben Periode an. Fang sie anhand ihres Akzents ein, nicht anhand ihrer Chronologie. Frage: »Wo liegt die Betonung?«, und nicht nach den Altertümlichkeiten des Wo und Wann. Kunst ist nicht Archäologie. Wie soll ich sie erkennen? An ihrer Verzückung. Wie soll ich sie erkennen? An ihrer Treue sich selbst gegenüber. Wie soll ich sie erkennen? An ihrer Form. Kein Chaos hier, die häßlichen Flügel werden abgewehrt.

Und die Liebe? Das Kohlenbecken, in dem ich brenne. Extravagant, überschwenglich, exzessiv, über alle Grenzen hinaus. Aus unserem Risiko kommt unsere Sicherheit, nicht das kleine, traurige Leben, das sich an alles klammert, weil es nichts hat. Du bist kein Floß. Ich bin kein Seemann. Du bist nicht schwach. Ich bin mehr als ein starker Arm. Ich will dich gut lieben, dich nicht in Kindern und materiellen Dingen verlieren. Ich will dich gut lieben, aber um dich gut lieben zu können, werde ich in mehr verliebt sein müssen als in die Liebe. Ich werde in mir selbst die emotionale Zügellosigkeit finden müssen, die mich befähigt, an einem Ort zu bleiben.

Sich verlieben: Kunst oder Wissenschaft? Die Beharrlichkeit der Schwerkraft und das Herz, das von einem bereitwilligen Baum fällt. Genpool oder Oper? Du kannst es dir aussuchen. Einst war es die Kirche, die uns vermählte, jetzt sind es die kleinen Männer in den weißen Kitteln.

Hebe den Kopf. Es ist die Zeit der Sternschnuppen. Licht, zweitausend Jahre alt, immer noch blendend. Laß mich dein Gesicht sehen. Dein Gesicht erhellt von zwanzig Jahrhunderten. Wer hat gesagt, du hättest Sterne in den Augen? Laß mich deinen himmlischen Körper sehen. Sternenfest bin ich nicht. Aus hundert Billionen anderen hast du dich in Gasform herabgestürzt; keine klaren Grenzen, kein festes Volumen. Du hättest jeden Raum füllen können, aber der Raum, den du fülltest, war ich. Ich sah dich vom Dach der Sterne fallen, und im Augenblick deines Falls fingst du an, definiert zu werden.

Ich hob den flackernden Körper auf, gefroren in kristalliner Form, küßte die Fläche deines Gesichts und die solide Geometrie all deiner Glieder. Fünf Punkte, du: Beine, Arme und Gesicht, ein Pentagon der Hoffnung, und ich ein Talisman in deiner Hand.

Nimm mich zurück; Das tust du. Rufe mich immer weiter zurück durch die Brachen der Zeit, hier, da, nirgendwo, weiße Rosen tragend, niemals rote. Keine tote Dichterin, nein, eine lebende Liebe, und wenn die Worte, die ich bringe, staubig sind, werde ich sie in deinem Mund erneuern.

Hebe den Kopf und blicke dahin, wo du begannst. Zu jenem hohen Ort in der dünnen Luft. Deine sich beschleunigende Masse durch die ungewichtigen Blätter. Dein fallender Körper und kein Netz darunter. Laß mich deine Wunden mit einem Fanon säubern. Du bist etwas Heiliges: Telesma. Halte meine Hand, dein Herz schlägt noch, nicht der stete Verlust, sondern dein Puls an meiner Handfläche. Halte meine Hand und lies darin diesen Tag, und all das Restliche noch unversprochen, unvergeben.

In der gefrorenen Nacht, sternendurchwirkt, verloren im schwindenden Licht, nahm ich den Zettel aus deiner Hand und hinterließ dir ein Stück Papier von mir. Ich schrieb »SIEG«, und unterzeichnete mit »Nelson«. Dann floh ich vor der sich nähernden Flotte der Ärzte und Polizisten, der Familienfragen und der mitternächtlichen Glotzer.
»Wer ist sie«, hörte ich sie sagen, als ich mich durch die blauen Straßen davonmachte.

Es war vor langer Zeit. Sie hatte eine Tochter namens Cleis. Sie war die berühmteste Dichterin der Antike. Ihr Werk füllte neun Bände. Wenig sonst ist über sie bekannt.
Moderne Gelehrte haben sie verhöhnt, weil sie den Mond mit einer Rose verglich. Seit der Renaissance sind Rosen rot, was kümmert das sie?
Sie trug weiße Rosen, niemals rote. Knospe, Blüte, verweht. Verwehte Rosen zu ihren Füßen, feucht und weich, gefallene Rosen und der aufgehende Mond. Berühre mich: Das tust du. Deine Hände sind weiß und deine Lippen blaß. Blaß die Blumen, die dich auf deiner Abendbahre bedecken. Schlüpfe davon, während der Mond voll ist, Vollheit deiner Lippen vor dem Hintergrund des dünner werdenden Tages.

Liebe mich: Das tust du. Dein wahres Herz eine goldene Truhe. Du trägst meinen Brustpanzer, kein Grund für Speer und Schild. Das Licht, das dich zum Ziel macht, ist klar. Niedergeschossen vom Licht, bist du in Flammen ausgebrochen.

Schnell durch die blauen Straßen, und an einer Ecke drei Männer um ein Becken mit roten Kohlen, die Gesichter vermummt. Der Schnee hatte angefangen, in weißen Schwaden zu fallen. Weiße Schwaden, die uns in dieser bitterkalten Nacht umhüllten. Ich kann meine Zukunft nicht in den Kohlen erkennen. Es ist die Vergangenheit, die ich sehe, bis hin zum Heft dieser Nacht, mein Name auf die Klinge geschrieben. Die glühenden Kohlen singen. Der junge Mann hat ein Banjo, das er aus dem Bauch heraus stimmt; öffne den Mund, die glühenden Kohlen singen.

Rhythmus der Worte von Leben zu Leben weitergereicht. Sprache von Mund zu Mund und dann durch die Zeit dechiffriert. Worte gehören nicht ihr, sprich sie. Liebe gehört nicht ihr, sprich mich. Liebe aufgezeichnet gegen die Zeit. Liebe durch die Zeit hindurch auf das Brandmal des Wortes gestempelt. Sappho 600 v. Chr. Die Stadt 2000 n. d. Tod.

Picasso

SIE SAH SIE AN: AUGEN WIE FEUERSTEINE, ELEKTRISCHES Haar, Stimme, die eine Spur von Kieselsteinen enthielt. Als sie sprach, hörte Picasso das Meer ans Ufer knirschen.

Wie lange waren sie schon im Zug? Tage? Stunden? Monate? Wochen? Jahre? Immer? Nie? Der Zug war ausgestorben. Kein Schaffner, keine Durchsage, kein launisches Rucken der Lokomotive mehr. Im Inneren des toten Zuges heizte die Sonne sie auf. Die Sonne verstärkt durch das dicke Glas. Der hagere, unruhige Mann war ohnmächtig geworden. Vergeblich pumpte Picasso an der automatischen Tür. Sie konnten den Zug nicht verlassen, aus Sicherheitsgründen, garantiert. In der modernen Welt gab es so viel Sicherheit, daß die Sicherheit zur größten Gefahrenquelle geworden war.
Ihre Mutter war unglaublich sicherheitsbewußt gewesen. Sie hatte gesagt: »Setz dich neben deinen Bruder. Er wird auf dich aufpassen.«
»Ich liebe dich«, hatte ihr Bruder gesagt, als er dreizehn und sie neun war. »Ich liebe dich.«
Sie hatte keine anderen Freunde. Ihre Mutter wußte, daß die Außenwelt ein böser Ort ist. Sie hatte keine anderen Freunde. Sie und ihr Bruder spielten in der Sicherheit ihres Zuhauses Schiffe versenken. Er war der Torpedo. Sie war das Ziel.
»Was macht ihr zwei da drinnen?« Mutters Stimme vor der Tür.

»Schiffe versenken«, antwortete mein Bruder, die Hand auf meinem Mund, den Schwanz zwischen meinen Beinen.
Ich liebe dich. Die magische Kugel, die mit einem einzigen Schuß das Opfer tötet und den Mörder befreit.
Ich liebe dich. Das Universum hängt an seinem Faden.

»Ich liebe dich.« Ich wollte diese Worte niemals wieder hören. Ich wollte diese abgenutzten Worte, die, wenn sie nicht stumpf sind, auf einem Lügenstein geschärft werden, niemals wieder hören. Wann durchbohren sie die Haut? Wann sind sie wahr oder wann sind sie falsch?
Ich liebe dich. Die Mordwaffe des Familienlebens.
Ist das meine Mutter, die sich in der Küche an mich heranpirscht? Geduldig darauf wartet, daß meine Wachsamkeit nachläßt? Den ganzen Tag hat sie mich mit ihrem Rosenkranz aus Lügen bestraft, hat ein Gebet nach dem anderen gemurmelt, um meine Vernichtung heraufzubeschwören, genug Lügen, und ich werde nicht mehr wissen, wer ich bin. Picasso wird nicht mehr existieren, aber die Lüge kann ihre Kleider tragen. Sie weiß, wie müde ich bin. Dann eine kleine Darreichung des Schweigens. Schweigend schneidet sie das Fleisch. Ich schäle schweigend das Gemüse.
Sie setzt zum Sprung an. Sie springt.
»Ich liebe dich.« Mitten in mein Herz mit ihrem kleinen Messer. Gespannt hält sie Ausschau nach dem Blut. Ich muß so tun, als fühlte ich nichts, obwohl ich mich vor Schmerzen krümme.
»Herzlos«, sagt sie zu mir. »Genau das bist du. Herzlos.«
Ich habe ihr gesagt, daß ich von Zuhause weggehen werde. Ja, und ich werde mein Herz mitnehmen. Sie weiß, daß ich es irgendwo versteckt habe. Sie weiß, daß es noch ein Stück von mir gibt, das noch nicht von den liebenden

Händen meiner Familie getötet wurde. Sie haben mich noch nicht zu ihrem Ebenbild gemacht. Ich bin immer noch mein eigen. Die Zeit ist kurz. Sie werden mich plündern. Sie werden das in meiner Brust versteckte Herz finden. Sie haben Lungen, Leber und Zunge verspeist. Sie wundern sich, wieso ich nicht spreche. Sie wundern sich, wieso ich Angst habe.

Ich habe Angst, aber keine Todesangst. Ich habe noch ein bißchen Mut übrig, und er wird genügen. Als mein Bruder auf mir lag wie ein Leichentuch – und ich seine Leiche –, war es ein roter Klecks auf einer Leonardo-Robe, an den ich mich erinnerte. Während mein Bruder mich mit seiner Flüssigkeit einbalsamierte, klammerte ich mich mit Hilfe eines roten Kleckses ans Leben. Als ich in seine leeren Augen über mir sehen mußte, war es das Rot, das mein eigenes Blut so beschleunigte, daß es nicht gerann. Es war das Rot, das Leben durch Adern trieb, die ich hatte aufschlitzen wollen. Warmes Rot mit Licht darin. Goldverziertes Rot, das mir ein Gewand der Würde gab, das ich über mein eigenes zerrissenes Kleid ziehen konnte.

Später, in den stillen, zeitenthobenen Jahren im Krankenhaus St. Sebastian der Märtyrer, waren es die seltsamen, lebendigen Gelbtöne Van Goghs, die im Geplapper dieser übergrellen Welt einen Ort der Normalität schufen. Übergrell: die Lichter, die in vorwurfsvollen Neonstreifen angeschaltet blieben. Die Schwestern mit ihren energischen, freundlichen Stimmen, fröhlich, fröhlich, nett nett. Sei ein gutes Mädchen und iß deine Party-Häppchen. MEINE Party-Häppchen. Blauer Kuchen, grüne Glasur, rosa Kerzen zum Ausblasen. So ist es brav, blast mich aus, jeden Funken von mir, an meinem Geburtstag.

Ich bin einundzwanzig.

Ich versteckte mich mit einem Buch in meinem Zimmer. »In sich gekehrt«, hieß es in meiner Akte. »Unkommunikativ«, hieß es in meiner Akte. »Nicht genügend sozialisiert«, hieß es in meiner Akte. »Keine Fortschritte«, hieß es in meiner Akte.

Ich machte Fortschritte. Ich studierte Van Gogh. Sonnenblumengelb. Maisfeldgelb, himmelsgelb, gelb in den verblassenden Haaren der Frau, die sie sich aus dem Gesicht streicht. Gelb im Korbgeflecht des Stuhls, gelb in den Schichten des Landes. Gelb in den Lehmgraten der gepflügten Felder. Gelb in seinen Kleidern auf dem Nachhauseweg.

Ich ging nach Hause. Dieses Mal war ich korrekt angezogen.

Ich habe immer und immer wieder an jene Nacht auf der Brüstung nachgedacht, und über den Vorsatz zu fliegen. Ich hätte getötet werden sollen. Es war beabsichtigt, daß ich getötet würde. Es steckt mehr hinter der Geschichte, aber ich habe lange gebraucht, mich daran zu erinnern. Ich wollte mich nicht daran erinnern. Als ich denen im Krankenhaus davon erzählte, sagten sie, ich denke mir das alles nur aus. Meine Mutter ist sicher, daß ich mir das alles nur ausdenke. Es ist einfacher so. Erinnerung kann Mord sein.

Es war Heiligabend. Mein Bruder und seine Freunde waren lange aufgeblieben und hatten getrunken. Meine Mutter und mein Vater waren ins Bett gegangen. Ich konnte meine Mutter ihr traditionelles Auge festtäglicher Tränen weinen hören. Ich hatte in meinem Zimmer gemalt, aber um ins Badezimmer zu gehen, mußte ich an der Tür meines Bruders vorbei. Ich ging vorsichtig, eine Handvoll farbdurchtränkter Pinsel in der Hand, als er die Tür öffnete und mich hineinzog.

»Ich liebe dich«, sagte er.

Ich wehrte mich. Er war indianisch kriegsbemalt in Kobalt und Chrom. Meine Pinsel hinterließen ihre Spur. Ich mußte einen Hinweis hinterlassen, um zu beweisen, daß ich nicht log. Ich drückte die Farbe in sein Gesicht.

Er hatte mich im Handumdrehen auf dem Boden. Er ist ein großer Mann, drahtig und gut gebaut, Eier wie ein Bulle, ein Stengel wie Luzifer, dick und schwer, und ich bin zierlich. Meine Mutter hatte gewollt, daß ich Ballettänzerin wurde, aber ich glaube, nur weil sie mich dann hätte aushungern können.

Ich wußte, daß es keinen Zweck hatte, mich zu wehren. Zehn Jahre von Matthews Liebesumarmungen, und ich wußte, daß es keinen Zweck hatte, mich zu wehren. Er hatte mir zweimal das Handgelenk gebrochen, einmal die Hüfte ausgerenkt, und das letzte Mal, vor zwei Jahren, hatte er mir das Schlüsselbein gebrochen. Ich hatte gehört, wie mein Vater in der Bibliothek mit ihm redete. Ich dachte, es sei vorbei. Keine Lügen mehr über ein launisches Pferd. Zwei freie Jahre, und ich hatte angefangen zu vergessen. Nicht zu genesen, aber zu vergessen. Ich hatte angefangen zu vergessen, daß mein Körper – wie hatte Matthew es einmal ausgedrückt? – eine Ruhestatt für seine Waffe war. Er hatte mich im Handumdrehen auf dem Boden und vollführte seinen üblichen Galopp über meine gut eingerittenen Hügel. Ich war eine Landschaft, die er vor langem eingeebnet hatte. Die Herausforderung war weg, nicht jedoch die vertraute Freude des Besitzes. Das hier waren seine Äcker, mein Körper, mein Blut. Ich war sein Lehensgebiet. Er inspizierte mich.

»Zu dünn«, sagte er. »Kein Hintern.« Er gab mir einen Klaps und drehte mich um. Nie im Damensattel, aber oftmals rückwärts beliebt er zu reiten. Die Uhr neben seinem Bett, immer noch mit dem kindischen Micky-Maus-Zifferblatt, kerbte die späten Minuten in den Bettpfosten meiner Knochen. Einmal. Zweimal. Genug. Nicht genug? Genug. Er schlief schon, als ich ihn von mir herunterstieß.

Ein schwerer Mann. Meine Lungen waren zerquetscht. Ich brauchte Luft, die ganze saubere, frische Luft des Himmels, nicht den schalen, vielmals geatmeten, ungesunden Geruch von Matthews Bett. Seines Betts, das nach Fleisch und Kanalisation roch. Ich war unbekleidet, er hatte die Gewohnheit, zu zerreißen, was immer ich trug, es hätte mir auffallen müssen, aber es gab nichts, was mir auffiel, bis auf den Schmerz. Ich trieb meinen Schmerz durch das Haus, die wackelige Treppe zum Dachboden hinauf, über die nicht benutzten Bodenbretter und hinaus auf die Brüstung. Mein Schmerz, betäubt, wurde in der eisigen Weihnachtsluft gelindert.

Weit weg der Klang von Noël.

Ich saß auf der Kante, den Kopf zwischen den Knien, die Füße wärmer im Muff meines eigenen Erbrochenen. Ohne zu denken. Ohne zu fühlen. Ohne über das ein-aus-ein-aus meiner besiegten Lungen hinaus zu leben.

Ich weiß nicht, wie lange ich dort saß. Ich hörte Schritte über den Boden kommen und streckte die Hand aus, um einen Mantel um mich zu ziehen, aber es war kein Mantel da, und ich konnte nur die Augen auf die leere Öffnung des Fensters richten und warten.

»Sophia?« Es war die Stimme meines Vaters.

»Sophia?« Er weigerte sich, mich Picasso zu nennen. Es war sein eigener Name, den er hören wollte. Sophia. Weisheit. Die Neunte Muse. Die Füße in ihrem eigenen Erbrochenen. »Ich taufe dieses Kind auf den Namen Sophia.«

»Vater?«

»Was hast du mit deinem Bruder gemacht?«

»Matthew.« Ich sagte seinen toten Namen mit meiner toten Stimme.

»Er liegt vollgeschmiert mit Farbe und halbnackt auf dem Boden. Er sagt, du hast ihn attackiert. Er sagt: ›Sie ist wieder verrückt geworden, Vater. Sie ist wieder verrückt geworden.‹ Was hast du getan?«

»Er hat mich vergewaltigt.«

»Du kleine Schlampe.« Mein Vater kam auf mich zu, mit erhobener Hand, ich wich zurück, und er trat in mein Erbrochenes.

»Ich werde zur Polizei gehen«, sagte ich, singsangartig, traumartig. »Dieses Mal, zum netten Doktor und zur netten Polizei. Ich werde ihnen alles sagen.«

Ich stand, glaube ich, auf, um zur Polizei zu gehen, also wäre ich vielleicht von selbst gefallen. Wie es sich ergab, fiel ich nicht von selbst. Als ich dort stand, leicht schwankend, ohne jede Angst, stieß mein Vater mich vom Dach.

Sie war nie zu ihm gekommen, um Geld zu erbitten. Sie war zu ihm gekommen, um Liebe zu erbitten. Sie war mit leeren Händen wieder gegangen. Ihr Vater konnte nur lieben, was tot war. Als Picasso fiel, dachte sie: »Jetzt wird er mich lieben. Mein Vater wird mich lieben.«

Jack Hamilton hatte sich vergewissert, daß seine Frau tot war, bevor er sie heiratete. Er hatte um das bißchen Geist gefeilscht, das den industriellen Komplex ihres Vaters überlebt hatte, und sich alle Mühe gegeben, eine Maschine aus dem bißchen Fröhlichkeit zu machen, das noch übrig war. Sie würde sich nicht am Leben entzücken. Sie würde keine Schönheit in wertlosen Dingen finden. Sie lächelte zu schnell und zu viel. Ihr Lächeln sollte nur für ihn da sein. Da er kein Leben kannte, keine Freude und keine Schönheit, hatte er gelernt zu leugnen, daß es diese Dinge gab. Er zog seine Befriedigung aus seiner eigenen, selbstgemachten Welt. Es gab Millionen von Pfunden, die sich mit Konserven verdienen ließen.

Am Tag der Hochzeit ließ er die Leiche seiner Verlobten kostspielig in das beste Leichentuch hüllen, das sich mit Geld kaufen ließ. Er heiratete sie unter dem Zeichen des toten Christus und führte sie in die versiegelten Zimmer, die der Horizont ihres Lebens sein würden. Über diese Zimmer hinaus gab es nichts für sie. Sie war seine Frau, und die Zimmer seines Hauses waren das ihr zugebilligte Königreich. Im Mittelpunkt stand das Ehebett. Sie legte sich hinein und rührte sich nicht.

Ihr erstes Kind war eine Totgeburt. Ein Baby, das sich weder bewegte noch weinte. »So ein braves Baby«, bewunderte der Vater den kleinen Jungen. Ein Mann muß hart sein. Der Junge zeigte keinerlei Gefühle. Sein Vater war erfreut. Ein Mann weint nicht.

Der Junge hatte ein Kätzchen. Sein Vater ließ ihm die Krallen stutzen, um die Möbel zu schonen. Die Möbel hatten Tausende von Pfunden gekostet. Das Kätzchen war ausgesetzt worden. Niemand wollte das Kätzchen haben, alle bewunderten die Möbel, der Junge würde sie eines Tages erben, lange nachdem das Kätzchen tot war.

Das nächste Kind, ein Mädchen, wurde nicht aus dem toten Bett totgeboren. Das Baby schrie. Vater ließ die Ärzte kommen, aber das Baby schrie. Das Baby machte allen Lärm, den man machen konnte. Niemand sonst wagte zu sprechen, wenn Vater im Haus war. »Sprich, wenn du angesprochen wirst«, lautete die Regel, aber Frau und Sohn wurden nie angesprochen und konnten nur gelegentlich einmal flüstern, hinter seinem Rücken. Das Baby ignorierte Vaters Regel und schrie. Mutter und Sohn bewunderten das Baby und haßten es gleichzeitig.

Die tote Familie und das lebendige Baby gingen zur Kirche, und der Vikar las die Bergpredigt. Vater sah sich in den Reihen um, zufrieden zu sehen, daß er, bei weitem, der reichste Mann hier war. Mutter und Sohn starrten aus blicklosen Augen vor sich hin. Nur das Baby sah das Buntglas, das sich unter seinem eigenen Licht bewegte. Rote und grüne Apostel auf dem kalten Boden, jede Steinplatte verwandelt in eine Tafel aus Licht. Licht aus dem Schmelztiegel des Alchimisten, das den Körper der Kleinen ebenso hell vergoldete wie die ihren; ein neuer Apostel, leuchtete sie.

Es war der toten Familie nicht möglich, sie ganz zu töten. Was immer an Licht aufgeleuchtet hatte, war authentisch gewesen. Sie wickelten sie in Verdunkelungsvorhänge, gossen sie in Blei, sorgten dafür, daß sie in den Genuß einer Asbest-Erziehung kam. Nachts, wenn sie in ihren schwarzen Kleidern an ihrem Zimmer vorbeischlichen, spähten sie durchs Schlüsselloch, um nachzusehen, ob sie tot war. Sie war nicht tot, und sie fürchteten sie.

»Sie gehört verheiratet«, sagte Vater, der wußte, daß eine alleinstehende Frau etwas Unnatürliches ist. »Sie kann mein Kleid tragen«, sagte Mutter. »Ich werde etwas gegen den Geruch unternehmen.« Immer im Haus, dieser Geruch; Parmaveilchen, Talkumpuder, abgehangenes Fleisch. Der durchdringende süßliche Geruch, den das Hausmädchen mit Duftsprays und Möbelpolitur übertünchte.

»Es sind die Gullis«, sagte Mutter.
»Es ist die Gegend«, sagte Vater.
»Es sind ihre Ölfarben«, sagte Matthew.
»Ihr seid es«, sagte Picasso.

Vater wurde zum Ritter geschlagen. Mutter wurde krank. Die Kinder verbrachten mehr und mehr Zeit miteinander, manchmal schliefen sie im selben Bett. Nichts dagegen einzuwenden, sie waren Bruder und Schwester, und abgesehen davon sparte man auf diese Weise einen Satz Bettwäsche. Sir Jack war zwar Millionär, aber sparsam.
Kurz nachdem sie geheiratet hatten und frisch-verstorben waren, hatten der ganz gewöhnliche Jack Hamilton und seine nervöse, aus guter Familie stammende Frau ein heruntergekommenes Queen-Anne-Haus gleich neben einem Viehhof gekauft. Es war nicht chic, die Gegend war ärmlich, seine Frau hatte Angst, die wenigen Geschäfte aufzusuchen, die es gab. Sie nahm nie ihr Portemonnaie mit. In jenen Tagen waren sie nicht wohlhabend, und Jack wollte ein großes Haus. Außerdem betrachtete er es als Investition, und wenn es um Investitionen ging, hatte er unweigerlich immer recht.
Jahre vergingen, und Sir Jack, der sich allen Bitten seiner Frau, umzuziehen, störrisch widersetzt hatte, verkaufte plötzlich das Haus und den Viehhof dazu. Er hatte eine nicht näher genannte Summe für das Grundstück geboten bekommen, auf dem ein neues privates Krebskrankenhaus entstehen sollte, samt Wohneinheiten für jene, die es sich leisten konnten, so langsam wie möglich zu sterben.
Lady Hamilton war glücklich. Glücklich, als sie Broschüren von Häusermaklern einholte. Glücklich, als sie anfing, die Korridore des Packens zu überwachen. So glücklich, daß

sie wieder sang, trotz ihrer Halsschmerzen. Sie würde das dunkle Haus verlassen, das in ihrem Inneren zerbröckelt war.
Sie ging zum Arzt, um sich ein paar Pastillen geben zu lassen.
»Krebs«, sagte er.
»Vom Regen in die Traufe«, sagte Sir Jack, um sie zu trösten.

Meine Mutter lag in ihrem Ehebett und starrte die teuren Wände an. Mein Vater besaß eine große Sammlung viktorianischer Genremalerei; moralische Anekdoten von der Gefallenen Frau in roten Röcken, die sich an der steilen Stuhllehne festklammert; der Arzt, der sich mit ernster Miene um das sterbende Mädchen bemüht. Populäre Bilder, teure Bilder, Collier, Sir Luke Fildes, Millais, jene Verbindung aus Technik und Unaufrichtigkeit – in erster Linie muß es wirklich aussehen –, die allgemein Kunst genannt wird.
Mein Vater hatte mich oft ermutigt, Porträts zu malen, und ich hatte ihn oft gefragt, warum er ein Porträt wolle, wenn doch die Sache selbst da war. »Die Kunst ist der Spiegel des Lebens«, sagte er, hinter Helsingör hervorfunkelnd. Ich konnte ihm nicht sagen, daß es nur das neunzehnte Jahrhundert und die darauffolgende Zeit waren, die Hamlets wahnsinnige Rede ernst genommen hatten. Nicht einmal die holländischen Genre-Maler, die die Viktorianer so sehr bewunderten, waren je soweit gegangen zu glauben, daß die Lebensnähe eines Bildes wichtiger war als seine Qualität und Komposition. Bis zur Mitte des neunzehnten Jahrhunderts hatte jeder Maler, wie lebensgetreu auch immer, gewußt, daß es nicht genügte, irgend etwas akkurat darzustellen.

»Geh und sieh dir meinen Constable an«, sagte Vater. »Und dann sag mir, daß du eine Malerin bist.«
Ich habe mir Constable angesehen. Ich habe mir Constable viele Male angesehen. Wie soll ich Ihnen sagen, daß der akzeptable, respektable Constable in den Pariser Salons des Jahres 1824 einen Eklat verursachte? Wie soll ich Ihnen sagen, daß er reine Farbe neben reiner Farbe benutzt hatte, unabgetönt durch Helldunkelmalerei? Wie soll ich Ihnen sagen, daß seine Kleckse und Striche in leuchtenden Farben die Anhänger Ingres' schockierten, nicht nur durch ihre lebhafte Derbheit, sondern durch die Landschaften, die sie weniger darstellten als vielmehr enthüllten. Das war nicht die Natur des Ateliers. Gefährlicher Constable, aber jetzt zahm, jetzt tot, kanonisiert und an die teuren Wände meines Vaters gehängt.

Picasso hatte gesagt: »Ich bin Maler und kein Zuhälter. Ich lebe nicht von der Arbeit anderer Künstler.«

»Das hier bist du«, sagt meine Mutter und hält ihre Zeichnung hoch.
»Das hier bist du«, sagt mein Vater, der eine Art Karikaturist ist.
»Das hier bist du«, sagt mein Bruder, der immer nur sich selbst zeichnet.
Im Laufe der Jahre hatte ich eine recht umfangreiche Mappe zusammen, und was ich mir ansah, dazu wurde ich. Wie soll ich meine Hand ausstrecken, um einen anderen zu berühren, wenn ich unfähig bin, mich selbst zu berühren? Dich berühren. Ich kann nicht. Mich berühren? Du kannst nicht. Wie kannst du berühren, was nicht existiert. Existere Exsistere: Heraustreten. Ex: Heraus. Sistere: Treten. Was

läßt eine Person heraustreten? Ein Gefühl für das eigene Selbst. Um die Lügen aller anderen zu überwinden, werde ich mir eine eigene Figur ausschneiden müssen.
Reproduktionen sind sicherer, und, abgesehen davon, besser bezahlt. Reproduktionen waren immer ein gutes Geschäft, aber der Kalender zeigt das Jahr 1829, in dem Niepce und Daguerre den Prozeß der Photographie entdeckten.
Sind das meine Mutter und mein Vater an ihrem Hochzeitstag?
Bin das ich?
Die Kamera lügt nie…

Der Sirenenkörper durch die friedliche Luft. Mein Körper, unrettbar, aber gerettet. Ein Gesicht mit der Sonne darin, das sich über mich beugt. Eine Stimme mit dem Meer darin, die mich bedrängt. Das Wasser des Lebens auf der trokkenen Erde. Die Sonne auf der gefrorenen Erde. Berühre mich: Deine Hand der Vorbote deines Herzens.

Es war vor langer Zeit. Früher hatte ich Angst vor Höhen. Angst vor der Erinnerung. Um beides zu überwinden, kletterte ich noch einmal auf das Dach.
Die Nacht war kalt. Jeder graue Dachschiefer war mit Frost lasiert. Auf der schimmernden Fläche des Dachs die Sterne quergespiegelt. Ich lehnte mich auf dem Sternendach zurück, um zum Himmel aufzublicken. Mein Atem projizierte sich zu kalten weißen Kegeln und verschwand. Kaltes Feuer von einem kalten Feuerspucker. Das Licht nicht gelöscht, aber nicht heiß genug, um zu brennen. Wie kann ich sein, wovon ich weiß, daß ich es bin? Holz mit der Gabe zu brennen?
Auf den Steinstufen die Schritte meines Vaters. Hinter der

Steinbrüstung die Stimme meines Vaters. Durch die frierende, flüssige Luft mein Vater im Smoking. Mein Vater; die Illusion von Masse in einem begrenzten Raum.
Ich beschloß, ihn zu töten.
SIEG.

Am Morgen saß er beim Frühstück, an seinem gewohnten Platz. Ich nahm das Küchenmesser und erstach ihn. Er fuhr fort, seinen Toast mit Butter zu bestreichen. Meine Mutter und mein Bruder sprachen leise über das Wetter. Was war das? Die Stadt von Stürmen heimgesucht?
Ich zog die Klinge heraus und stieß sie in den zweiten Wirbel seines Rückgrats. Ich hörte den Knochen splittern, den Nerv reißen wie eine Klaviersaite. Wieder versenkte ich das Edelstahlmesser im gebutterten Fleisch. Meine Mutter fing an, den Tisch abzuräumen.
Verzweifelt erschoß ich ihn mit seinem eigenen Gewehr, das er immer für Notfälle bereithielt, die zweifache Kugel zerschmetterte seinen Schädel. Ich lockte ihn in die Fabrik und vergiftete ihn mit seinem eigenen Konservierungsmittel. Ich goß Säure in sein Bad und stand daneben, während er in der Emailleform zu Schweinepastete zerschmolz. Ich kratzte ihn heraus, um ihn an die Hunde zu verfüttern und beobachtete, wie sie an ihrem eigenen Erbrochenen würgten. All dies tat ich, aber er starb nicht. Unmöglich, die Toten zu ermorden.
Als die Tage vergingen und ich Haß atmete, Haß aß, Haß zu meinem nächtlichen Kopfkissen aufschüttelte, fühlte ich eine seltsame Taubheit, die meinem Körper neu war. In meinen Bemühungen, ihn zu vernichten, wurde ich wie er, seine Wut, sein Elend, seine Methoden, sein Schmerz zirkulierten durch meine Adern. Je mehr ich ihn haßte, desto

besser gefiel ich ihm. Nicht nur würde ich werden wie er, ich würde zu ihm werden, auf diese Weise pflanzen die Toten sich fort.

Was also konnte ich ihm antun, ohne mir selbst etwas anzutun? Was schmerzte ihn jetzt schon mehr als alles andere? Nur daß ich lebte, und daß es ihm noch nicht gelungen war, mich so zu töten, wie er alle anderen getötet hatte. Jeden Tag, an dem ich Leben in sein Gesicht schleuderte, beleidigte ich seine Morbidissima, indem ich mich weigerte, seinem Klan anzugehören. Die Toten wachsen und gedeihen nur unter ihresgleichen.

SIEG.

Mehr Leben in einer Zeit ohne Grenzen.

An dem Morgen, an dem ich das Haus verließ, wußte ich, daß es bereits zerbröckelte. An den hohen Fenstern zeichneten sich die stummen gestikulierenden Figuren meiner Familie als verrückte Formen vor dem friedlichen Glas ab. Schwarze Formen vor den blassen Scheiben, die Arme in schwachen und schwächeren Gesten der Wut und der Rache. Schwarze Paddel, die das Rad ihres eigenen Unglücks drehten. Zu spät.

Das Haus schrumpfte rund um die Puppen im Fenster. Meine Vergangenheit, die Tag für Tag jeden Tag verzehrt hatte, schrumpfte auf ihre richtige Größe zusammen. Es würde einen Anfang geben, der nicht von ihr verzehrt wurde. Einen Anfang außerhalb von Schmerz. Einen Anfang außerhalb von Angst. Ich war von der Schwerkraft nicht vernichtet worden.

Schwerkraft. Der Spieß der Schwerkraft. Sie erinnerte sich an die Gitterstäbe rund um ihr Haus, und sie dachte an den

Heiligen Sebastian, durchbohrt von Pfeilen. Einen Augenblick lang, im gleichgültigen Zug, kroch die Angst wieder an ihre Seite. Sie sah hinüber zu der Frau, deren Haar die Sonne in sich hatte. Sie hörte ihr Lachen, das das Meer in sich hatte. Sie erkannte sie.

SIEG.

DIE
VOLLSTÄNDIGEN
&
EHRLICHEN
ERINNERUNGEN
EINER
BORDELLWIRTIN

finale

MADAM, SIE HABEN IHN AUF DEN SPIESS DER SCHWERkraft gespießt.«

»Keineswegs, keineswegs!« rief Doll. »Was hineingeht, muß auch wieder herauskommen.«

»Sehr Richtig. Sehr Wahr«, sagte Miss Mangle, deren Augen wegen der Vorgänge verbunden waren, die ihren Ruf aber dennoch in sorgfältig abgemessenen Intervallen ausstieß.

Doll war nicht erfreut. »Es ist ein so zerbrechliches Ding…«

»Madam, wenn es abbricht?«

Ruggiero erschauderte. Den Kopf in den Kissen, die unteren Regionen in der Höhe, erschauderte er.

»Madam, ich schlage eine Operation vor«, sagte Newton.

»Sir, das kann ich nicht zulassen«, sagte Doll. »Ich muß an meinen Ruf denken.«

(«Und ich? Und ich?« dachte Ruggiero traurig.)

»Es ist nur eine Frage des Drucks«, sagte Doll. »Das haben Sie selbst in Ihrem Buch gesagt.« Sie nahm die englische Übersetzung der *Principia Mathematica* vom Regal.

»Druck?« sagte Newton… »Druck«, und dann, mit der wundervollen Sicherheit des Wissens: »Kohlsuppe.«

»Kohlsuppe?«

»Madam, Sie werden unverzüglich Ihren größten Topf mit Kohlsuppe zubereiten und diesem armen Unglückseligen einflößen. Auf diese Weise wird es uns gelingen, beträchtlichen Druck in der Kammer dieser Gesäßbacken (er versetzte ihnen einen Klaps) zu erzeugen. Und diese Kraft wird gleich dem atmosphärischen Druck sein, der sie umgibt, oder größer.«

»Sie meinen, er wird es ausfurzen?« fragte Doll.

Es war eine grüne Doll, eine blättrige Doll, eine gehackte, gerupfte und gekochte Doll, eine Doll der Eßlöffel und der Gewürze, eine sehr bekleckerte und beleidigte Doll, der es, nach etwa zwei Stunden, vier Kohlköpfen und drei Litern nach Kanalisation riechender Brühe nicht gelungen war, einen einzigen Windstoß zu bewirken.

»Genug«, rief Ruggiero, der um die Kiemen herum schon grün war. »Genug.«
»Es ist genug«, sagte Doll, erschöpft ihren Schöpflöffel ablegend.
»Sir, Sie werden jetzt rechnen.« Sie reichte ihm sein eigenes Buch.
»Was, Madam?«
»Sie werden die Kraft errechnen, die erforderlich ist, um diesen unzüchtigen Pflock aus diesen unschuldigen Hinterbacken zu entfernen.«
(»Wenn es nur ein Pflock wäre«, dachte Ruggiero.)
Es folgte eine lange Stille. Nie war eine Stille so lang gewesen. Newton schrieb: die Gesäßbackenmasse (b)m sei… und dann kritzelte er es nieder und sah Doll kummervoll an.
»Denken Sie Kraft«, sagte sie. »Denken Sie Druck.«
»Denken Sie Kraft«, sagte Newton. »Denken Sie Druck.« Dann schrieb er

$$\pi r^2 l \times P$$

wobei r = Radius, l = verlorene Länge…
»Verlorene Länge?« fragte Doll.

»Es bedeutet eingeführte Länge, Madam«, sagte Newton. »Und P = atmosphärischer Druck.«
»Sehr Richtig. Sehr Wahr«, sagte Miss Mangle plötzlich.
»Sie sind ihr Lieblingsautor«, sagte Doll erklärungshalber.
Newton betrachtete seine Gleichung. »Ich werde Ihnen die Lösung auf gut Englisch erklären«, sagte er. »Wenn sechs Kaninchen soviel Gras fressen wie ein Schaf und ein Schaf halbsoviel scheißt wie ein Esel, ist gewiß, daß wir einen hervorragend bestückten Eber brauchen werden, um diesen problematischen Pflock zu entfernen.«
Doll sah Newton mit neuem Respekt an. »Ich werde einen besorgen«, sagte sie, und sie lief aus ihrem Haus, über den Viehhof und ins Schlachthaus, schneller als ein Messer über eine Schweinekehle.
Jack Cut, der Schlachter, war kein Mann, der seinen Worten Zurückhaltung auferlegte.
»Der Herr segne Sie, Madam«, sprach er. »Ich werde das Ding mit einer Hand herausholen.« Nicht umsonst wurde er der Eber von Cheapside genannt.
Als er und Doll in die Gemächer der braven Dame zurückkehrten, waren Newton, Ruggiero und Miss Mangle alle tief und fest eingeschlafen, und man hörte nur noch das Geräusch ihres Schnarchens.
»Ich werde en pointe vorgehen«, sagte Jack Cut und bewegte seine zwei Zentner Männlichkeit auf Zehenspitzen über den türkischen Teppich.
»Seien Sie feinfühlig. Seien Sie feinfühlig«, flüsterte Doll.
»Ich werde so feinfühlig sein wie eine Schweineschnauze in einem Trüffelwald.«
»Und doch sanft«, bat Doll.
»Ich werde so sanft sein wie der Unterrock eines jungen Mädchens.«

»Und zielen Sie genau.«

»Ich werde so genau zielen wie ein Hirsch auf einer Hirschkuh.«

Er nahm die porzellanene Beleidigung in die eine seiner riesigen Hände, und mit einem gewaltigen Schrei, gerichtet an Herkules und die Jungfrau, zog er sie heraus wie einen Spund aus einer Flasche. Ruggiero, der eine plötzliche und beträchtliche Salve von Fürzen loslies, schoß horizontal in die Höhe und schwebte eine volle halbe Minute lang flach in der Luft, vor Newtons erstaunten Augen. Was nun den Schlachter anging, so war die Kraft des Rückstoßes so groß, daß er ihn durch das Fenster und in den Rinnstein darunter katapultierte. Nur Miss Mangle schlief ungestört weiter.

»Sie ist eine Heilige«, sagte Doll, als sie die Augenbinde jener braven Dame abnahm.

»Sehr Richtig. Sehr Wahr«, sagte Miss Mangle im Schlaf.

Ruggiero... Ruggiero. Es war eine küßende Doll und eine streichelnde Doll, eine tröstende und eine salbende Doll, die in den langen Stunden der Nacht neben ihrem Geliebten saß. Und während sie saß, und während sie in vorsichtigem Genuß beieinander lagen, entdeckte Doll eine sehr kuriose Tatsache über die Mezzo-Regionen ihres Geliebten...

Sappho schrieb an den Rand, HINWEIS (Händel, Deutscher 1685-1759 Beruf: Komponist). »Di, cor mio, quanto t'amai.«

Händel

DER MANN HATTE DEN KOPF AUF DAS BUCH GELEGT. SEIN Hinterkopf fühlte sich heiß an, nicht heiß und feucht wie seine Stirn, sondern so, als wäre sein Kopf mit glühenden Kohlen gefüllt. Er hatte Asche im Mund.

Er schlug die Augen auf und sah das neutrale Dach des Zuges. Er atmete bewußt, die schale Luft hassend, und hatte das Gefühl, daß alles Tote in seinem Leben auf seiner Brust hockte und ihm die Luft nahm.

Er stand plötzlich auf, zu schnell, sah den Zug aus den Löchern seiner Augenhöhlen wirbeln wie einen Kreisel. Die neutral gemusterten Sitze, die Tische aus imitiertem Holz, drehten sich, der stille Zug kreiselte.

Verzerrte Gesichter schwankten auf ihn zu, als er in einem Kaleidoskop aus Armen aufgefangen wurde. Alles drehte sich, die Übelkeit seines Magens und der roulettierende Zug.

Er fiel.

Er fiel mit beiden Fäusten gegen das Fenster, unmöglich, gegen das Sicherheitsglas. In seinem Traumschrecken sah er den Hammer, oder war es die Axt, in einer kleinen roten Halterung gegen das Rucken festgezurrt. Er stieß die Hand durch das splitternde Plastikmaterial und hörte irgendwo, weit weg, die dumpfe häßliche Glocke, die ihn aufforderte, ins Klassenzimmer zurückzugehen, zurück in den Operationssaal, eine Stimme sagte, daß der Sauerstoff zu niedrig war, daß jemand an der Tür war, um ihn zu sprechen. Die Tür. Er fand die Tür, eingesiegelt in ihren schützenden, isolierenden Gummi, und mit aller Kraft zwang er die Axt, die Naht zu durchtrennen.

Das Vakuum löste sich auf. Die Türen ruckten auseinander, gerade so weit, daß er den Griff der Axt dazwischenschieben konnte, und dann glaubte er, zwei Engel zu beiden Seiten seiner verwundeten Arme stehen und die Türen zurück- und aus ihren Laufschienen herausziehen zu sehen.

Er ließ die Axt fallen und trat von den losen Stahlplatten hinunter auf den Betonhafen. Vor ihm die Klippen, das Meer, der weiße Strand verlassen, und das Licht.

Er trug das Buch.

Vor Jahren hatte er einen Autounfall gehabt. Er war geruhsam vor sich hingefahren, die Straße glatt, frei, alles unter Kontrolle, und dann, als er das Lenkrad drehen wollte, gehorchte das Auto nicht. Der dienstbare Kasten aus Leder und Stahl wandte sich gegen ihn, wandte sich über und über gegen ihn, der Asphalt löste sich von seiner Unterlage und wölbte sich durch die Windschutzscheibe in sein Gesicht. Er hatte Turandot gehört, und die Diskette blieb hängen, zerbrach aber nicht; La speranza, La speranza, La speranza, wieso war er nicht gestorben? Er dachte oft darüber nach und fragte sich, weshalb ihm diese Gnade zuteil geworden war und wieso er sie nie anerkannt hatte. Ein zweites Leben. Wofür? Nur um wieder zu tun, was er vorher getan hatte, bloß dieses Mal abgestumpft durch die Wiederholung? Als er unter dem geschmolzenen Auto hervorgekrochen war, war er zielstrebig zwei Meilen weit gegangen, als ihn dann ein Polizeiauto auflas. Er hatte gesagt: »Alles in Ordnung, Officer. Ich bin Arzt.« Er hatte ihnen die Fetzen seines Führerscheins gezeigt.

Später, viel später, als er wieder gesund war, hatte er über

die Auswirkungen des Schocks auf sich selbst gescherzt, Auswirkungen, die er im Laufe so vieler Krankenhausjahre so viele Male bei anderen behandelt hatte.
»Wissen Sie«, sagte er, »das Komische war, daß ich wirklich und wahrhaftig glaubte, völlig heil und ganz zu sein. Ich hatte einen gebrochenen Arm, einen gebrochenen Knöchel, Verbrennungen, und ich blutete. Trotzdem hielt ich mich für unverletzt.«
Er wußte um die Physiologie des Ganzen, natürlich tat er das, und trotzdem machte es ihm Sorgen. Auf welch andere Weise täuschte er sich aus seinem verwundeten Leben heraus?

Er ging weiter, in seinem Kopf explodierten laute Feuerwerkskörper, seine Lungen pumpten hart unter ihrer Lederhaut. Er kramte in seinen Taschen herum und schluckte eine Tablette. Er würde sich bald besser fühlen, er fühlte sich jetzt schon besser, raus aus dem blechernen Leichenschauhaus, in dem die Toten lagen. Er ging weiter, kletterte die rauhe Seite der Betonböschung hinauf, wo das Gras immer noch einen Riß fand und in kleinen Büscheln hervorwuchs, trotz des Fortschritts. Er entfernte sich von den Öl- und Fischgerüchen des Containerhafens und gelangte auf die wirklichen Klippen, wo er einen Aussichtspunkt fand, der ihm einen Blick bot und ihn vor dem Wind schützte. Er schlug das Buch auf und las.

Ich, Händel, Liebender, Narr, Priester, Verrückter, Arzt und Totenschein, habe vor dem Ende nur Zeit zu erzählen, was geblieben ist.

In der Alptraumstadt, in der ich meine Tage auch weiterhin verlebte, war ich verantwortlich für das neue Krebskrankenhaus. Ein Privatkrankenhaus, natürlich, aber mit einem kleinen Flügel für Kassenpatienten, der über dem alten Schlachthof erbaut werden sollte.

Das Grundstück war perfekt; ein 10 Morgen großer Viehhof mit einem Queen-Anne-Haus in der Nähe, das als Flaggschiff des Projekts erhalten bleiben sollte. Es war ein armer Teil der Stadt, auf der Grenze zwischen akzeptabel und heruntergekommen. Niemand würde gegen die Baugenehmigung Sturm laufen, ein Volk, dem das Herz herausgerissen wurde, macht den Mund nicht auf. Dies war die Stadt des Unsagbaren.

Ich befürwortete die Wahl. Das Grundstück gehörte einem Mann, den ich kannte, ich behandelte seine Frau gegen Kopfschmerzen, Depressionen, die üblichen weiblichen Beschwerden. Ich war nicht überrascht, als sie sich einen Kehlkopfkrebs zulegte.

Der Mann, Jack, dank seiner Synthetika und seiner Konservierungsmittel Peer auf Lebenszeit, hatte das Grundstück als Spekulationsobjekt erworben, als er ein noch junger Mann war. Er hatte dazu die Aktien seiner Frau verkauft, und deswegen war seine Vorstellung, ein Mann zu sein, der es einzig und allein aus eigener Kraft zu etwas gebracht hatte, nicht ganz richtig, außer man faßte seine Frau als seine Rippe auf, was er tat.

An dem Tag, an dem ich vorhatte, die Stadt zu verlassen, ein Vorhaben, das ich schon viele viele Male verschoben hatte, bekam ich einen Anruf von Jack, der mich dringend in sein Haus rief. Er erklärte nichts, sondern hängte den Hörer abrupt ein, als sei er unterbrochen worden. Ich hatte meine Koffer gepackt und war dabei, mein Haus abzuschließen. Ich konnte nicht warten, und das Wetter wurde immer schlechter. Ich beschloß, ihn an einen Kollegen weiterzureichen, aber als ich die vertraute Nummer wählte, fiel mir ein, daß ich den Anruf an diesem Tag, an eben diesem Tag, auf keinen Fall weiterleiten konnte. Außerdem hatte Jack mich als Freund angerufen. Jeder, dem er einmal Geld gegeben oder geschuldet hatte, wurde für ihn zum Freund; es war seine Methode, die nächste Sache umsonst zu bekommen, »Das Netz der alten Jungs«, sagte er dazu, und er hatte recht, weil wir alte Jungs waren, die es nie geschafft hatten, erwachsen zu werden, und wir waren wie durch ein Netz miteinander verbunden, hoffnungslos, hilflos, für immer.

Ich fuhr durch die wesenlosen Straßen und die schmutzige Luft und hörte Parsifal. Warum machte Wagner Klingsor nicht zu einer Kastratenrolle, wie er es ursprünglich vorgehabt hatte? Ein Zauberer hat seinen Zauberstab, er braucht keine Hoden. Ein Verwandler müßte doch eigentlich verwandelt sein, oder? Die Legende besagt, nicht wahr, daß Luzifer keine Genitalien hatte, bis er gegen Gott rebellierte, woraufhin ihm der monströse Sack und der dicke Stecken des allgemeinen Neids und der Angst wuchsen. Schneidet sie ab, und ein Mann knurrt niemals mit den wilden Tieren. Schneidet sie ab, und ein Mann singt wieder mit den Engeln.

Es gibt eine Zinkplattenaufnahme des letzten Kastraten der Welt. Hell, irgendwie nicht von dieser Welt, nicht schön, verführerisch, keine männliche Stimme, aber auch nicht die einer Frau. Klingsor, ein Zauberer, Verwandler von Teilen.

Ich habe selbst einen Kastraten gehört, ja, mit meinen eigenen Ohren, in Rom. Es gibt keine Aufnahme, aber ich kann sie Ihnen vorspielen, wenn sie eine Weile mit mir warten wollen.

Durch die Straßen zum Haus, Blei vor dem bleiernen Himmel.
Die Haustür stand offen. In der weitläufigen Halle und auf der breiten hölzernen Treppe überall Farbkleckse. Gelbes Ocker war in die zurückhaltenden Streifen der Tapete geschlagen worden, als versuche die Sonne selbst, aus ihr hervorzubrechen. Der Teppich, der übliche Haferbrei, war als Tenne für gedroschenes Licht benutzt worden. Was einst das Haus gewesen war, lag in trübseligen Streifen danieder, und mitten hindurch, drüber, drunter, darüber hinaus, zogen sich die emphatischen Umbra-, Chrom- und Ockerfarben einer koloristischen Revolution.
Ich betrachtete die Gelbtöne und hätte am liebsten gelacht. An diesem schrecklichen Tag hätte ich am liebsten gelacht. Lächerlich, das nüchterne Haus in seinem Jahrmarktsmantel.
»Sie ist verrückt.« Sir Jack kam auf mich zu. »Sie hat das hier getan. Sophia hat es getan. Und nicht nur das. Das Wohnzimmer ist grün. Die Küche ist orange. Mein Arbeitszimmer, mein Arbeitszimmer ist blutrot.«
»Wo ist Ihre Tochter?«
»Auf dem Dachboden. Ich will, daß Sie sie für verrückt erklären. Jetzt.« Er zog seine glänzende schwarze Brieftasche hervor, vollgestopft mit braunen Scheinen.
»Ich brauche ein zweites Gutachten, bevor ich sie einweisen kann.«
»Dann machen Sie und kaufen Sie verdammt nochmal eins, da ist das Telefon.«
Er nahm den Hörer von dem furnierten Tisch in der Halle.

Seine Hand war plötzlich klebrig und bunt. Er knallte das Telefon auf den Boden und stieß es in eine Ecke. Sein Sohn kam in Gummistiefeln und einem Hotel-Bademantel in die Halle gelaufen. Seine Haare waren blau gestreift. Er zitterte.

»Meine ganzen Kleider«, flüsterte er. »Meine ganzen Kleider. Tünche. Sie hat Tünche über meine ganzen Kleider gekippt.«

Ich sah die beiden an. Sir Jack, dessen Schuhe in der dicken Farbe des dicken Teppichs versanken, das Telefon, das zertrümmert neben der offenen Haustür wimmerte. Sein Sohn, in weißem Frottee und Gummistiefeln, die schwarzen Haare mit Krähenschattierungen durchschossen. Am äußeren Rand Mutter, die sich an den beschmierten Türpfosten klammerte wie ein ergebenes Osterlamm. Ihre Augen waren verdreht. Sie konnte uns nicht sehen. Ich sah sie alle der Reihe nach an. Einer nach dem anderen gingen sie die Treppe hinauf, und ich folgte ihnen.

»Sie ist verrückt. Sie ist verrückt. Sie hat das hier gemacht. Sie ist verrückt.«

Auf dem Dachboden war die Tür von außen verriegelt und von innen abgeschlossen. Jack rammte mit der Schulter dagegen und heulte auf. Es war eine alte Tür, mindestens zwölf Zentimeter dick.

»Miststück!« schrie er. »Miststück, Miststück, ich bring dich um.«

Dann nahm Matthew den Schrei auf, zog seinen weißen Frotteebademantel aus, behielt seine Gummistiefel an und bekämpfte die Tür mit seinem ganzen Körper, bis sie unter ihm nachgab und nach innen stürzte, flach, während er keuchend darauf liegen blieb, mit ausgebreiteten Armen

und Beinen, als wäre sie ein Floß auf dem Meer. Er rappelte sich hoch und ich sah, daß er über den Knauf ejakuliert hatte.
»Wo ist sie? Wo ist sie?«
Sie war weg.

Ich stieg in mein Auto und fuhr ein paar Meilen die Straße hinunter. Der Regen hatte sich zu Schnee gewichtet, und als ich an die Seite fuhr, um einer besonders glatten Stelle auszuweichen, sah ich eine junge Frau leichtfüßig und frohgemut dahingehen. Ich kurbelte das Fenster herunter, um ihr anzubieten, sie mitzunehmen, ich versuchte, sie zu beruhigen, indem ich ihr erklärte, ich sei Arzt. Ihr Gesicht konnte ich nicht sehen, aber ich hörte ihre Stimme, in der Gelb mitschwang.
Warum sollte sie mir vertrauen? Wer bin ich überhaupt?

Ja, wer? Was charakterisiert einen Mann? Seine Arbeit? Seine Kinder? Seine Religion? Seine Zahnarztunterlagen? Es war leicht in einem weißen Kittel. Noch leichter in einem Stehkragen. »Dieser Mann gehört Gott. Bitte zurückgeben.«
Ich wurde zurückgegeben. Das Urteil lautete Nicht schuldig.
Ich verließ die Anklagebank umhüllt von Sympathie. Der freundliche Mann mit dem freundlichen Gesicht, der musikalischen Stimme und den langen, vorsichtigen Fingern, die leise zitterten, wenn er sprach. Händel. Ein freier Mann.
Die Frau, um die es ging, hatte mit Komplikationen zu kämpfen, aber es ist jetzt für mich zu spät, noch etwas für sie zu tun. Zu spät für sie.
Und für mich? Zu spät für mich?

Ich fuhr zum Bahnhof, in der Hoffnung, den Morgenzug zu erwischen. Das Gewicht des Tages hing an meinem Hals, der Tag fing an, ein bißchen zu stinken, je mehr er sich hinzog. Ich hatte keine Gebete.
War es die durch den Schnee verstärkte schwache Sonne, die einen gelben Schimmer über die schmutzigen Straßen legte? Ich konnte das Gelb nicht aus meinen Augen herausbekommen. Ich hatte keine Gelbsucht, und das hier war nicht das kränkliche, klebrige Gelb der Krankheit, sondern ein festes, sauberes Hell, das sich über den Sehnerv breitete.
Was wir zu sehen glauben, sehen wir nicht, das weiß ich. Ich weiß, daß Farbe eine Einwirkung von Licht ist. Licht war es, das eine goldene Kruste auf dem festgetretenen Schnee bildete. Dem biskuitfarbenen Schnee aus dem verdreckten Himmel. Wenn er, der Schnee, im Augenblick einer Morgenfarbe Anmut finden konnte, warum dann nicht ich? Mein graues Herz wieder hell.
Ich, Händel, Ausreißer und Streuner.

Er hatte den Rücken an den glatten Triangulationspunkt gelehnt, der ihn vor dem Wind schützte. Sein Kragen war bis zum Kinn hochgeschlagen, seine Hände in die Jackentaschen gestopft. Er hatte die Augen geschlossen, und der Wind strich über ihn. Kaltes Wasser wurde ihm vom Wind über die Wangen gespritzt. Seine Wangen fühlten sich lang und eingefallen an, Wasserrinnen, die allmählich versalzten, so wie Flüsse es in der Nähe des Meeres tun. Er weinte. Er weinte aus seinem Herzen heraus, weinte all die verlorenen Tage und die tödlichen Unentschlossenheiten heraus, von denen er gedacht hatte, sie seien verschwunden, die aber immer noch in seiner Haut und seinen Knochen eingelagert waren, ein Tank der Schmerzen, angezapft.

Er hatte keinen Raum hinter seinen Augen für die Tränen, die er fand, Tropfen aus den Tränendrüsen. Er drückte die Fäuste unter seine Brauenknochen, aber die Tränen liefen durch seine verkrampften Finger, wollten sich nicht mehr zurückhalten lassen, seine Kleider waren sumpfig. Ein Reiher landete über seinem Kopf.

Immer noch das Licht. Licht aller Farbe beraubt, aber nicht von Wolken getrübt. Metallenes Licht, das eine Achterbahnlinie zwischen Meer und Sand zog, so daß es kein Verschmelzen von beidem gab, sondern nur eine definitive Linie aus gefallenem Grau. Schwadenlicht, das die Aussicht verhängte.

Immer noch das Licht. Die Möwen durchflogen es mit Mühe, das Licht widersetzte sich dem Schlagen ihrer Flügel. Unfreundliches Vogellicht, schwer vor Feuchtigkeit. Die absackende Luft.

Auf den salzigen Ebenen seines Kummers starrte der Mann den sich neigenden Tag an. Es lag Trost in seinem Schmerz, ein Erkennen, etwas, dem er endlich von Angesicht zu Angesicht gegenüberstand, nachdem es den größten Teil seines Lebens von ihm abgewandt existiert hatte. Eines Lebens, verbracht auf der Flucht vor einem Verbrechen, das mit keiner Strafe geahndet wurde, außer der, die seine Natur mit sich brachte. Es gab einen toten Fleck in ihm, den die Vernunft nicht beleben konnte. Ein abgezäuntes Grab, von der Liebe nie aufgesucht. Immer hatte er sein Herz zurückgehalten, von Büchern, Bildern, der Leidenschaft der Musik, die ihm so viel bedeutete, der Nähe ihres Gesichts. Und nicht nur ihres Gesichts. Jeden Tag tötete er in sich die Anfänge von Gefühlen, die er fürchtete. Ein täglicher Selbstmord, unbemerkt von jenen, die annahmen, er sei noch am Leben.

Selbsttötung. Das Verbrechen gegen sich selbst, von Gott verboten.

Vater, ich habe gesündigt.
Sünden des Fleisches oder Sünden des Gewissens, mein Sohn?
Sünden des Gewissens...

Das kleine Baby in seiner warmen Blutschicht. Es steckt mehr hinter der Geschichte, als ich Ihnen zu Anfang erzählt habe.
In der Stadt herrschte seit langem das Gesetz, daß, so wie zwei Ärzte erforderlich waren, um eine Frau für unzurechnungsfähig zu erklären, zwei Ärzte ihre Zustimmung geben mußten, bevor sich eine Frau einer legalen Abtreibung in einem gemeinnützigen Krankenhaus unterziehen konnte. Das Gesetz war ein Erfolg, es wurden nur wenige Abtreibungen vorgenommen. Hinter den Kulissen jedoch ging alles seinen üblichen Gang, ungeübt, ungeregelt, ohne vernünftiges Gerät, aber zu einem sehr guten Preis.
Wenn ich Ihnen sage, daß eine junge Frau zu mir geschickt wurde, in der Hoffnung, die zweite Zustimmung zu bekommen, die sie brauchte, werden Sie verstehen, weshalb ich mich weigerte, nicht wahr? Ich bin Katholik. Es hat keinen Zweck, mit mir über dieses Thema zu diskutieren. Res ipsa loquitur. Falsch, Händel, falsch. Die Sache spricht nicht für sich selbst, nicht wahr? Nein, ich gebe es zu, das tut sie nicht, aber die Ignoranz ist eine große Trösterin. Nur sehr wenige Katholiken sind Theologen. Es ist unsere Methode, das Denken einigen und das Gehorchen vielen zu überlassen.
Eine Abtreibung ist für uns etwas Kompliziertes, weil unser

Denken darüber sich im Lauf der Jahrhunderte verändert hat, oder sollte ich sagen, unsere diesbezüglichen Erlasse haben sich verändert? Unser Denken dreht sich mit schwindelerregender Geschwindigkeit immer und immer wieder um dasselbe Problem: Wann empfängt der Embryo seine Seele?
Bis zur Mitte des neunzehnten Jahrhunderts lautete die vorherrschende, wenn auch keineswegs einzige Meinung, daß der männliche Embryo seine Seele am vierzigsten Tag empfängt, während der saumselige weibliche bis zum achtzigsten Tag warten muß. Wenn man dies akzeptiert, ist es möglich, zwischen dem Foetus Inanimatus zu unterscheiden, der kein wirkliches Leben besitzt, und dem Foetus Animatus, dem sakrosankten Geschenk Gottes. Dank dem gesegneten Fehlen von Technologie war es unmöglich, das Geschlecht des Kindes mit Sicherheit zu bestimmen, und mit ungewöhnlich gesundem Menschenverstand erlaubte das kanonische Recht Abtreibungen bis zum achtzigsten Tag, wenn Gefahr für das Leben der Mutter bestand. Wobei Lebensgefahr ebenfalls ein Punkt war, über den man sich streiten konnte, bevor die Wissenschaft entschied, alles könne akkurat diagnostiziert werden, und so gab es ein Moment des Mitgefühls, einen kleinen Spielraum in vielen der Entscheidungen, die von gewöhnlichen Dorfpfarrern getroffen wurden.
1869 entschied Pius IX per Dekret, daß jeder Foetus von der Millisekunde der Empfängnis an eine Seele besitzt.

Die Frau, die zu mir kam, war jung, arm, unverheiratet, ungebildet, schön, illegal, katholisch. Wir unterhielten uns, und während wir uns unterhielten, sah sie mich nicht an, sie starrte auf den Kelim zu ihren Füßen. Ich war auf meine

Stellung bedacht, meine Verantwortlichkeit, die Ernsthaftigkeit dieser Sache.
Ich wußte, was mein Priester sagen würde…
»Sagen Sie der Schlampe, sie soll sich beherrschen.«
Ja, das sollte ich, warum auch nicht?
»Sind Sie schon untersucht worden?«
»Ja.«
»Und es gibt keine Komplikationen?«
»Nein.«
»Sie und das Baby sind beide gesund?«
(Ich hatte ihre Akte vor mir liegen, warum quälte ich sie damit?)
»Der Arzt behauptet es.«
»Und Sie haben einen Job?«
»Aber nicht, wenn ich ein Baby bekomme.«
»Warum haben Sie nicht aufgepaßt?«
(Sagen Sie der Schlampe, sie soll sich beherrschen.)
Sie antwortete nicht, und ich konnte auf ihrem Gesicht mit den zarten Chitinbeuteln all die vorsichtigen Tage in einem einzigen spontanen Akt aufgehoben sehen.

Sie ging. Mit einem einzigen Strich meines Kugelschreibers verdammte ich ihr Kind zum Leben. Es würde nicht meine Aufgabe sein, es zu füttern, zu kleiden, zu baden, seinen Kopf zu trocknen, für es wach zu bleiben, wenn es weinte, neben ihm zu schlafen, wenn es Angst hatte. Es würde nicht meine Aufgabe sein, jeden Morgen aus dem Haus zu gehen, um seinen Lebensunterhalt zu verdienen, jeden Abend nach Hause zu kommen, um es zu trösten. Es zu trösten. Es würde nicht meine Aufgabe sein, der kleinen Kreatur, geboren voller Hoffnung, zu sagen, daß es in der Welt keine Hoffnung gab.

Wie sagt man: »Dieses dreckige Zimmer, in dem du geboren wurdest, ist wahrscheinlich das dreckige Zimmer, in dem du sterben wirst, und all die Jahre dazwischen werden graues Tuch sein.«
Wie sagt man: »Du wirst für dein Leben mit jedem einzelnen Tag bezahlen müssen.«

Es gibt heutzutage keine sozialen Programme, weil wir alle wissen, daß alleinstehende Frauen schwanger werden, damit sie dem Staat auf der Tasche liegen können. Und selbst wenn es wahr wäre, selbst wenn es wahr ist, was sagt dies über uns, die erhobenen Zeigefinger und die abgetrennten Köpfe? SAGEN SIE DER SCHLAMPE, SIE SOLL SICH BEKERRSCHEN. Selbstbeherrschung. Und wenn es kein Selbst gibt, das man beherrschen kann? Keine Würde, kein Selbstvertrauen, keine Zielstrebigkeit, keinen Geist, keinen Platz in der Welt, kein Verständnis? Nicht für sie. Nicht für sie. Sie kann sich nichts davon leisten. Und wenn sie Geld hat, wird sie merken, daß sie diese Dinge nicht kaufen kann. Verdammt, wenn du es tust, verdammt, wenn du es nicht tust.

Sie ging. Wahrscheinlich würde ich sie nie wiedersehen. Wahrscheinlich würde sie einen Hinterzimmerquacksalber mit einer Stricknadel und einer Büchse Crack finden. Wahrscheinlich würde das Baby die Geburt in irgendeiner Bruchbude nicht überleben, die infizierten Tücher, die dünne Milch und die billige Nahrung. Wahrscheinlich würde es sich eine Erkältung zuziehen, die sich dann zu einer Lungenentzündung auswachsen würde. Wenn es am Leben bliebe, dann nur, um zusammen mit dem ganzen Rest in der Gosse landen.
Was konnte ich tun? Es war nicht mein Baby.

Aber da war ein Baby, nicht wahr, Händel?

Ja. Da war ein Baby. Die windige Nacht nebelbefleckt. Nebel in horizontalen Säulen, wie Rammböcke, die durch die engen Straßen trieben. Eine braune Furie, Dreck und Schmutz aus Kohlenmonoxid.

Ich wußte nicht, was ich erwarten sollte. Vielleicht hätte ich ihren Namen erkannt, aber der Name, den ich hatte, war nicht der Name der Frau, die ich letzten Winter gesehen hatte. Warum sollte sie an einem Namen festhalten? Ich habe auch nicht an meinem festgehalten. In dem heruntergekommenen Haus, umhüllt von orangefarbenen Netzen, die bedeuteten, daß es als menschliche Behausung ungeeignet war, traf ich einen Mann, den Vater des Kindes, wie er sagte. Groß, muskulös, verängstigt, er hatte versucht, sie in ein Krankenhaus zu bringen, aber sie hatte sich geweigert. Ich ging die erschöpfte Treppe hinauf, die nach Kerosin und Pommes Frites roch. In einer Ecke des Zimmers stand ein ausgebauter Motor. Ein Bett, das irgend jemand weggeworfen hatte. Eine große Kiste vom Fischmarkt, die er mit Zeitungspapier ausgeschlagen hatte, er war stolz darauf. »Für das Baby«, sagte er und bot mir den einzigen Hocker an. Sie sah zu mir herüber. Erkannte sie mich? Schmeichelte ich mir, daß sie mich erkennen könnte? Wir sehen einander ähnlich, wir Männer mit Geld und Macht, wobei es auf ein paar Pfund mehr oder weniger nicht ankommt. Unsere Schneider arbeiten als Nachbarn in derselben Straße. Wir trinken dieselben Weine aus denselben fünf Spitzenlagen. Die meisten von uns fahren dieselbe Art Auto, und wir lesen dieselben Zeitungen. Ja, wir sind die Individualisten unserer Zeit.

Wie schön sie war... Madonna der Verzweiflung. Tiefblaue Linien der Müdigkeit umrandeten ihre Augen, ihre Knöchel waren weißgestärkt gegen den Schmerz. Zerbrechlich, dünn wie eine Membran, aber noch hatte die Erschöpfung ihrer Jugend nichts anhaben können.

Ich war nicht der Vater des Kindes, aber ich wußte, daß ich sie ebenso sicher zu diesem Augenblick hingeführt hatte, als hätte ich sie penetriert. Ich wollte den anderen Mann loswerden, das hier war etwas Privates, etwas zwischen ihr und mir. Wir waren Vertraute, sie und ich.

Ich schickte ihn weg, um Wasser zu holen, und setzte mich schräg neben sie auf das durchgesackte Bett. Ihre Beine schmerzten, und ich fing an, sie von oben nach unten zu massieren. Sie legte sich zurück, froh über die Erleichterung, Frauen sagen mir, daß ich geschickte Hände habe.

Ich mußte mein Hemd zerreißen, um Tücher zu machen.

»Eigentlich sollte es nicht der Arzt sein, der nackt ist«, sagte sie und lachte mich an.

Ich war verlegen. Ich haßte es, wenn jemand meinen Körper sah. Mein Körper ist das Gerüst für meine Kleider und nicht mehr. Ich war froh über das trübe Licht, das die Ekken des schmutzigen Zimmers erhellte, besser, als wenn es auf meine Haut fiele. Ich wollte nicht, daß sie mich ansah.

»Legen Sie sich zurück«, sagte ich. »Sie müssen sich ausruhen.«

Ich war viel blasser als sie, gecko-weiß im Vergleich zu ihrem warmen Stein, eine Echse in zuviel Licht. Wenn jemand hereingekommen wäre, was hätte er gedacht? Daß ich sie bezahlte? Ja, daß ich für mein Vergnügen bezahlte, wie Männer es tun, denen Geld leicht zufällt, und Zuneigung soviel schwerer. Ich bin mit Frauen befreundet, die mir die Gewohnheiten ihrer Männer anvertrauen. Natürlich prahlen ihre Männer mir gegenüber mit ihren Eroberungen, und obwohl die Fakten identisch sind, ist die Geschichte ganz und gar nicht dieselbe.

Schweigen und Stille, während ich schwitzte, um das Kind auf die Welt zu bringen. Die Mutter war tapfer und schrie kaum lauter als das Zischen der Flamme. Das quietschende Bett, die zischende Flamme, die flackernd fast erlosch. Das schwächliche Wehen der Vorhänge, die gegen den Wind ankämpften. Ich zwischen ihren Beinen, kniend, mit gesenktem Kopf, nicht sicher, ob es ein Kind war, dem ich zur Geburt verhalf, oder ob es ich selbst war. Sie roch nach Eisen und Teer und Wiesenpilzen.

Ich küßte ihre Möse. Ich nahm soviel von ihrer riesigen gebärenden Möse in meinen Mund wie ich konnte und küßte sie. Ich drückte meine Zunge auf ihre Klitoris, groß wie ein kleines Hühnerei, und unter dem Joch ihres Orgasmus fing das Baby an, sich zu bewegen. Ich löste mein Gesicht rechtzeitig, um den Kopf eines kleinen Mädchens hervorzuholen, den Körper, nabelschnurumwunden. Ich biß die Nabelschnur durch, schwenkte das Kind mit dem Kopf nach unten, und als Reaktion auf einen winzigen Klaps entdeckte die Kleine ihre Lungen. Ein leuchtendrotes Baby, das sich in der blauen Luft purpurn schrie.

Die Mutter lachte, und auch ich lachte und wischte meinen verschmierten Mund an meinem eigenen Hemd ab, und dann, sanft, sanft, wischte ich sie ab. Es gab nichts, was ich sagen konnte.

Ich ließ ihr ziemlich viel Geld da, versteckte es an einer Stelle, von der ich hoffte, daß der andere Mann es dort nicht finden würde. Ich versprach, in ein paar Tagen wiederzukommen.

Dreiundzwanzig Jahre lang sah ich keinen von ihnen wieder.

Was macht ein Leben aus; Ereignisse oder die Erinnerung an Ereignisse?
Ein wie großer Teil der Erinnerung ist Erfindung?
Wessen Erfindung?

Sieh in den Spiegel, Händel, den langen Spiegel, der den geweißten Körper reflektiert, tintenfischgebleicht und sprödknochig. Was siehst du, und was daran bist tatsächlich du? Den Mann, an den du deiner Meinung nach gewöhnt bist? Was siehst du? Den Genpool, der dich zu dieser statt zu einer anderen Form gemacht hat; der dir die blauen Augen mit ihrem prüfenden Blick verliehen hat. Die ererbten Stärken und Schwächen deiner Gattung. Bist das du? Sieh genauer hin: Wieviel von deinem Denken wurde von jemand anderem für dich gedacht?
Sprich, Papagei!

Was für eine Art Papagei bin ich?
Mein Betätigungsfeld ist groß, mein Akzent gut. Wenn ich spreche, bin ich überzeugend. Sehr oft überzeuge ich mich selbst. Gibt es nicht ein Sprichwort; Im Reich der Blinden ist der Einäugige König? Aber was ist mit den Sprachmächtigen unter denen, die nur Kehllaute ausstoßen? Es gab eine Zeit, da hätte man mir voller Respekt zugehört, jetzt werde ich mit Mißtrauen betrachtet, und aus dem falschen Grund. Ich weiß, daß ich falsch bin; das Ironische daran ist, daß die Marktschreier und Schnatterer sich für echt halten. Als sei schlecht sprechen gleich wahr sprechen. Als sei die Nichtbeherrschung von Sprache die Garantie für

die vollständige Beherrschung emotionaler Aufrichtigkeit. Als sei, wie Journalisten und Romanschriftsteller mich glauben machen wollen, kunstloses Schreiben gleichzusetzen mit ehrlichem Schreiben. Aber die Sprache ist ein Kunstgebilde. Der Mensch ist ein Kunstgebilde. Keiner von uns ist der Rousseau'sche Mensch, jener edle Wilde, ehrlich und unverbildet. Besser also, uns einzugestehen, daß das, was wir sind, das ist, was uns beigebracht wurde; sobald das erledigt ist, wird es wenigstens möglich sein, uns unsere eigenen Lehrer auszusuchen. Ich weiß, daß ich aus dem zusammengesetzt bin, was andere Leute sagen, Adern der Tradition, einer bestimmten Art von Bildung, geliehenen Methoden, die sich als persönliche Gewohnheiten darstellen. Ich weiß, daß das, was ich bin, so ziemlich das Gegenteil eines Individuums ist. Aber wenn der Papagei schon sprechen soll, so laßt ihn wenigstens von einem Gesangslehrer unterrichten. Der Papagei mag vielleicht nicht lernen, wie man singt, aber er wird wissen, was Singen ist. Deshalb habe ich versucht, mich zwischen dem Besten zu verstecken; Musik, Bilder, Bücher, Philosophie, Theologie, wie bei Dante ist mein großer Lehrer tot. Meine lebenden Freunde halten mich insgeheim für übertrieben intellektuell und vollgestopft mit merkwürdigen Vorstellungen, aber wir sind alle vollgestopft, vollgestopft mit den Ideen anderer Leute, die sich als unsere eigenen ausgeben. Vollgestopft mit den Idiotien der Tageszeitung und des Vierundzwanzig-Stunden-Fernsehens.

Nun, ich bin ein alter Vogel, ein komischer Kauz, der versucht hat, sich selbst auszusuchen, womit er ausgestopft wird. Stopft mich mit dem Besten, und obwohl ich es vielleicht mit meiner eigenen Angst und Unzulänglichkeit verwässern werde, werde ich wenigstens wissen, was das Beste ist. Wollen Sie Ihr Leben nicht an etwas ausrichten, was besser ist als Sie selbst?

Ein Kollege von mir, wegen einer Hüftoperation im Krankenhaus, legte sein Kreuzworträtsel beiseite und fragte mich, warum ich mich mit Opern abgäbe.

»Die Handlungen sind so lächerlich«, sagte er.

»Es geht mir nicht um die Handlungen.«

»Die Musik dann, die Musik ist so künstlich.«

»Anders als dein neues Hüftgelenk?«

»Komm mir bloß nicht geistreich, Händel.«

»Das würde mir nicht im Traum einfallen, aber sag doch selbst, findest du es nicht komisch, daß du ganz zufrieden damit bist, daß dein tägliches Leben so künstlich wie nur möglich ist, vorverpackte Mahlzeiten, die neueste medizinische Technik, jeder Augenblick vor einem flimmernden Fernsehschirm verbracht, dein Leben so unabhängig wie du es nur machen kannst von den Jahreszeiten und den Stunden, Tag als Nacht und Nacht als Tag, falls du es willst, all das, und doch kritisierst du die Kunst, weil sie nicht natürlich ist. Kunst soll nicht natürlich sein.«

»Die Kunst ist der Spiegel des Lebens«, sagte er sentenziös.

»Hebe dich weg von mir, Hamlet.«

»Man kann dem Barden nicht widersprechen.«

»Nicht einmal, wenn der Barde sich selbst widerspricht? Eine einzelne dramatische Äußerung Hamlets ist genausowenig Shakespeares eigene Meinung über Kunst wie die Reden Jagos seine eigene Ansicht über die Moral sind. Lies den *Sturm* und sag mir noch einmal, daß die Kunst der Spiegel des Lebens ist.«

»Ich weiß, was mir gefällt.«

»Du hast nicht die geringste Ahnung. Du gehorchst blind jedem deiner Impulse, weil du denkst, daß dich das zu

einem Freigeist macht. Was wird es heute abend sein? Eine Nutte? Eine Privatvorstellung? Ein Musical? Ein schundiger Bestseller? Schaumwein, serviert mit der Versicherung des Weinbauern, daß er genausogut ist wie Champagner, bloß für den halben Preis und ohne die Mühen, die mit der Herstellung von Champagner verbunden sind? Du bist ein Sklave der Werbung, der Mode, der Gewohnheit und der Medien. Du nennst dich gerne einen freien Mann, aber du bist an Regeln gebunden, von denen du nichts weißt…«
Er sprach nie wieder mit mir.

Sprich, Papagei… Um der willkürlichen Natur der Existenz zu entfliehen, tue ich, was der Künstler tut und lege mir selbst die striktesten Regeln auf, selbst wenn diese Regeln wiederum nichts anderes als willkürlich sein können. Sprache, musikalische Struktur, Farbe und Linie bieten mir ein Modell der Disziplin außerhalb ihrer eigenen Disziplinen. Die Freiheiten, die sie sich herausnehmen, dienen einer tiefgründigeren Ordnung, die Regeln, auf denen sie beharren, dienen der Freiheit. Wie soll ich lernen, mich selbst zu disziplinieren, wenn nicht, indem ich die besten Vorbilder kopiere? Das Paradoxe ist, daß die künstliche und oft mechanische Natur der Regeln unerschöpfliche Freiheit hervorbringt, so wie die strikten Regeln der frühen großen Klöster darauf angelegt waren, alles Unwesentliche auszuschließen, aber Geist und Gemüt voll zu öffnen. Natürlich sind Regeln dazu da, gebrochen zu werden, aber wenn sie gebrochen wurden, müssen sie neugemacht werden. Periodisch brechen alle Künste ihre eigenen Regeln, um sich zu erneuern und neu zu beleben, wenn der Buchstabe tötet und der Geist Leben bietet. Die Kirche war weder so tapfer noch so weise. Ich wollte Priester sein und kein Ordnungshüter. Ich wollte den Weg zu geistigen Einsichten öffnen, nicht Strafen für jede alberne Übertretung verhängen. Deshalb habe ich die Kirche verlassen, nicht wegen der Lehren Christi, sondern wegen der Dogmen der Menschen, und wenn ich mich heute der Kirche zuwende, so weiß ich, der Herr möge mir vergeben, daß ich es tue, weil ich zu schwach bin, um mich mir selbst zuzuwenden.

Mir selbst. Meinem Selbst. Einer Anhäufung von Einzelteilen; Speisekarten, Konzertprogramme, Blutdrucktabellen, gelesene Bücher, zufällig mitgehörte Unterhaltungen, irrationale Ängste, wiederkehrende Träume, verlorene und gefundene Liebe, Kindheitsnöte, erwachsene Kompensationen, Kinokarten, Ferien, der Tag mit dir, die weiße Rose, La Mortola, die ich zwischen den Seiten eines Buches gepreßt habe.

Öffne mich, all diese Dinge und Tausende mehr, Abweichungen, Zusammenfassungen, Zerstreuungen, Dissertationen, Dilettantismus, Saumseligkeit, Verschwendungen, Trennungen, Gewürzgurken. Der Mann in Salzlake, durch Gewohnheit vor Veränderung geschützt. Lehre den Papagei seine Zeilen, und er wird die Worte neu ordnen, und du könntest denken, daß er mit dir spricht. Er spricht nicht mit dir, er spricht mit sich selbst. Er ist so eine große Neuheit, aber er sagt nichts Neues.

Sprich, Papagei… wessen Zeilen sind das?

Über dem sterbenden Himmel ein Film aus Licht. Donnerlicht, das die aufgerissenen Kanten der Wolken zu einem einzigen Quadrat der Bedrohung band. Das Meer war schwarz geworden und hatte seinen Schatten in dunklen Wellen auf dem Sand hinterlassen. Der entfärbte Sand und das sickernde Wasser, Felsentümpel wie Ölfässer, filmig und unbewegt. Drüben beim Hafen tuckerten die riesigen Lastwagen ihren Diesel in die Luft, die kleinen Männer, ihre Diener, atmeten ihn ein. Die reglosen Laster, die hin- und herhastenden Strichmännchen mit ihren gelben Schutzhelmen, eine Salve aus Öltuch. Der Sturm kündigte sich an.

Der Mann spürte die ersten Regentropfen, fett wie fallende Früchte. Der Himmel schüttelte sich, und der Boden unter ihm wiederholte das Beben. Er hörte das Piccolo der kleineren Vögel und die Kesselpaukenwarnungen der Kühe auf den Weiden. Dann der winzige Ton der Stille, und der Himmel war durchspannt von Blitzen.

Der Jehova-Baß des tiefer werdenden Donners.

Das Meer, das in schaumigen Vibrationen rastlos gewesen war, verstärkte und verlängerte sich zu Breven aus schwarzen Muskeln, die die Hochwassermarken mißachteten und sich gegen den Kai warfen. Menschliche Punkte wurden von der achtfachen Kraft mitgerissen. Der Mann hörte ein wahnwitziges Wirbeln hinter seinem Kopf. Er drehte sich um und sah die Propeller der Windfarm zu weißen Augen verschwimmen, die sich in einem Rhipidos des Schreckens auf ihn zuzubewegen schienen. Die Augen, seltsam erhellt vom kränklichen Sturm, hatten das Aussehen von Operationslampen, und er erinnerte sich an den widerlichen Augenblick nach der Narkose, wenn der Patient zu sich kommt und, noch ganz verschwommen, die riesigen, schwimmenden Lichter sieht, zu nah, viel zu nah, und die grüne Maske des Chirurgen, der auf ihn herabstarrt.

Sie war aufgewacht und hatte nach ihrer Brust getastet.

Er hatte sie so oft betrachtet; ein Gallert aus Gewebe und Fett, die gerunzelte tote Haut und die nutzlose Brustwarze auf dem Stahltablett. Was sollte er mit jenen Brüsten tun, in Scheiben geschnitten wie Kiwis, weiches, veränderliches, nicht lupenrein gefärbtes Fleisch? Er kratzte sie in den Abfalleimer. Abfalleimer voller Brüste, obwohl ein Kollege von ihm, der auf dem Land praktizierte, sie nahm und an die Schweine verfütterte, wieso auch nicht? Napoleon ließ sich einen Gipsabdruck der Brüste seiner Schwester Paulina anfertigen, weil sie als die schönsten Brüste der Welt galten. Händel hatte sie oft im napoleonischen Museum in Rom gesehen.

Ich wuchs in Rom auf. Wir hatten ein Haus ganz in der Nähe der Spanischen Treppe. Meine Mutter ging jeden Morgen dorthin und spielte den Bettlern etwas auf dem Cello vor. (Der Mensch lebt nicht von Brot allein.) Mein Vater war Steuer- und Anlagenberater im Vatikan. Als ich zwölf war, wurde ich nach England in die Schule geschickt, aber da war es schon zu spät.

Was kann ich Ihnen über jene geschlossenen Abende in verhängten Zimmern erzählen?

Unter einigen der höhergestellten Geistlichen herrschte der Brauch, sich sonntagsabends zu treffen, um Karten zu spielen, Portwein zu trinken und über Theologie zu diskutieren. Mein Vater, der allgemein beliebt war, sowohl wegen seines Scharfsinns als auch wegen seiner Frömmigkeit, wurde häufig eingeladen, und ich begleitete ihn, wenn ich konnte.

Unser Zimmer, hoch, rund, war mit einem Fresko geschmückt, das Christus mit der beim Ehebruch ertappten Frau zeigte. Sie war die einzige Frau, die ich je sah, in diesem oder irgendeinem der anderen Zimmer des Vatikan. Die Heilige Jungfrau ist keine Frau.

Die Möbel, Renaissance, Empire, Dritte Republik, unbezahlbar, waren rot bezogen und mit Gold abgesetzt. Das Zimmer glänzte im Schein der Kronleuchter und Wandlampen. Die Karaffen waren voll. Opulenz, Behaglichkeit, Eleganz, guter Geschmack und Vernunft. Und es war in den wohlgesetzten Tönen der Opulenz, der Behaglichkeit, der Eleganz, des guten Geschmacks und der Vernunft, daß wir über die Schwierigkeiten des Coitus Reservatus diskutierten: Quando fornicare non è fornicare? Wann ist ein Fick kein Fick?

Das abstrakte Rätseln über sexuelle Moral ist mit einem herrlichen, sinnlichen Genuß verbunden. Keiner von uns fummelte mit hartem Schwanz an der letzten Enzyklika herum, während unsere Frauen unter uns im Ehebett lagen. Zölibatäre Feinheiten: Ihn reinstecken – wann? Ihn rausziehen – wann? Ihm widerstehen – sollte sie? Danach verlangen – konnte sie? Dröhnendes Gelächter und ein lüsternes Schubsen heiliger Ellbogen: »Una scopata è sempre una scopata?«

All das, und das brennende Gesicht eines kleinen Jungen.

Ich hatte einen Freund, einen alten Kardinal, weltklug, listig, traditionell, sogar reaktionär, wenn das in einer Kirche möglich ist, deren Fortschritt allzeit nach rückwärts gerichtet ist. Gleichzeitig pflegte er, in einem Widerspruch, den nur die katholische Kirche toleriert, in aller Stille natürlich, persönliche Exzentrizitäten des Glaubens und des Verhaltens, die in einer gewöhnlicheren Umgebung unakzeptabel gewesen wären.

Es war dieser Mann, der mich zur Priesterschaft ermutigte. Dieser Mann, der meine Studiengebühren im exklusivsten

Seminar zahlte, das der Elite vorbehalten war. Der Schweizer Garde des Papstes. Den Politikmachern und Theologen der Vatikanstadt. Den Kasuisten, die mit absoluter Sicherheit biblische Unterstützung für jede päpstliche Laune fanden.

Päpste sind häufig ein Problem. Jeder Papst hätschelt seine eigenen Schwächen und Torheiten, seine Lieblingswahrheiten und seine Lieblingsabneigungen, und alle müssen in das nahtlose, scheinbar unveränderliche Ganze des katholischen Glaubens eingebettet werden. Oft widersprechen Päpste sich gegenseitig, und noch öfter widersprechen sie den großen Meistern, die sie hervorkramen, um ihre eigenen Gewißheiten zu untermauern. Die Theologen nehmen es als Witz. Ihnen geht es um die Macht der Kirche und ihre Autorität. Macht, Autorität und Einnahmen sind das, was sie zu schützen haben. Sie können schwarz in weiß verwandeln.

Sie tun es.

Das hätte mein Beruf werden sollen. Er bringt sowohl Wohlstand wie auch Einfluß mit sich. Zwei Dinge, ein Unfall und ein Plan, brachten mich vom Wege ab.

Ich war der Unfall. Ich hatte das Pech, zu glauben. Ja, ernsthaft zu glauben, und als eifriger Junge wollte ich diesen Glauben vor mir hertragen wie eine leuchtende Fackel. Ich wollte zu den Armen und Entrechteten gehen und ihnen die Frohe Botschaft bringen.

Sie wollten die frohe Botschaft nicht; sie wollten Kondome, und ich fand, sie sollten sie haben. Das Priesteramt wurde mir entzogen, weil ich welche in den kostenlosen Bibeln versteckte, die ich verteilte. Das war in Brasilien.

Und der Plan?

Der letzte Kastrat, der im Petersdom sang, starb 1924. Mein Kardinal kannte ihn, liebte ihn, nahm seine Stimme auf und hatte in seiner privaten Sammlung gruselige Zinkplatten, durchtränkt von Leidenschaft und Verlust. Nicht nur Kirchenmusik, sondern auch Opern, die meinem Freund wirklich am Herzen lagen, und der Kastrat hatte für ihn all die großen Arien gesungen, die jetzt den Frauen gehören.
Die Geschichte der Kastraten ist eine seltsame: Sie waren seit dem zwölften Jahrhundert von der Griechisch-orthodoxen Kirche eingesetzt worden, sangen aber erst ab der Mitte des sechzehnten Jahrhunderts in der Sixtinischen Kapelle. Das Problem lag natürlich im Buch Deuteronomium mit seinen Erlassen gegen Männer mit zerquetschten Hoden im Hause Gottes. Aber die Kirche hatte ein dauerhafteres und drängenderes Problem, nämlich, wie sie ihre Chöre aufstocken sollte, wenn es den Frauen verboten war, in ihnen zu singen. Ein Jungensopran ist viel, aber er ist nicht alles. Dafür braucht man die Kraft einer voll entwickelten männlichen Stimme. Die Stimme des Kastraten ist sehr kräftig, hart, volltönend und hoch.
Offiziell waren die Kastraten das Ergebnis bedauernswerter Unfälle, ein Schweinebiß war sehr beliebt, die vorwitzige Schnauze und die furchterregenden Zähne befanden sich genau in der richtigen Höhe, um aus einem Schweinehirten einen Popstar zu machen. Auf der säkulären Bühne und in den Opernhäusern genossen Kastraten das verzauberte Leben von Idolen. Strenggenommen war Kastration ein Verbrechen, aber es gab genug Familien, die nur allzu gerne bereit waren, zwei Beutel mit Sperma gegen ihr Gewicht in Gold einzutauschen. Die Operation muß vorgenommen

werden, bevor der Junge in die Pubertät kommt. Sie muß Erektionen nicht notwendigerweise unmöglich machen.
Feingefühl. Wenn die Kirche die Operation billigte, verstieß sie gegen das Gesetz. Wenn sie den Vorwand des Schweinebisses akzeptierte, begab sie sich in den Augen Gottes in die Unsauberkeit.
Feingefühl. Nur keine Fragen bezüglich der Kastraten stellen. Und genau das tat die Kirche fast vierhundert Jahre lang.
Sixtus V., der im sechzehnten Jahrhundert lebte und das päpstliche Äquivalent eines Bullterriers war, hegte eine besondere Vorliebe für seine Kastraten und förderte sie mit Erfolg, indem er den Bann gegen Frauen über die Kirchenmauern hinaus auf die öffentlichen Bühnen ausdehnte. Im Jahre 1588 durfte keine Frau in keiner Rolle auf keiner Bühne Roms oder der Kirchenstaaten auftreten. Dies wurde erst mit der Französischen Revolution rückgängig gemacht. Natürlich, oder zumindest mit Hilfe eines Messers, schwollen die Ränge der Kastraten bald beträchtlich an. Gleichzeitig entschied er, daß sie nicht heiraten durften, da sie kein »verum semen« produzieren konnten. Dies war ein neuer Dreh des verzuckerten Schlagstocks der katholischen Moral. Die Eunuchen hatten keine andere Wahl, als ihn zu lutschen. Mein Freund, der Kardinal, war homosexuell, und ich weiß, daß der Kastrat sein Liebhaber war. Der Altersunterschied zwischen ihnen war sehr groß, der Kardinal, damals ein Priester, war jung, der Kastrat über seine Jahre hinaus alt. Das lag nicht an der Zahl seiner Jahre, sondern daran, was diese Jahre gewesen waren. Er war antik. Ein Mann aus einer anderen Zeit, in der die Zeit nicht gezählt wurde. Ist er das, der in seinem roten Samt und seinen goldenen Litzen ins Zimmer schlurft?

Sie waren 1900, als der Kardinal ein zehnjähriger Junge war, Liebhaber geworden. Sie blieben es die nächsten vierundzwanzig Jahre, und als der Kastrat starb, vergrub mein Freund sich in wohltätigen Werken, bis 1959, als er auf die siebzig zuging und ich ihn als zehnjähriger Junge kennenlernte.

Er hatte bei meinen Eltern gespeist. Ich war ihm nach steifem, formellem Familienbrauch vorgestellt worden und hatte mich bei nächstbester Gelegenheit in mein Zimmer geflüchtet. Ich hatte eine elektrische Eisenbahn, und ich weiß noch, daß ich inmitten meiner ovalen Geleise hockte und das Licht ausmachte, damit ich den geschürten Heizkessel sehen konnte, der meine kleine Dampflokomotive antrieb. Ich muß wohl eingeschlafen sein, denn als ich wach wurde, war es ziemlich dunkel und ganz still, bloß von fern, von der Spanischen Treppe, hörte ich Geräusche. Als ich mich neben dem stehenden, immer noch dampfenden Zug aufrichtete, sah ich sein Gesicht. Ich hatte Angst, schrie aber nicht auf. Er hielt mir die Hand hin, und ich nahm sie und ging und setzte mich auf mein Bett. Meine Mutter kam herein und sagte, ich solle mich beeilen und mich ausziehen, dann würde der Kardinal mir gute Nacht sagen und mich segnen. Sie machte die kleine Lampe am Fenster an und ging hinaus.

Ich zog mich aus. Kurze Hose, lange Socken, Wollpullover und dickes weißes Hemd. Ich faltete meine Kleider und legte sie oben auf meine Sandalen und kramte unter dem Kopfkissen nach meinem Schlafanzug. Der Kardinal streckte die Hand aus und streichelte meine Schulter.

»Ja, Vater?«

Er schüttelte den Kopf, ohne zu sprechen, aber seinen Gesten entnahm ich, daß ich mich hinlegen sollte, nackt wie ich war, auf den Rücken, während mir die Haare ins Gesicht fie-

len. Er stand in seiner roten Soutane und seinem Umhang über mir, und mit seinen langen Händen, an denen jeder Finger beringt war, studierte er meinen Körper. Seltsam, wie hart seine Finger sich auf meiner Schuljungenhaut anfühlten. An meinem Penis hielt er eine Sekunde lang inne, und dann, den Zeigefinger auf der einen und den Daumen auf der anderen Seite, brachte er mich zum Orgasmus.
Ich erinnere mich an die Kerbe seines Rings.
Sehr sanft deckte er mich zu und ging nach unten.
Ich hörte ihn zu meiner Mutter sagen: »E un bravo ragazzo. L'ho benedetto.«

Ich sang im Chor. Da bin ich, Kopf zurückgeworfen, Hals bloß, Gottes inamorato, eine Fontäne des Lobgesangs. Ich sang. Mein Kardinal beobachtete mich, seine blassen Hände umklammerten das Chorgeländer.
Unsere Freundschaft wurde ermutigt. Er führte mich in Galerien, Konzerte, Restaurants. Abends, in der frühen Abenddunkelheit, nahm er einen Kerzenhalter und führte mich, zitternd, durch die Keller des Vatikans, um mir geheime Caravaggios, verlorene Michelangelos, die Knochen mittelalterlicher Märtyrer, die eingemauerten Leichen von Ketzern zu zeigen.
»Hier«, sagte er, »der silberne Kelch vom letzten Abendmahl unseres Herrn.«
»Hier«, sagte er, »das finstere Bett des Gotteslästerers.« Es war ein hölzernes Streckbett, mit einer Winde an beiden Enden, und der ganzen Länge nach voller Dornen. Er sagte, es sei während der spanischen Inquisition benutzt worden.
»Hier«, sagte er, »wie steht's mit deinem Griechisch?« Ich schüttelte den Kopf, und er lachte. »Savonarola ließ dies im

Hof der Medici verbrennen. Vernünftigerweise hatten sie vorher eine Kopie anfertigen lassen. Sie wurde nie außerhalb dieser Mauern erblickt.«
Er schlug die dicke braune Seite um.

> Dann erhob sich der weiße Mond.
> Meine Liebe ist weißer.
> Weiß wie Salz.
> Heraufgeholt aus bitteren Brunnen.

Er hüllte die spröden Seiten wieder in ihre Tücher und legte das seltsam gebundene Buch zurück in seine Bleischublade. Ich zitterte vor Kälte.
»Exquisit, weiblich, aber stark, stark.« Er legte den Arm um mich, um mich zu wärmen. »Eine Jungen-Frau vom anderen Geschlecht. Verstehst du?«
»Nein, Sir.«
»Eine Jungen-Frau unseres Geschlechts. Ergibt das für dich einen Sinn?«
»Nein, Sir.«
Er seufzte. »Die Tradition ist lang und vornehm. Ja, in sich selbst adelnd. Hielt sich Kardinal Borghese etwa nicht in Rom einen Mignon?«
»Sir?«
»Geliebter Junge, hast du die Memoiren Casanovas noch nicht gelesen? Als ich in deinem Alter war, kannte ich sie genausogut wie den Rosenkranz. Hier sind sie, das persönliche Exemplar des Herrn, konfisziert natürlich, von uns…« Er lachte. »Hier, komm her.«
Ich kletterte in der trockenen, eisigen Kammer auf seinen Schoß, während er mir mit seiner tiefen, volltönenden Stimme vorlas, die kein bißchen brüchig klang. Seine Stimme war die eines jungen Mannes, voller Freude und Kraft. Hätte

ich ihn nur gehört, aber nicht gesehen, wäre der einzige Hinweis auf seine Jahre eine gewisse Vieldeutigkeit gewesen, die jedem einzelnen Wort seine vielfältigen Möglichkeiten entlockte. Er war entzückt über Frische, sah darin jedoch die Anfänge einer noch entzückenderen Verderbtheit. Er segnete den neuen Wein, aber wenn er seine Hände über die Fässer gleiten ließ, so mit der Erwartung eines Edelmannes, der in dem neugeborenen Baby seine zukünftige Braut erkennt.

1762 Rom. »Wir gingen ins Alberti Theater, wo der Kastrat, der den Part der Primadonna übernahm, die ganze Stadt anzog. Er war der erfreuliche Favorit, der Mignon, von Kardinal Borghese, und speiste jeden Abend, tête à tête mit Seiner Eminenz. In einem gut geschnittenen Korsett hatte er die Taille einer Nymphe, und, was fast unglaublich war, seine Brüste waren in keiner Weise, weder in Form noch in Schönheit, denen einer Frau unterlegen; und vor allem mit Hilfe dieses Mittels verursachte das Monstrum derartige Verzückungen. Obwohl man die negative Natur dieses Unglücklichen kannte, ließ die Neugier einen auf seine Brust blicken, und ein unausdrücklicher Charme ergriff einen, so daß man hoffnungslos verliebt war, bevor man es merkte. Um der Versuchung zu widerstehen oder sie nicht zu fühlen, hätte man so kalt und erdgebunden sein müssen wie ein Deutscher. Wenn er während des Ritornellos der Arie, die er singen sollte, über die Bühne ging, war sein Schritt majestätisch und gleichzeitig sinnlich; und wenn er die Logen mit seinen Blicken begünstigte, brachte das zärtliche und bescheidene Rollen seiner schwarzen Augen Verzükkung ins Herz. Es war offensichtlich, daß er hoffte, die Liebe jener zu wecken, die ihn als Mann mochten, und dies wahrscheinlich nicht als Frau getan hätten.«

»Er war ein Mann?«
»Ja, süßer Junge.«
»Und er war eine Frau?«
»Ja.«
»So etwas hat Gott nicht gemacht.«
»Gott hat alles gemacht.«

Langsam gingen wir über die ausgetretenen Steintreppe zurück nach oben und durch das eiserne Gitter und die riesige Tür, die durch einen Flur in die Privaträume des Kardinals führte.
Er erzählte mir, wie sehr er es haßte, einen Mann im Falsett singen zu hören, wenn er den Stimmbruch hinter sich hatte. Er nannte es »unnatürlich«. »Unmännlich.« Wie anders als die Stimme des Kastraten, die ein echter Sopran war. Die Operation, sagte er, beeinträchtigte die Männlichkeit in keiner Weise. Die Frau war aus dem Mann herausgenommen worden. Warum sie nicht in den Mann zurückführen? Wenn man einem Mann seine Weiblichkeit zurückgab, verschwand das Problem der Frau. Der vollkommene Mensch. Männlich und Weiblich schuf Er ihn.

Nacht. Der Junge und der alte Mann. Der Junge zusammengerollt in einer Ecke des riesigen Betts, die Haare über dem Gesicht, während er las, die Haare als zarter Vorhang zwischen ihm und dem alten Mann, der ihn beobachtet, als sei er ein Wunder. Er war ein Wunder; Leben, Schönheit, Unschuld, Hoffnung, und für den alten Mann, in dem all diese Dinge fast verebbt waren, war der Junge eine Fackel, spät entzündet und deswegen umso heller.

Musik. Der alte Mann hatte sich Strauss' *Rosenkavalier* angehört. Er und sein Geliebter waren bei der Premiere gewesen, in Dresden, 1911. Der Kastrat hatte sich leidenschaftlich danach gesehnt, die Rolle der Marie Theres zu singen, der vornehmen und wohlhabenden Marschallin, die ihrem jungen Geliebten hilft, eine andere zu lieben. Der Kastrat hatte dies oft genug gefürchtet, als sein geliebter Junge älter und er selbst alt wurde. Er hätte keine Angst zu haben brauchen; der Kardinal hatte seine Marschallin geliebt und in jüngeren Augen keine Schönheit gefunden.
Bis jetzt.

Musik. Über jede Habsucht hinaus reich, hatte der Kastrat seine eigene Oper arrangiert und sie aufzeichnen lassen. Er sang die Rolle, nach der er sich verzehrte, und hielt dabei die ganze Zeit den Kardinal in seinen Armen. Jetzt, als die Oper ihrem Ende zustrebte, hörte der Kardinal auf dem Tonträger der Vergangenheit das letzte Trio und die seltsamen hohen Gs und As, einem Schrei ähnlicher als einer Stimme, und er weinte.
»Hab' mir's gelobt, ihn liebzuhaben in der richtigen Weis'.«
Der Junge hob den Kopf von seinem Buch und kletterte über das riesige Bett, aber er wußte nicht, wie er seinen Freund trösten sollte, dessen Tränen aus etwas herausflossen, das vergangen war, und ein Meer bildeten, in dem die Zukunft ertrank.
Der Kardinal sagte: »Es sind die mehreren Dinge auf der Welt, so daß sie eins nicht glauben tät', wenn man sie möcht' erzählen hör'n. Alleinig, wer's erlebt, der glaubt daran und weiß nicht wie.«
Und der Junge wiederholte seine Worte.

Musik. Sie saßen zusammen, der eine legendär alt, der andere jung genug. Der Junge und der Mann, Umhang, Titel und Besitzurkunde. Sie befanden sich in den Wassern der Flut, und der Junge mußte den Mann tragen. Der Heilige Christopherus und sein Christus, der Naive, der die Sünden der Welt trägt und unter ihrem Gewicht zusammenbricht. Es war zuviel zu tragen, obwohl er es tragen wollte, ihn tragen wollte, rot und golden und juwelengeschmückt, sich durch die schwarzen Wasser zu einem Ruheplatz für sie beide singen wollte.

Das Datum für die Operation wurde festgesetzt. Meine Eltern sollten nichts davon erfahren. Sie wußten nur, daß ich mit Seiner Eminenz Urlaub machen würde, in Venedig, in einer Privatwohnung im Palazzo Rezzonico. Dort, in den großen, nicht beheizbaren Zimmern, lag ich auf einem Sofa am Kamin, während er mir aus Robert Browning vorlas.
Während ich rede, schleicht Fra Lippo Lippi herein, die Wangen noch brennend vom heißen Kuß irgendeines Mädchens. Da steht der gefürchtete Saulus mit seinen herrlichen, männlichen Saphiren, die an seinem Turban blitzen.
Ich war kein türkischer Eunuch geworden. Die Haremsmänner verloren alles und stellten ihren Status und ihr Stigma in Form eines kleinen silbernen Rohrs zur Schau, das sie in ihr Stirnband steckten. Wenn es nicht als Amtszeichen fungierte, diente es als Urintrichter.
Nein, ich hatte, habe einen kleinen, aber entscheidenden Eingriff hinter mir.
Wir fuhren mit der Gondel von Kirche zu Kirche, hinterließen Weihgaben für die Madonna, unsere Madonna, Madonna des Mutterleibes und des Phallus, die Jungen-Frau, die keinen Mann brauchte, um vollkommen zu sein.

Ketzerei? Sicher war es das, aber in ihrer Lesart nicht seltsamer als die Prämisse des Alten Testaments, daß die Frau aus dem Mann geboren wurde. Die männliche Mutter und der Frau-Vater. Sie haben eine Ergänzung. Den Alten und den Neuen Bund. Zusammengelesen, und genau genommen sollten die beiden Bünde zusammengelesen werden, ist die Schlußfolgerung so radikal, daß es nicht weiter verwunderlich ist, daß die Kirche beschlossen hat, sie zu ignorieren. In Christus gibt es weder männlich noch weiblich. Männlich und Weiblich schuf Er sie. Und nach Seinem Ebenbild.

All dies diskutierten wir in der flachen Mulde des schwarzen Bootes. Spät abends, durch die sich windenden Wasser, das Rot des Kardinals und das Weiß des Jungen, sichtbar unter einer orangeroten Fackel. Bei unserem Anblick knicksten die Frauen, und die Männer verstummten und ließen ihre Lasten fallen. Seine Eminenz segnete sie, aber nicht so, wie er mich segnete.

Venedig. Die Heilige Stadt. Steinerbaut aus dem Wunderbaren und dem Weltlichen und durch ihre eigene Natur zu einer Insel von der Welt gemacht.

Die asynarte Stadt; zwei Rhythmen ohne Zusammenhang, Profanität, Heiligkeit, und aus jenem seltsamen Bett, die Kunst.

Durch die Straßen, der alte Mann und sein Junge, mit der Zukunft beschäftigt. Sie würden eine Wohnung kaufen und in den Schulferien hierher kommen. Es würde Bilder geben, Bücher, Musik, Gespräche. Der Junge würde lernen, die Schönheit zu lieben und sie von ihrer gefälligen, hübschen Schwester zu unterscheiden, die so gefragt war. Der Junge würde geschärft und im Verlauf des Schärfens gestählt werden, und zu dem alten Mann, seinem Schleifstein, seinem Wetzschiefer, zurückkehren, eine schärfere Freude.

Licht. Goldenes Licht über der goldenen Stadt. Licht auf dem Jungen, um einen Erzengel aus ihm zu machen. Hierarchie der Flügel.

Das Licht verwandelte die Lagune in ein schimmerndes Tablett und brannte ihm die Linien der Uferhäuser ein, die dort gebeugt standen. Gravur aus Häusern und korrodierendem Wasser. Feuer Wasser, sich auflösende Fata Morgana des bewegten Soliden, aqua vitae. Wahrheit oder Bild der Wahrheit?

Der Junge im Boot zog seine Hände durch die ertrunkene Stadt. Unter seiner Bewegung barsten die Häuser auseinander, nur um sich wieder zusammenzusetzen, ganz, in einem anderen Teil des Wassers. Er hob den Blick vom Wasser zu den festen Kopien der Bilder, die er dort gesehen hatte. Gelbe Häuser, in denen Frauen hin und her gingen, unbewegt von seiner Störung, ohne sich um ihn zu kümmern. Wem sollte er trauen? Ihrer Welt oder dieser anderen in seinen Händen? Dem tatsächlichen Leben oder dem imaginären Leben? Der Welt, die er erben konnte, oder der Welt, die er erfinden konnte?

Invention. Vom Lateinischen Inventio. In = in oder auf. Venire = kommen. Auf etwas kommen, darauf stoßen, etwas auffinden oder erfinden. Daher auch das Fest der Auffindung des Heiligen Kreuzes, in Erinnerung an die Entdeckung des Kreuzes in Jerusalem 326 n.Ch. durch Helena, die Mutter Konstantins des Großen. Erfinden. Nicht ersinnen oder aushecken oder fabrizieren, sondern finden, was existiert. Vielleicht ist es tatsächlich so, daß alles, was existieren kann, wie Plato sagen würde, tatsächlich existiert, in reiner Form, aber vielleicht gelten die Formen, an die wir uns am meisten gewöhnt haben, nun als das, was wir tatsächliches Leben nennen. Die Welt der alltäglichen Erfahrung ist eine Welt der redundanten Form. Der vergröberten, verbilligten Form, leicht und bequem gemacht, das Abgedroschene und das Klischeehafte, nicht was gefunden wird, sondern was verloren ist. Erfindung würde uns dann Formen zurückgeben, die nicht durch ein Übermaß an Benutzung getötet wurden. Die Kunst tut es. Und ich? Warum sollte ich nicht die Kunst leben, die ich liebe?

Aber wenn das, was existieren kann, tatsächlich existiert, ist die Erinnerung dann Erfindung, oder ist die Erfindung Erinnerung?

Ich denke an jene Zeit zurück. Wir waren glücklich. Ich kann mich nicht erinnern, glücklicher gewesen zu sein, sicher in der erfundenen Stadt, zielstrebig in unserem Vergnügen. Kanäle des Vergnügens, die sich in ein grenzenloses Meer ergossen. Es gab keinen anderen Ort auf der Welt. Dies war die Welt, und sie gehörte uns. Romantisch? Ja, ich nehme es an, daran sind die Brownings schuld, aber auch ehrlich. Die Freude der einzelnen Stimme, wenn auch innerhalb der Zwänge des größeren Bereichs. Ein früher Romantizismus, noch nicht zu Sentimentalität verkommen. Wir waren füreinander Pforten.

Ich habe seinen Körper nie gesehen, weder damals noch später, seinen Körper, behäbig, durchädert, geheim. Hätte er mich abgestoßen? Ich weiß es nicht, aber selbst jetzt denke ich, wenn ich an ihn denke, an Canova, Botticelli, Carpaccio,

Körper von Nymphen und Engeln, Gott in ihrer Brust. Gottgebrüstete Schönheit, ein Tresor gemacht aus Knochen. Ich habe seinen Körper nie gesehen, aber ich habe seine Stimme sehr gut gekannt. Abends hörte ich ihn im Garten nach mir rufen. Seine Schritte auf dem Pfad, mein Name in seinem Mund. Er rief mich bei meinem Namen, nicht meinem Taufnamen, der Frederick lautet, sondern dem Namen, den er mir gegeben hatte, in Liebe und Spiel und aus unserer gemeinsamen Freude. Händel. Ich behielt den Namen, verlor jedoch meinen Namensvetter, Händel, Komponist, glücklich in seinen eigenen Verzauberungen. Aber der verzauberte Raum ist fort, und ein Schwert liegt quer vor dem Tor. Ich kann nicht zurückkehren.

Wir fuhren nach Rom zurück, und eine Zeitlang gab es keine Schwierigkeiten. Ich sang, wir waren zusammen, meine Eltern waren beschäftigt. Und dann bekam ich die Windpocken. Eine Woche oder so betupfte meine Mutter die schorfigen Stellen mit Zinktinktur und fütterte mich mit Hühnerbrühe, aber das Fieber stieg, und sie ließ einen Arzt kommen. Er untersuchte mich auf die übliche Weise, Stethoskop auf meiner Brust, Thermometer in der Achselhöhle. Dann inspizierte er meine Leiste. Ich war zu krank, um mich zu wehren, und kaum daß ich wieder gesund war, war ich in einem Jungeninternat in England.

Ich erinnere mich, oder glaube, es zu tun, an die schnellen Schritte des Arztes auf dem marmornen Treppenabsatz und an laute Stimmen unten. Mein Vater kam, um mich zu begutachten, und rannte aus dem Haus. Mein Vater rannte nie, außer wenn er auf Wohltätigkeitsveranstaltungen Krickett spielte. Meine Mutter sagte: »Du wirst diesen Mann nie wiedersehen.«

Es gab keinen Skandal. Ich weiß nicht, was geschah, und falls es Briefe gab, bekam ich sie nie zu sehen, wir sprachen nie darüber, und niemand erhob Einwände, als ich sagte, ich würde Medizin studieren, aber mit dem Ziel, ein arbeitender Priester zu werden. Es gab einen Treuhandfonds für mich, und meine Eltern benutzten ihn, zweifellos in der Gewißheit, daß er das Mindeste war, was ich verdient hatte. Als er starb, hinterließ er mir alles. Ich bin ein sehr wohlhabender Mann.

In all den verregneten Jahren in dieser gräßlichen grauen Schule dachte ich an ihn, den alten Mann in dem einsamen Zimmer, dem verblassenden Zimmer, das mein Herz gewesen war. Grau mein karmesinrotes Herz. Grau das Blut, das durch es pumpte. Grau die Wände und die Steine unter meinen Füßen. Das Jesuiten-College aus den Felsen herausgehauen. Wo war er? Rot in der schwarzen Gondel, rot unter dem bemalten Dach?
Welcher Schnitt richtete den Schaden an? Seiner oder ihrer?

Ich ging nicht zur Beerdigung.

Ich habe seine Papiere. Sie wurden mir insgeheim nach seinem Tod übersandt. Unter ihnen war ein Brief an mich, den ich erst jetzt gelesen habe, ich brach das schwere Siegel auf und sah noch einmal seine Handschrift. Die Mont Blanc Feder und das Karduspapier mit dem Wasserzeichen des Vatikan. Seine Eminenz Kardinal Rosso.

Liebster Junge,

als ich Dir meine Liebe versprach, versprach ich mir selbst, daß ich selbst Deine Liebe zu einem anderen Menschen lieben würde. Ich wußte, daß ich Dich vielleicht an dic Liebe verlieren würde.

Ich ahnte nicht, daß ich Dich an die Gleichgültigkeit verlieren könnte.

Warum hast Du nicht einen einzigen meiner Briefe beantwortet?

Ich stehe reglos am Chorgestühl, aber es ist nicht Deine Stimme, die ich höre.

Ich habe am Rand des Wassers gewartet, aber trotzdem bist Du nicht gekommen.

Ich habe Deinen Platz neben mir bewahrt, und trotzdem ist der Platz leer.

War nichts in allem, was wir waren?

Der Mann faltete den Brief in seinen Umschlag und steckte ihn in die Hülle des Buches zurück. Des Buches, das für ihn in Goldbrokat geschlagen worden war, der für Louis Quatorze gewebt und über die Schulter der Jungfrau geworfen worden war. Madonna der Abrechnung. Zu spät jetzt. Der Mann hatte zu lange gewartet. Sein Freund hatte so lange gewartet, wie er konnte.

Das Buch; legendär, unwahrscheinlich, über jeden Reichtum hinaus, ein Talismann gegen die Zeit, ein Erfinden und ein Erinnern.

Das Buch. Das handgeschriebene Wort. Das gedruckte Wort. Das erleuchtete Wort. Das Leuchtfeuer-Wort. Das Wort geschnitzt in Stein und über dem Meer aufgestellt. Das warnende Wort in Lichtblitzen, die erschienen und verschwanden und verschwanden und erschienen, die Luft mit einem blitzenden Schwert durchschnitten. Das Wort, das Nation gegen Nation teilte. Das Wort, das die Seele verstrickt. Das Wort, das einen Faden durch die Zeit spinnt. Das Wort in Rot und Gold. Das Wort in menschlicher Gestalt, Göttlich.

Das Buch war sein und nicht sein. Die Blätter des Manuskripts waren vor der Plünderung der Großen Bibliothek von Alexandria 642 n.Ch. gerettet worden. Die zerfledderten Schriften waren in einer römischen Marktbude verkauft worden, von einem Waisenknaben, der behauptete, sie als Polsterung für sein Bett verwendet zu haben. Das zumindest war die Legende, unwahrscheinlich, fantastisch, und der Kardinal und sein Junge hatten ihre eigenen Erfindungen ausgearbeitet, sie zu erklären. Händel erinnerte sich an die langen, dunklen Vatikan-Nachmittage, und wie sein alter Freund leise über irgend etwas Lateinisches seiner eigenen Erfindung gelacht hatte.

»Soll ich es Seneca zuschreiben?« hatte er gesagt, während seine Feder über den silbernen Worten schwebte.

»Aber es ist nicht echt.«

»Lieber Junge, weißt du etwas, was echt ist?«

Die Blätter waren geschnitten und gebunden, und neue Seiten waren dem Buch hinzugefügt worden, während es seinen seltsamen Weg durch seltsamere Jahrhunderte nahm.

Das Werk war nicht chronologisch geordnet; jene, die es besessen hatten und durch deren Hände es gegangen war, hatten alle ihren Beitrag hinterlassen, als Schriftsteller, Gelehrte, Kritiker, Exzentriker, Sammler, und alle je nach Temperament und Leidenschaft. Das Buch war der Uhr nichts schuldig.

Aus Alexandria stammten vereinzelte Stanzen der *Odyssee*,

Zeichnungen von Pythagoras, *Der Prozeß des Sokrates, Abhandlung über die Dichtkunst.* Ovid und sein Drama von Psappho und Phaon dem Fährmann. Papyri, in griechischem Koine, mit dem Johannesevangelium. »Euer Herz lasse sich nicht verwirren.«

Tiefer im Buch, in seiner eigenen Schrift, war König Alfreds eigene Übersetzung von *Der Trost der Philosophie*, jenes Klassikers des vierzehnten Jahrhunderts, das den Schuljungen-Spekulationen der Wissenschaftler des einundzwanzigsten Jahrhunderts und ihrer Vereinheitlichten Theorie des Nichts weit voraus war.

Händel blätterte die Seiten um: Beda Venerabilis, *Kirchengeschichte des englischen Volkes.* Aus Frankreich *Der Rosenroman*, und daneben, Jahrhunderte überquerend, ein kleinerer Dichter der Pleiaden, der sich an die große Loire und ihre langen, weißen Sandflächen erinnerte.

Wie lauteten die Lieder, die er hörte? Die toten Liebenden, Abelard und Heloise, Paolo und Francesca. Das lange Wehklagen Cressidas und die Nöte von Montague und Capulet. War er in den weißen Straßen Londons mit einem fetten Ritter? Und später, allein, in einem vergoldeten Zelt, aufgeschlagen im Schlamm, Henry von England, in Agincourt?

Das Buch hielt nicht inne, sondern setzte seine unsignierte Reise fort, vor und zurück, und in den Schatten eines obskuren Waldes öffnete sich das Tor zu einer anderen Welt, und Virgil wartete darauf, daß Dante das gesegnete Gesicht erblickte.

Was sonst war da? Drei Geschichten von Boccaccio, die Byron gehört hatten, Keats' mit Anmerkungen versehene Kopie von Chapmans Homer-Übersetzung, und, in Feder und Tinte, eine Zeile Oscar Wildes auf seinen Goethe-Seiten: »Das Geheimnis des Lebens ist die Kunst.«

Das Buch hielt nicht inne, aber es war nicht vollendet worden. Viele der eingenähten Seiten waren noch leer.
Händel betrachtete das Buch. Das Selbstportrait des Kardinals, in Bleistift, seine private Telefonnummer, in sein Emblem, das Schwert, hineingeschrieben. Händels eigene Zeichnung von ihr, die er geliebt hatte. Die Rose, die er in den Gärten des Palazzo Rezzonico gepflückt hatte.
Wo waren die Jahre hingegangen, und da sie dahingegangen waren, wieso schmerzten sie ihn immer noch?

Sie saßen zusammen, die drei, Händel, Picasso, Sappho, saßen zusammen im gelben Regen. Die Sonne, die ihre Sachen gegen den Sturm gepackt hatte, hatte ein gelbes Tuch zurückgelassen. Ein kleines Viereck aus Licht, durch das der Regen fiel.
Schwarzes Meer gelber Regen.
Sie unterhielten sich, die drei, Händel, Picasso, Sappho, unterhielten sich im Schutz des Regens.

HÄNDEL: Ist das er? Rot im schwarzen Boot, das auf dem schwarzen Wasser wartet? Ich scheine ihn zu sehen, in der Ferne, ungewelkt von der Luft, die nach Zeit stinkt. Was hat die Uhr mit den Augenblicken zwischen jenem letzten Tag und diesem gemacht?
Viele Male hörte ich ihn sagen: »Heute, morgen, übermorgen«, und ich verstand nicht, was er meinte.
Es sind die mehreren Dinge auf der Welt, so daß sie eins nicht glauben tät, wenn man sie möcht' erzählen hör'n. Alleinig, wer's erlebt, der glaubt daran und weiß nicht wie.

PICASSO: Da war ein Baby. Mein Vater engagierte ein spanisches Hausmädchen, das auf dem Dachboden lebte. Ihr Körper hatte die Farbe der Sonne. In dem dunklen Haus, in dem kein Licht war, sandte sie goldene Fäden aus ihren Haaren aus.

Diese Frau, sonnenbraun, Sonnenlichter in ihren braunen Haaren, hatte eine Gabe, und ihre Gabe war das Leben. Grauen also, Arbeit in einem Beinhaus zu finden, den Bedürfnissen der Toten dienen zu müssen.

Mein Vater, in Gabardine, sah ihren Körper in seinem Sommerkleid und zerrte daran, bis sie in der bleichenden Luft nackt war. Nackt unter seinen keuchenden Kleidern, nackt unter dem Ätzmittel seiner Haut, nackt nahm er sie, und nackt jagte er sie fort.

Sie bat seine Frau, den Arzt zu bitten, eine Abtreibung zu befürworten. Der Arzt war katholisch, und das Baby wurde geboren.

Der Tag war kalt in Zinnen aus Schnee, als sie in ihrem dünnen Kleid zum Haus ging. Sie hatte das Baby in Windeln aus einem zerrissenen weißen Hemd gewickelt. Ohne zu klopfen legte sie das Baby sanft als winziges Bündel in die große Halle, und durch den stillen Schnee glitt sie davon.

HÄNDEL: Das, was verloren war, ist wiedergefunden.

SAPPHO: »Was anders sind die unrealen Dinge als die Leidenschaften, die einen einst wie Feuer verbrannten. Was anders sind die unglaublichen Dinge als die Dinge, die man getreulich glaubte. Was anders sind die unwahrscheinlichen Dinge als die Dinge, die man selbst getan hat?«

HÄNDEL: Ist es zu spät?

PICASSO: Nicht zu spät.

SAPPHO: Das Wort kehrt in Liebe zurück.

Der Mann stand auf, nahm sein Buch und fing an, zum Meer hinunterzugehen. Die Sturmsonne floß in gelben Rinnsalen über seine Schultern.
Er hielt das Licht um sich herum fest.
Das Licht fiel in Heiligenscheinen und Umhängen aus dem faltigen Himmel. Rechtecke und Kreise aus Licht, die durch die geschnittenen Wolken fielen und einen einzigen Sinn schufen aus all den zerbrochenen Stücken von Strand, Fels, Mann und Boot. Seine Vergangenheit, sein Leben, jetzt nicht in Fragmenten und nicht fragmentiert, sondern eine lange Kurve der Bewegung, die er zu erkennen begann.

Immer noch das Licht. Das Licht in wunderbarem Stoff, ihn umhüllend, ein Quattrocento-Engel in ungewebtem Tuch. Unter seiner Hand das Speerenlicht freiströmend, sein Stock und Stab, die knospten, als er ging.
Er fing an zu singen. Er sang aus der Stelle heraus, die markiert worden war; dem Buch, seinem Körper, seinem Herz. Der Stelle, an der Kummer versteckt worden war, nicht einmal, sondern viele Male. Seine Stimme war kräftig und leicht. Die Sonne war unter seiner Zunge. Er war ein Mann von unendlichem Raum.

Auf der Felsenspitze standen die beiden Frauen und blickten hinaus. Oder blickten sie hinein? Umfaßt vom Rahmen des Lichts zeigte sich weder die Welt noch ihr Abbild, sondern ein seltsames Äquivalent, wo das, von dem man glaubte, es sei bekannt, umgeformt wurde, und das, was unbekannt war, allmählich enthüllt wurde, und das, was nicht gewußt werden konnte, sein Geheimnis bewahrte, aber seinen Schrecken verlor.

All dies sahen sie, und das Meer in Blattgold und das Purpur und Perlfarbene der Felsen.

Es war nicht zu spät.

FIN.

284
285
(Moderato e molto sostenuto) 𝅗𝅥. = 72
Mäßig langsam und sehr getragen.
I. II. 3 gr. Fl. III.
I. Hob.
engl. Horn.
A Clar.
2 B Clar.
Baßcl. (B)
I. II. 3 Fag. III.
III. IV. Horn (F)
I. Tromp. (C)
Celesta.
Marschallin.
(sie winkt ihm, zurückzubleiben und bleibt in der Tür stehen)
(vor sich)
(Octavian steht ihr zunächst, Sophie weiter rechts.) Hab' mir's ge - lobt, ihn lieb zu ha - ben
Octavian.
(unschlüßig, als wollte er ihr nach)
Ma - rie The - res'!
(geteilt)
1. Pult Viol. I. (die übrigen)
Solo
Viol. II.
tremolo
1. Pult Br. 2. Pult (die übrigen)
1. Pult Celli. 2. Pult (die übrigen)
1. Pult C. B. (die übrigen)
espr.
ppp
pp
sfz

286
2 gr. Fl.
2 Hob.
A-Clar.
2 B-Clar.
Baßcl. (B).
2 Fag.
I. Horn (F).
Sophie.
(vor sich)
Mir ist, wie in der Kirch' - n,
Marschallin.
in der richti-gen Weis', daß ich selbst sein Lieb' zu ei-ner an - - dern noch lieb hab'!
Octavian.
(vor sich)
Es ist was kom-men und ist was
Viol. I. 1. Pult
Viol. II.
1. Pult Br. 2. Pult
1. Pult Celli. 2. Pult
C. B. 1. Pult
espr.
dim.
pp
287
2 gr. Fl.
A-Clar.
2 Fag.
I. Horn (F).
Sophie.
hei - lig ist mir und so bang und doch ist mir un - hei - - - lig
Marschallin.
Hab' mir frei-lich nicht gedacht, daß es so bald mir auf-gelegt sollt' wer-den.
(seufzend)
Es sind die mehreren Din-ge auf der
Octavian.
(ausdrucksvoll)
g'schehn. Ich möcht sie fra - gen: Darf's denn sein? Und grad' die Frag' die
1. Pult Br. 2. Pult
1. Pult Celli. 2. Pult

288
I. II.
3 gr. Fl.
III.
2 Hob.
A Clar.
Baßcl. (B).
I. II.
3 Fag.
III.
I. II.
4 Hörner (F).
III. IV.
Sophie.
auch! — Ich weiß nicht, wie mir ist. Wie in der Kirch'n - so hei - lig - so bang. Ich
(ausdrucksvoll)
Marschallin.
Welt, so daß sie ein's nicht glauben tät', wenn man sie möcht' er - zäh - len hör'n.
Octavian.
spür' ich, daß sie mir ver - bo - ten ist. Ich möcht' sie fra - gen, ich möcht' sie fra - gen:
Viol. I.
1. Pult
1. Pult
Br.
2. Pult
(die übrigen)
1. Pult
2. Pult
Celli.
3. 4. Pult
5. 6. Pult
C. B.
1. Pult
espr.
cresc.

289 ♩= 80.
I. II.
3 gr. Fl.
III.
2 Hob.
engl. Horn.
A-Clar.
2 B-Clar.
Baßcl. (B).
I. II.
3 Fag.
III.
I. II.
4 Hörner (F).
III. IV.
Sophie.
möcht' mich nie - der - knien dort vor der Frau und möcht' ihr was an - tun. Denn ich
Marschallin.
Al - lei - nig, wer's er - lebt der glaubt daran und weiß nicht wie - - -
Octavian.
wa - rum, warum zit - tert was in mir? Ist denn ein gro - ßes Un - recht ge - scheh'n?
Viol. I. 1. Pult
Viol. II.
(G Saite)
Br.
1. Pult
2. Pult
(dreifach)
(die übrigen)
Celli.
1. Pult
2. Pult
3. 4. Pult
5. 6. Pult
C. B. 1. Pult
2 Pulte
espr.
cresc.

a 2
poco accelerando -
I. II.
3 gr. Fl.
III.
2 Hob.
engl. Horn.
A-Clar.
2 B-Clar.
Baßcl. (B).
I. II.
3 Fag.
III.
I. II.
4 Hörner (F).
III. IV.
Sophie.
spür', sie gibt mir ihn und nimmt mir was von ihm zu-gleich. Weiß gar-nicht,
Octavian.
Und grad' an die, und grad' an die, und grad' an die, an die darf ich die Frag', die Frag'
(D Saite)
poco accelerando -
Viol. II.
1. Pult
Br.
2. Pult
(die übrigen)
1. 2. 3. Pult
Celli.
4. 5. 6. Pult
C. B.
1. 2. Pult
cresc.
dim.
espr.

290 tempo primo
I. II.
3 gr. Fl.
III.
2 Hob.
engl. Horn.
A-Clar.
2 B-Clar.
Baßcl. (B).
I. II.
3 Fag.
III.
I. II.
4 Hörner (F).
III. IV.
I. Tromp. (C).
Sophie.
wie mir ist. Möcht' al - les ver-stehn und möcht' auch nichts verstehn. Möcht' fra - gen
Marschallin.
Da steht der Bub und da steh' ich, und mit dem frem - den
Octavian.
nicht tun. Und dann seh' ich dich an, So - phie und seh' nur dich, spür' nur
tempo primo
p subito
molto espr.
Viol. I. (alle)
Viol. II.
1. Pult
Br.
2. Pult
(die übrigen)
1. 2. 3. Pult
Celli.
4. 5. 6. Pult
1. 2. Pult
C. B.
(die übrigen)
3. Pult
(alle)
cresc.

291 ♩= 88
a 2.
I.II.
3 gr.Fl.
III.
2 Hob.
engl.Horn.
A-Clar.
2 B-Clar.
Baßcl.(B)
I.II.
3 Fag.
III.
I.II.
4 Hörner(F)
III.IV.
I.Tromp.(C)
I.II.
3 Pos.
III.
291
(Aug in Aug mit Octavian)
Sophie.
und nicht fra - gen, wird mir heiß und kalt. Und spür' nur dich und weiß nur eins
Marschallin.
Mä - del dort wird er so glück - lich
Octavian.
dich, spür' nur dich, So - phie, und seh' nur dich und weiß von nichts als
Viol.I.
Viol.II.
1.2.Pult.
Br.
die übrigen
Celli. (alle)
1.2.
C.B.
3.4.Pult.
cresc.

292 ♩= 84
♩= 80
293 Breit. (Allargando) ♩= 72
I. II.
3 gr. Fl.
III.
2 Hob.
engl. Horn.
A-Clar.
2 B-Clar.
Baßcl. (B)
I. II.
3 Fag.
III.
I. II.
4 Hörner.
III. IV.
I.
3 Tromp. (C)
II. III.
I. II.
3 Pos.
III.
Pauken.
Sophie.
dich hab' ich lieb, dich hab' ich lieb.
Marschallin.
sein, als wie halt Män - - - ner das Glücklich - sein ver - steh'n.
Octavian.
nur dich, dich hab' ich lieb.
Viol. I.
Viol. II.
1. 2. Pult
Br.
die übrigen
Celli.
C.B.
cresc.
espr.
ff espr.
a 2.

294
3 gr. Fl.
I.II.
III.
2 Hob.
engl. Horn.
A-Clar.
2 B-Clar.
Baßcl. (B)
3 Fag.
4 Hörner.
3 Tromp.
3 Pos.
Tuba.
Pauken.
Marschallin.
(sie geht leise links hinein, die beiden bemerken es garnicht.)
In Got-tes Namen.
Viol. I.
Viol. II.
Br.
Celli.
C.B.